講座 近代日本と漢学

第1巻

漢学という視座

牧角悦子
町泉寿郎 編

戎光祥出版

「講座　近代日本と漢学」刊行にあたって

ここでいう「漢学」という言葉は、「国学」や「洋学（蘭学）」に対しての表現であり、近代の用語である。それが近代以降の用語であるのは、それ以前において漢文漢籍を読解することは、学問そのものだったからだ。もっとも中国の漢籍から学ぶこと自体は、朝鮮半島を経た漢字の伝来から始まったといってもよいだろう。以来、日本人は漢籍から学び続けることになる。しかし、江戸幕藩体制から明治新政府に政権が移った時、天皇制日本は欧化政策による近代化を目論んだために、「漢学」という学問は衰退することになる。江戸時代後半には、各藩にあった「漢学」を学ぶ藩校も、明治期に入ると近代的な教科内容の学校として組み替えられていくか、廃止されていくことになった。

しかし、江戸時代に育った若者たちには、手に入れた「漢学」の読解素養で新時代の知見を手に入れようとするものもいた。新しい帝都には、たくさんの漢学塾が開かれており、地方の若者たちが遊学したのである。もちろん、いち早く英語塾で学ぶものも多かっただろう。しかし、こうした西洋の言語や諸制度に、多くの若者たちが目を向けたことは、近代の私立学校の成立史にはっきりと示されている。やがて世代の推移とともに漢学塾そのものは消滅していき、漢文で書かれた小説を読むものも、漢詩文を作るものも少なくなっていった。明治末年、自然主義文学の流行からより新しい文学の台頭に見るように、明治期の近代的な教育制度のなかで育った世代が若者に成長してきたからだ。

しかも、帝国大学文科大学の制度では、中国の文献を対象とした領域の「漢学」は、ひとつは各国文学としての中国文学に向かわざるを得ないことになる。各国文学とそれを対象にした学問研究が、近代国民国家の成立と共に生みだされたからである。さらに、学問体系が哲学・史学・文学に再編されていくなかでは、「国学」が対象としたものは、哲学（神道）と国史学と国文学に分かれ、「漢学」が対象としたものは、中国哲学と中国史と中国文学に分かれていく。これらを近代史のなかでの学問領域の再編と呼んでもいいだろう。

また、藩校や漢学塾などで学ばれていた、「漢学」の教育的要素は、近代教育制度のなかでは、中等教育に移されていく。その後、幾度も存亡の危機に会うことになる、いわゆる漢文科の登場である。

こうして、江戸時代後半期に「漢学」として明確な輪郭をこの日本に現した、いわば総合的な学問領域は、近代日本の諸社会制度のなかで切り刻まれ、その姿を消すことになる。あるいは、天皇制イデオロギーと結びついて、新たに再編された姿を現すことになる。ここでは、江戸時代から近代までの、日本の「漢学」という領域の軌跡を追うことで、広く学問というものの意味を問いたいと思う。そのための講座本を、何よりも漢学塾から展開してきた二松学舎大学が提供したいと考えた。漢学塾二松学舎の軌跡は、あるいは、創設者三島中洲の人生は、日本の「漢学」が近代社会のなかで揺れ動き、切り刻まれた歴史そのものでもあるからだ。

＊

本講座本は、町泉寿郎を代表者とする「二松学舎大学　文部科学省私立大学戦略的研究基盤形成支援事業（ＳＲＦ）」によるものである。ここでは、「漢学」が解体・再編された過程を、通時的、共時的かつ多面的にとらえることによって、「漢学」から日本の近代化の特色や問題点を探ることを目的とする。したがって、時間軸としては前近代・近代を分断せず通時的に見ることに努め、内容的には西洋由来の外来思想と東洋の伝統文化がいかなる接点を探ったかを問題とする。また、東アジア諸国を含む国外の多様な分野の研究成果をできる限り取り込んだ。より広い視野を備えた「近代日本漢学」という学問領域の構築と、その普及を目指したい。

二〇一九年一〇月

二松学舎大学学長　江藤茂博

編集委員（五十音順）
江藤　茂博
小方　伴子
加藤　国安
佐藤　進
牧角　悦子
町　泉寿郎
山口　直孝

目次

【凡　例】

・本講座の編集にあたって、文字の統一や表記、さらに記載内容・考察などは各執筆者に委ねた。したがって、各項目の文責は各項目執筆者に帰属するものである。
・本講座の写真の選択はすべて執筆者による。
・人名や歴史用語には適宜ルビを振った。読み方については、各章の執筆者による。

第Ⅰ部　総　論

——日本と漢学

第一章　漢学とは何か

町　泉寿郎

第一節　近世以前の日本と漢学

筆者は「漢学」という言葉を、Kanbun Studies、「（日本人による）漢字・漢文による学び」の意味で用いている。

単純化して言えば、明治期以降の「漢学」は対外侵略に奉仕する東洋史学などの学術と国民道徳の形成に奉仕する漢文教育の両面で、日本帝国主義に寄与したが、そのことが忌避され、第二次世界大戦後は、ほとんど使用されなくなった。今も「漢学」という言葉がもつ教条性に対する拒否感は続いていて、それにはそれ相当の理由があるが、現在の問題としては、これが一因となり戦前と戦後の学術・教育に断絶を生み、より広い学術史を展望する上での障害になっていることだ。そこで本稿では、「漢学」に関する歴史的回顧から起筆して、現在における「漢学」をめぐる問題を概観したい。

まず、近世以前の日本と漢学を概観するところから始めよう。中国の典籍に関する日本の記事としては、応神天皇一六年（二八五）に大和朝廷と友好関係にあった朝鮮半島の百済から『論語』と『千字文《せんじもん》』の献上があったことが『古事記』『日本書紀』に載っている。これが初めての記事とされる。『古事記』『日本書紀』の古代の記事の年代については異論も多く、朝鮮の記録と考えあわせると、西暦四〇〇年頃とするのが有力である。『千字文』が何であったかは異論があるものの、『論語』は仏教経典とともに、日本にもっとも早く中国から伝わった書物であった。日本に初めて伝えられたとき、『論語』は本文だけでなく、本文の語句を解釈した何らかの注釈*1を含んだ形で伝えられ、それらの中には中国で早く散逸した佚書《いっしょ》*2も含まれ、周縁地域の漢字文化が持つ意義を明示している。

五世紀の倭の五王が南朝に朝貢した時代を経て、六世紀に入っても引き続き百済からの来朝者によって中国の学術が伝えられ、我が国に帰化した来朝者たちが文筆や外交に携わった。ついで、六世紀末に隋が南北統一を果たすと日本はすぐに使者を送り（推古天皇八年〈六〇〇〉）、推古天皇二二年（六一四）までに計六回の遣隋使を派遣した。次いで舒明天皇二年（六三〇）から寛平六年（八九四）までに二〇回ほど遣唐使が派遣され、特に舒明天皇二年から天智天皇九年（六七〇）の四〇年間に八回派遣され、その後、天智天皇九年から文武天皇四年（七〇〇）にかけて三〇年の空白があり、以後は大体一五年から二〇年おきに派遣された。

隋唐時代の律令制度を導入した古代国家の建設のもとで、漢籍の学習が制度化された。律令国家の官吏を養成・選抜するために大学寮という学校が設けられ、主に儒学が学ばれた。

＊1　後漢末、西暦二〇〇年頃に鄭玄の「論語注」ができ、二四〇年代に三国魏の何晏の「論語集解」ができ、六世紀の仏教公伝と相前後して、梁の皇侃「論語義疏」ができている。

＊2　何晏「論語集解」、皇侃「論語義疏」ともに中国では散逸して伝わっていなかった。

その内容は、儒教典籍の中心である「五経《ごきょう》*3」と、『孝経*4』『論語』、そのほかに『文選《もんせん》』『爾雅《じが》』が学ばれた。

八世紀末から九世紀初め、桓武天皇が平安京に都を移したころ、従来の「呉音《ごおん》」から「漢音《かんおん》」へと漢字音の転換が行われた。その後、中世から近世初期にかけて更に宋・元・明の新しい発音が伝えられ、中国から伝わってきた時代によって何種類もの発音が残されることになった。

辞書について伝存する書籍をあげれば、九世紀前半に僧空海は原本『玉篇《ぎょくへん》』によって漢字の書体（篆《てん》・隷・楷）と簡単な解説とを記した『篆隷万象名義《てんれいばんしょうめいぎ》』（現存最古の日本人による漢字辞典）を著し、九世紀末から一〇世紀初には源　順《みなもとのしたごう》が醍醐天皇の皇女勤子《きんし》内親王の命によって『和名類聚抄』（現存最古の漢和辞典）を撰した。一二世紀後半になると、漢字を訓読みのイロハ順に収録した『伊呂波字類抄《いろはじるいしょう》』などのような国語辞典が作られた。

平安時代の大学寮には、廟堂《びょうどう》・明　経道院《みょうぎょうどういん》・都道院《とどういん》（紀伝道院《きでんどういん》）・算道院《さんどういん》・明法院《みょうぼういん》などがあり、儒書を講究する明経道院では清原・中原両家が明経博士となり、史書と文学に携わる都道院（紀伝道院）では大江・菅原・橘・源などの家が文章博士《もんじょう》となった。貴族・官人の間で『文選』『白氏文集《はくしぶんしゅう》』などの詩が広く愛好されるようになると明経道よりも紀伝道が隆盛となったが、専門家養成コースとなった明経道では古注系の経学を点本の整理と講義によって継承し貴重な典籍を後世に残した。

＊3　易経・書経・詩経・三礼〈儀礼・周礼・礼記〉・春秋左氏伝《しゅんじゅうさしでん》。

＊4　孔子とその弟子曽子の対話によって「孝」について説いている書物。

遣唐使廃止後、唐が衰退に向かい、唐末五代の混乱を経て、宋が新しい中央集権的な官僚国家を建設すると、日中間は正式な国交ではなく僧侶の交流を通して、新たな禅文化が伝えられ、[*5]禅とともに朱子学《しゅしがく》[*6]に代表される宋代の新しい儒教解釈も伝わった。[*7]日本では一四世紀、南北朝時代から朱子学が本格的に学ばれるようになった。南宋の制度に倣って鎌倉時代から室町時代には鎌倉と京都に五山を選定して朝廷と幕府がこれに庇護を与え、全国各地にも十《じっ》刹《さつ》以下の諸寺を配し、これらは各地における学問や交易の拠点として機能した。

関東では関東管領《かんとうかんれい》上杉憲実《のりざね》が永享一一年（一四三九）に足利学校を再興して以来、室町時代における経学の拠点として各地から学生を集めた。また、五山僧侶の学業や足利学校の盛行が刺激となって明経道の学問が賦活した。厖大な点本と講義録（抄物）を残した室町末期の清原宣賢《のぶかた》（一四七五—一五五〇）は中世の学問が集大成されるさまを象徴する。その抄物は、家に伝わる古鈔本と新しく中国から渡った宋・元・明の説を折衷し、当時の新しい学風を示す。宣賢は招かれて能登・若狭・越前などでも講義しており、中世における学問の地方伝播のさまも物語っている。

＊5　一二世紀末に栄西が入宋して臨済禅をもたらし、一三世紀に道元は帰朝して曹洞禅をもたらした。

＊6　南宋・朱熹（一一三〇—一二〇〇）の新しい儒学解釈学。

＊7　円爾弁円《えんにべんねん》の将来目録（『普門院蔵本目録』）に、朱熹の四書注釈書が見えている。

第二節　近世日本と漢学

漢学と宋学

日本では「漢学」という言葉を、漢字・漢文によって読み書きされた古典中国に由来する学術文化の総称として用いることが多いが、こうした用例が現れるのは近世期以降の事である。中国では主に儒教解釈史（経学）における用語として、宋代に形成される新注《しんちゅう》学を「宋学」と称するのに対して、漢代（から唐代にかけて）の古注《こちゅう》学を「漢学」と称する。新注学は、朱子学における「性即理《せいそくり》」や陽明《ようめい》学における「心即理《しんそくり》」に見られるように心性や理気説重視などによる存在論など思弁的な性格をもつため「宋明性理学《そうみんせいりがく》」とも呼ばれ、それに対する古注学は字義・音韻など語句の解釈に重点を置くため「漢唐訓詁学《かんとうくんこがく》」とも呼ばれる。

上述のように、朝廷に仕えた明経道の儒者の学問は基本的に古注学を伝承するものであった。朱子学伝入の影響を受けて室町期にはいわゆる「四書」（大学・中庸・論語・孟子）を講義するようになったが、その「四書」は『大学』『中庸』には朱熹《しゅき》の解釈（「大学章句《しょうく》」「中庸章句」）、『論語』には古注系の解釈（何晏《かあん》『論語集解』、『孟子』趙岐《ちょうぎ》注）を用い、古注・新注取り合わせの変則的なものであった。南北朝時代に堺で刊行された正平版『論語集解』（正平一九年〈貞治三・一三六四〉刊[*8]）、一六世紀の堺で刊行された天文板『論語』（天文元—二年〈一五三二

＊8　室町時代を通じて三度覆刻されている。

一三三二）も、ともに古注系のテキストである。

近世初期の儒学は、こうした変則状態を脱して、ともかく朱子学の正統的な理解を定着させるところから始まった。鹿児島で桂庵玄樹《けいあんげんじゅ》が再刊した『大学章句』があるものの（明応元年〈一四九二〉）、四書すべてにわたる新注による附訓点本の刊行は桂庵の点法を継承する文《ぶん》之玄昌《しげんしょう》の加点（いわゆる文之点）による『大魁四書集注《たいかいししょしっちゅう》』（寛永三年〈一六二六〉刊）が初めてである。

儒者林羅山《はやしらざん》も朱子学の正統的な理解に努めた人物であるが、朱熹の時代から林羅山の時点まで四〇〇年を経ており、彼らは南宋・元・明に著された厖大な儒教典籍から朱子学の本質を主体的に取捨選択して修得していく必要があった。林羅山の師にあたる藤原惺窩《ふじわらせいか》が、朱子学から陸王《りくおう》学までの宋明学の振幅を心性重視傾向の中における多様性として見渡すのに対して、林羅山はあくまで朱子学を宋明学の正統とし陽明学をその正統性の範囲内に捕捉しうるものとして宋明学の展開に対する正しい見取り図を示そうとした。[*9]次いで、山崎闇斎《やまざきあんさい》は羅山の体系的朱子学理解から、更に朱熹の主著の正確な加点・読解や講釈を通して朱子学の内在的理解を進め、日本における「道学」の形成に寄与した。

ただし、林羅山の学問は、羅山側に立てば、将軍個人への進講のほか、外交文書や法令編纂への関与、歴史や系図の編纂を通した秩序安定への寄与など、徳川政権の確立と相即の関係にあったが、一方でそれがすぐに幕府の統治思想・統治機構に羅山の主張した朱子学が採

*9　武田祐樹『林羅山の学問形成とその特質—古典注釈書と編纂事業』（研文出版、二〇一九年）を参照のこと。

用されたことを意味するものではなかった。幕府側に立てば、幕府が羅山に求めたものは朱子学ではなく、一七世紀前半の日本の政治課題に即したその応用であった。儒教思想に基づく文治主義は一六八〇年代以降[*10]のことであり、幕臣の普通教育の課本に朱子学の基本テキストが採用されるのはさらにその約一〇〇年以上もあとのことである。

一八世紀後半以降に漸増する藩校に見られるように、武士階級を主対象とする公教育機関の設置は官僚養成・選抜と結びつくことが多く、またこうした武士向けの普通教育に「小学」「四書集注」などの朱子学テキストが採用されることが多かった。松平定信が主導した幕府の「寛政異学《かんせいいがく》の禁」が物語るように、この時期の教育政策は思想統制といった厳しいものではなかったけれども、学問の硬直化・固定化は避けられなかった。したがって、武士階級において朱子学を「正学」とする共通認識が醸成された後も、これに束縛されない者も少なくなかった。幕藩体制下の武士家臣団に所属しない者、例えば豪商・豪農、或いは医者・儒者などの専門職は、朱子学による学びに従事する義務がないので、彼らの自主的な選択はしばしば朱子学以外の儒学に向かった。

例えば、江戸時代後期の考証学の学統の中核をなす井上金峨《いのうえきんが》の門下吉田篁墩《よしだこうとん》（水戸藩医出身）や多紀桂山《たきけいざん》（幕府医官）、同じく井上金峨門に出た山本北山《やまもとほくざん》に学んだ大田錦城《おおたきんじょう》（大聖寺藩医出身）とその門下海保漁村《かいほぎょそん》（在村医出身）など、或いは晩年の森鴎外が史伝『渋江抽斎《しぶえちゅうさい》』『伊澤蘭《いさわらん》軒《けん》』などで描出した漢方医（標題以外に、多紀《たき》氏、小島宝素《こじまほうそ》、森立之《もりたつゆき》ら）や豪商（狩谷棭斎《かりやえきさい》ら）

＊10　武家諸法度の第一条が、従来の「文武弓馬之道、専可相嗜事」から「励文武忠孝、可正礼義事」に変更されたのが天和三年（一六八三）のこと。昌平坂に聖堂（孔子廟）が落成し、林鳳岡《ほうこう》が大学頭に叙任されたのが元禄四年（一六九一）のこと。

たちは、いずれも武士にとってはコアカリキュラムである「宋学」に関心を示さず、「漢学」を選択した人々であった。こうした都市部の町人文化に属する人々以外に、地方の豪農層にも「宋学」ではなく「漢学」を選択し、それを教授する私塾も生まれていた。

漢学と国学

「漢学」という言葉はまた、近世中期以降に『万葉集』などの日本古典を主な対象とした「和学」「国学」が形成される際に、その批判的対象として中国古典に由来する学問の汎称として使用されるようになった。例えば、本居宣長が『うひやまぶみ』に次のように述べて、和学・国学という呼称が「皇国を外にしたるいひやう」であると批判するのも、この事情をよく物語る。

　物学びとは、皇朝の学問をいふ。そもそもむかしより、ただ学問とのみいへば漢学のことなる故に、その学と分かたむために、皇国の事の学をば和学或は国学などいふならひなれども、そはいたくわろきいひざま也。

近世以前に「和学」が全く存在しなかったわけではない。例えば、和漢学の兼通は一五世紀の一条兼良や一六世紀の清原宣賢、一七世紀の林羅山などにも見られるものであるが、その場合の和学の内容は六国史や有職故実や歌道に基礎を置くものであった。幕藩体制の確立期には、古今の制度や史実への博識が実務にも有効であった。

僧契沖《けいちゅう》（一六四〇—一七〇一）らを先駆とする近世の国学はこれらとは性格を異にし、『万葉集』等による言語研究を基礎にして、さらに古道の闡明を求める方向に進んだ。近世の官学、イコール漢学という印象が強いけれども、実際には朝幕関係、対外関係、その他の要請から自国の歴史・文化伝統に関心を払った幕府首脳や有力大名は少なくなかった。契沖の『万葉《まんよう》代匠記《だいしょうき》』は徳川光圀《とくがわみつくに》の援助を受けて完成した。徳川幕府における和学・国学関係の組織や人材登用としては、北村季吟《きたむらきぎん》が和歌所に任じられ（元禄二年〈一六八九〉）、荷田春満《かだのあずままろ》は徳川吉宗に国学の学校建設を建白し（享保一三年〈一七二八〉）、荷田在満・賀茂真淵《かものまぶち》は田安宗武《たやすむねたけ》から和学御用を拝した。塙保己一《はなわほきいち》は幕府から土地を給付されて和学講談所を開設し（寛政五年〈一七九三〉）、門人屋代弘賢《やしろひろかた》らと『群書類従』『武家名目抄』などの編纂に従事した。和学講談所はのちに昌平坂《しょうへいざか》学問所の附属機関となり、幕末まで塙家が継承した。

思想運動としての「和学」「国学」が、漢籍伝来以前の古代日本の「心」「道」の発見に向かったことは、宋明学における「性」の追求、その批判的継承によって形成された古学（仁《じん》斎《さい》学・徂徠《そらい》学）における「道」の追求からの影響をうかがわせる。その一方で、「和学」「国学」が批判的対象として中国古典に由来する学問を「漢学」と汎称したことによって、近世の中国古典研究が持っていた「宋学」「漢学」等の多様性や歴史性が無化される傾向を持った。

漢学と洋学

文化一二年（一八一五）、杉田玄白が八三歳の年に成立した『蘭学事始』では、この五〇年で大きく成長した「蘭学」（オランダ語による学問）に対して、遣唐使の時代に遡る漢文による学びの意味で「漢学」の語が使用されている。一八世紀を通じた「和学」「国学」の盛行によって、「漢学」の語もまた普及したのである。だが当然ながら、中国古典研究の領域において、汎称としての「漢学」が使用されることはなかった。例えば昌平坂学問所内のカリキュラムでは、「経義」「四書小学」「詩文」「国史漢土歴史」等の科目はあっても、「漢学」という科目は存在しえなかった。

次いで、明治維新によって徳川幕府の教育研究機関が明治新政府にひきつがれる際に、昌平坂学問所は昌平学校となり（明治元年〈一八六八〉）、洋学の拠点であった開成所《かいせい》（安政元年〈一八五五〉洋学所開設、安政二年〈一八五六〉蕃書調所《ばんしょしらべしょ》、文久二年〈一八六二〉洋書調所、文久三年〈一八六三〉開成所）は開成学校（明治元年）と改められ、西洋医学の拠点であった種痘所《しゅとう》（万延元年〈一八六〇〉直轄、文久元年〈一八六一〉西洋医学所、文久三年〈一八六三〉医学所）と合わせて、大学校（明治二年〈一八六九〉、のち大学）に改組される。前述のように、和学の拠点である和学講談所は昌平坂学問所の附属機関であったことと、当初、明治新政府が祭政一致を掲げたことから、大学本校では皇学と漢学が並置された。洋学と西洋医学に対して、伝統学術が「皇漢学《こうかんがく》」に纏められて対置されたことになる。

その後、大学本校が閉鎖（明治三年〈一八七〇〉）・廃止（明治四年〈一八七一〉）される一方、開成学校は南校、医学は東校となり、それぞれの沿革を経て明治一〇年（一八七七）に別に工部省管轄の工部大学校と併せて、東京大学として統合される。この学校制度の変遷を反映して、明治五年（一八七二）の「学制」では大学は「高尚ナル諸学ヲ教ル専門科ノ学校」と規定された。この時点での「大学」は専門学校に過ぎず、その専門科目とは南校と東校の授業科目である理・化・法・医・数理だけであり、一時的とはいえ「文」の学びが公的な高等教育から脱落し断絶したことが分かる。

東京大学における文学部の創設は、「文」の学びの復活ではあったが、大学本校における「皇漢学」の復活とは言えるかどうかは微妙な問題である。文学部には哲学・史学・政治学理財学・和漢文学の諸学科が開設されたが、和漢文学科の進学者はほとんどなかった。しかしとにかく東京大学に文学部が置かれたことを反映して、明治一二年（一八七九）発布の「教育令」では、「大学校ハ法学 理学 医学 文学等ノ専門諸科ヲ授クル所」と規定された。

続いて、明治一九年（一八八六）には東京大学は帝国大学に改組され、「帝国大学ハ国家ノ須要ニ応スル学術技芸ヲ教授シ及其蘊奥ヲ攷究スルヲ以テ目的トス」（帝国大学令）と定められて学術と国家の関係が緊密さを増すなかで、学科として「漢学科」が設置され、講座制（明治二六年〈一八九三〉）が始まると漢学支那語学として三講座が開設され、漢学科が支那哲学・支那史学・支那文学語学に分化する明治三七年（一九〇四）まで存続した。

したがって、「漢学」は支那哲学・支那文学語学に分化しつつも、学問分野としてかつて存在した。それだけでなく、帝国大学の漢学・支那哲学は単なる学問に止まらず、漢文教育が進むべき方向性を指し示す役割を持つものであった。漢学科・支那哲学の主任教授であった島田重礼や服部宇之吉は長年に亙って文部省検定試験委員等の職を歴任したし、服部宇之吉が東京帝国大学において最も重要視した講義の題目は「儒教倫理」であった。

第三節　現在における「漢学」をめぐる問題

日本思想史学会において「近代の漢学」をテーマとしたシンポジウムが開催されたことがあり（平成一八年〈二〇〇六〉）[*11]、パネリストの吉田公平氏は従来知られている官学における漢学者だけでなく、陽明学者や漢詩檀などの地方・民間の動向に注視すべきことを報告し、パネリスト齋藤希史氏は京都支那学の第一世代である青木正児の中国文学研究を例に江戸漢学の伝統からの継続と断絶を報告した。コメンテーターの澤井啓一氏は「「漢学」に異議あり！」と題して、哲学・倫理学・社会学・法学などの導入に儒教的知識が活用されたことに目を向けるべきであり、近代化諸活動のなかで「十把一絡げに価値のないものとして捨て去るときに使用されてきた」「漢学」という呼称は学術用語として問題があるので、「近代日本儒学」と呼ぶべきであると結んでいる。コメンテーターの大久保健晴氏は、齋藤氏に対して江戸漢学伝統の継続と断絶が見られる青木正児にとっての中国とは何であったのか、またそれが同

＊11　シンポジウムの内容は『日本思想史学』三九号（二〇〇七年）を参照のこと。

時代知識人の動向とどのような関連があったのかと発問し、吉田氏に対して陽明学における近世と近代の連続不連続、および漢詩檀における官民の関係（対立・協調・共存）が思想史にどのような意義を持つのかを発問している。

次いで、同誌において、中村春作氏が「日本思想史研究の課題としての漢字、漢文、訓読」（平成二四年〈二〇一二〉）を発表し、近年の研究史を回顧する形で、国民国家論における言語論や近代「学知」への問い直しからあらためて漢字・漢文・訓読が問題にされるに至った経緯を説き、これらの問題を分析する視野として東アジア世界の「漢字文化」「漢文文化」が浮かび上がってきた現状について解説している。

従来、必ずしも日本漢学に関心を払ってきたとは言えない中国学・東洋学においても、近年、日本漢学に対する注視が高まっている。日本の中国文学・中国哲学研究者が所属する全国学会である日本中国学会においては、二〇一〇年以来、日本漢学の部門が設けられて、大会における研究発表や学会報への論文も増加している。日本の東洋学関連の研究者が所属する東方学会においても、近年、日本漢詩文や日本漢方医学に関するシンポジウムが開かれている。これらの限られた例示からも、過去の「漢学」に対する忌避感もあるものの、日本漢学、あるいは東アジア世界における漢字・漢文に対する関心が高まっている現状が看取されるであろう。

別の視点から、筆者に「漢文」への関心を語ってくれた研究者もある。筆者は近年、海外の大学の日本学研究者を対象にした漢文講座を実施してきたが、そうした機会に、あるアメリカの日本研究者は筆者に、一九九〇年以降の東西冷戦体制崩壊後のアメリカ政府の東アジア戦略の転換が、日本学における漢文の需要の高まりをもたらしたと説明してくれた。彼の意図をうまくくみ取れたか、必ずしも自信はないが、私の理解したところでは、冷戦体制下、アメリカ政府は日本を東アジアの特別な国として中国大陸・朝鮮半島と分離しておきたかった。日本は東アジアのどの国とも似ていない日本であればよかった。しかし、冷戦体制崩壊後、アメリカは日本に東アジアのなかでの立場の確立を望むようになり、いわゆる漢字文化圏における日本のありようが問題にされるようになってきた、というのである。

また、別のアメリカの日本文学研究者は、最近、「日本漢文学」の英語の呼称について、Literary Sinitic と呼ぶべきであると主張している。[*12] 冒頭に述べたように、筆者は従来「漢学」「日本漢学」の英語訳として Kanbun Studies を使用しているが、Kanbun Studies では日本語話者の視点が強すぎて、東アジア漢字文化圏における共通語といった意味を含めにくい。前近代日本人の意識に即しても、彼らは訓読を前提としたけれども、日本人の漢文、中国人の漢文、その他の地域の人の漢文の間の差異をあまり区別せずに読み書きした。しかし、Kanbun Studies という用語を使用する場合、欧米圏では日本人が作った漢詩文に限定される嫌いがあり、研究の対象・範囲に齟齬や誤解が生じやすいという。

情報化社会の進展に伴い、知識や文物の流通・伝播に関する研究も関心を集めている。そ

＊12　マシュー・フレーリ「英語圏における日本漢文学研究の現状と展望」（『アジア遊学　文化装置としての日本漢文学―新たな波：世界の漢文学研究と日本漢詩文』〈勉誠出版、二〇一九年〉）。

の一例として、東アジアにおける知識交流の媒体としての漢字への関心、その具体的な資料としての「筆談」が近年注目を浴びている。欧州の日本学研究者は、筆談に関する英語で書かれた専著がまだないことを指摘する際に、「筆談」をSinitic Brush Talkと表現している。[*13]

いずれにしても、日本文学の枠内における漢詩文に止まらず、日本を東アジアの中でとらえる視点と、その視点における漢字・漢文への注視が必要とされていることがよく理解できる。

これとは別に、中国においては、「域外漢籍」[*14]や「国際漢学」[*15]といった視座からの日本漢学研究が盛行し、それに関連する厖大な資料も刊行されつつある。中国における「漢学」は、専門の研究者間では伝統的な「宋学」の対概念としての「漢学」も使用されるが、今日ではより一般的には自国における中国文学研究に「国学」や「中文」などの呼称を用いるのに対して、諸外国における中国研究を「漢学」と称する場合が多い。「日本漢学」「朝鮮漢学」「法国漢学」「独国漢学」「露国漢学」、或いは「欧州漢学」と各地の中国研究が呼称される。「日本漢学」の場合には日本人の中国古典研究（いわゆる準漢籍など）も、日本人の創作になる漢詩文も、この中に包含されるようである。自らを漢字文化圏の中心と位置付ける大型プロジェクトの盛行[*16]とともに、儒教文化の復権も近年の顕著な動向であり、こうした中国の政策と研究動向が漢字・漢文への世界的関心を支えていることは否めない。当然ながら、こうした中国の動向に対しては、かつての日本の大東亜共栄圏に奉仕した漢学とのアナロジーを見出すなど、否定的な外国人研究者も少なくない。[*17]

＊13　Peter Francis Kornicki. *"Languages, scripts, and Chinese texts in East Asia.* Oxford University Press. 2018.

＊14　南京大学の域外漢籍研究所（張伯偉《ちょうはくい》所長）の活動がその代表的なものである。

＊15　北京外国語大学の国際中国文化研究院、北京大学の国際漢学者研究所。

＊16　北京大学における「儒蔵編纂」、山東大学における「全球漢籍合璧工作」など、その一例である。

＊17　キリ・パラモア「「市民宗教」と儒教」『日本漢文学の射程―その方法、達成と可能性』（汲古書院、二〇一九年）など。

振り返って、中国が世界に呼び掛けている「国際漢学」の歩みが必ずしも平坦でないのと同様に、日本が要請されている「国際日本学」の歩みも平坦ではないように見える。だが「国際日本学」の開拓において、やはり筆者には忌避されてきた「漢学」という負の遺産（その挫折と可能性）への注視が鍵を握るように思われる。

現在の「東アジアにおける日本」と「漢字・漢文」の問題を考えるとき、一九世紀の「漢学」あるいはSinologyは直接に回顧・参照するに価する話題を提供する。青木正児の対中国認識をめぐる議論（斎藤・大久保両氏）は既に触れたが、それにとどまらず欧米のSinologistと東アジアの儒者・漢学者を対照する必要がある問題は多い。例えば、蝦夷地・琉球・小笠原などの周縁地域をめぐる関心は、一九世紀における欧州東洋学者と日本の儒者・洋学者の関心が交差する問題である。吉田氏の民間の漢学や漢詩檀をめぐる問題も、各地の尊皇攘夷運動や自由民権運動の動向、或いはその後アジアに注視する人々との動向と絡めて考えるべき問題が多い。例えば、筆者は最近、木下彪《きのしたことら》『国分青厓《こくぶせいがい》と明治大正昭和の漢詩界』を整理刊行した。司法省法学校を中退後、郷里宮城県の自由民権運動に関与し、新聞『日本』の漢詩欄に漢詩による人物批評・政治批評を発表した国分青厓、日中関係が激変した時期にほぼ二〇世紀を通じて漢詩を作り漢詩を評論した木下彪、これらを含めて今後の研究が俟たれる対象はまだまだ多い。

【参考文献】

中村春作『江戸儒教と近代の「知」』（ペリカン社、二〇〇二年）
倉石武四郎講義『本邦における支那学の発達』（汲古書院、二〇〇七年）
滝川幸司ほか編『文化装置としての日本漢文学―近代社会の礎としての漢学、教育との関わりから』（アジア遊学二二九、勉誠出版、二〇一九年）
王小林・町泉寿郎編『日本漢文学の射程―その方法、達成と可能性』（汲古書院、二〇一九年）

第二章　日本における中国思想——儒教文化を中心に

市來津由彦

第一節　日・中思想文化交渉を考える前提

「日本における中国思想」について、個別事象を網羅して評価するのは、限られた紙幅では不可能である。ここでは、日本と中国との文化交渉をみるときに前提要件となることについてまず考える。そしてその視点からみえる像を、中国朱子学と江戸儒学を主に研究する筆者がふれた事例に沿って提示することで標題に対応する。あとのほかの論考のように事象を事実実証的に提示するのではなく、論説的論述となることをお断りしたい[*1]。

中国の社会と文化の基礎枠組

日・中思想文化交渉の事象を考える前提として、(1)まず近代と近代以前で全体をわける必要がある。また、表層の文化の基盤に関わる、(2)中国社会の統治のしくみ・文字の機能とそれらに関する日本の社会・文化との相違のおよその理解が必要である、(3)その上で中国社会

＊1　標題に対応した内容で個別事象を通史的に記述している書、また問題を種々提起している書として、倉石武四郎講義『本邦における支那学の発達』（汲古書院、二〇〇七年）、源了《みなもとりょう》圓《えん》・厳紹璗《げんしょうとう》編『思想　日中文化交流史叢書3』（大修館書店、一九九五年）をあげておく。なお以下、文献は主として概説・教養書的なものをあげていく。

の文化事象、および、日・中両社会の文化交渉の結果としての諸事象が検討できる。事象が主に中国から起動するので、中国思想文化の基礎枠組に関して、右の事柄をまず確認したい。

(1)については、後述、事象の事例に沿った説明において、近代以前と近代とをわける。

(2)については、大きくは左の表1のような事柄がある。下半分は、参考にとどまるが、対応する日本の事象を項目ごとに書き入れた。中国に比して強固な枠組がないのが特色である。

表1　中国社会の統治のしくみ・文字の機能

項目	中　国	（参考　日　本　）
社会	大規模分裂と統一の交代	朝廷を中央にしての緩やかなまとまり
統治法	・元首としての皇帝 中央集権文官官僚（知識人官僚）統治	・権威の源泉としての天皇 階層及び地理空間的中央から緩やかに周縁へ
統治層の生産	漢～唐　推薦（郷挙里選・九品官人法） 宋～清　自薦（科挙）	・古代豪族・貴族／中世武家／近世武家 ・時代とともに統治中心勢力が交代
身分	士（統治層とその周辺）／庶（民）の分	貴族／武家／民（実質的力関係とは別）
文字 文章	漢字 文言《ぶんげん》（中国古典語）／白話《はくわ》（八世紀以降） ・文言は統治層の文化	漢字・片仮名・平仮名 漢文／和文＋漢文脈和文と和文脈和文 ・三者が用途ごとに分化しつつ併用

すなわち、規模が大きい中国社会は、地形、食生活、生活様式、言語ごとに各地方がまとまり、全体が分裂する可能性をいつも孕む。ともに、ほかの地方社会を併合して全体がまとまろ

うとする力学も働く。東アジア他社会と比較して「中国」としての特色ある文化は、このまとめることに関連して多く生み出されている。その枠というべきものが、中国をひとまとまりに統治するための中央集権官僚制度である。書記言語としての文字と文章は、中央政府と地方社会をつなぐ官僚層が統治の理念を共有し、地方社会への政策の伝達、地方の実情の中央への送付と共有に機能するものであった。まとめるには官僚制と情報共有の文章文化が必須というこうした課題は、社会規模とか地理空間事情は変えようもないため、近代に至るまでいつも存した。ひとまとまりの社会運営のためのかなり強固な枠組がここにある。

(3)に話を進めると、戦国時代を統一した秦の崩壊をうけて中国を再統一した漢朝は、統一維持の方式を模索し、そのひとまとまりの統治を保持しようとする。そのために漢朝の正統性を語り、官僚の精神統制をはかる統治理念としての「儒教」を形成した。「天」の啓示により中国世界を治めるコツをつかんだ古「聖人」の言行や教えが文字化されたものとして「経書」(ここでは、易・書・詩・礼・春秋のいわゆる「五経」。全体としては統治者からみた場合の社会統治論)を想定し、その経書の文字と文章の真意を学ぶという、政治学かつ神学的な「経学」学術=儒学が形成され、官僚層はこの学術を学ぶこととなった。社会的特権を持ち、統治にたずさわるその特殊な知識人官僚層を「士大夫《したいふ》」「士《し》」、制度的なものも含めて彼らによって生産される文物の総体を、「士大夫文化」という。

そして、「経書」とその学びの経学は、中国をひとまとまりにして運営する高位文化の中核とされ、これを柱としてすべての書籍が体系的に位置づけられた。現存する最古の図書目録『漢書《かんじょ》』芸文志《げいもんし》に、この考えは示されている。その図書分類は、漢代は経書を柱としつつ実質六部分類だったが、南北朝時代に史書関係その他の書籍が増加して編成替えがなされ、唐初に編纂された『隋書《ずいしょ》』経籍志《けいせきし》に至り、「経（経学関連書籍）」「史（史書関連書籍）」「子（諸子学―医書、技術、道教・仏教の宗教書等含む―関連書籍）」「集（いわゆる文学関連書籍）」の四部に分類され、図書分類法が確定した。*2 日本社会が中国社会と本格的に交渉する前に、書籍レベルでの中国思想文化には、体系的な位置づけの枠ができていた。

　中国では宋《そう》代以降、官僚再生産の柱が科挙試験に拠るようになり、知識人統治体制の知識人性が純化したものとなる。これにともない、科挙に合格し自身の知的能力により統治層に参与するという知識人官僚層の新たなあり方に適合した儒教学術として、朱熹《しゅき》（一一三〇―一二〇〇）を集大成者とする「朱子学《しゅしがく》」が形成された。その思想の核心は、「己《おのれ》を修《おさ》め人《ひと》を治《おさ》む」ということである。すなわち、人は学ばなければ怠落に陥る一方、向上の根拠としての「理」が、本「性」として誰にも具《そな》わる。学びによってこの理を発揮し人間的に向上することが人には必ず可能であり（己を修む）、向上した者が他者を感化し（人を治む）、その連鎖で社会がよくなるとする。朱熹はその思想を、『論語《ろんご》』『孟子《もうし》』『大学《だいがく》』『中庸《ちゅうよう》』のいわゆる「四書《ししょ》」の注釈に書き込んだ（『四書章句集注《ししょしょうくしっちゅう》』）。「士」としての生き方を問う学び）。科挙によって生産される宋代以降の知識人官僚のあり方にその思想・学説が適合するものであったため、明《みん》代初め

＊2　奈良、平安前期の日本にあった漢籍を確認する際に参照される九世紀末、藤原佐世『日本国見在書目録』は、この『隋書』経籍志の分類法を基礎とする。

までにはこの学は士大夫文化の柱となった。[*3] ただし、王朝統治に関わる「五経」を必要とする前提は続いており、内容的に更新されつつ、五経の解読も併存していた。

「中国思想」というと、大きくみても儒教、仏教、道教、老荘思想と多岐にわたる。本稿で論及する際は、中国をとりまとめる理念として創出された儒教文化を中心に論述する。

「実態社会」と「理念文化」を分離するという視点

こうした中国の社会が周辺諸社会と関係し交渉しあい、その文化が伝播するのだが、複合様態としてある社会と文化の何がどう伝わり、受容する側が主体的にそれをどう使用するのか。それを捉えるために、社会と文化の複合態を作業仮説的に「実態社会」と「理念文化」に分離するという視点をここで提起したい。[*4]「実態中国社会」と「理念中国文化」という項を想定し、これを分けてみるのである。仮にそう考えてみると、「実態中国社会」は、東と西、南と北、海と陸等の関係の中で一つに固定してはおらず、人口、境域、生活習俗、言語などが、多様の中で変動、流動し、しかも複数の揺らぎの中にいつもある。一方、「理念中国文化」は、「天」に認められた「王朝」統治という理念とか「華夷《かい》（中華《ちゅうか》・夷狄《いてき》）」の観念、また文言《ぶんげん》（中国古典語）型式の詩・文や、歴史記述としての「正史」観念など、もろもろの「士大夫文化」や統治の文物《ぶんぶつ》制度などがこれにあたる。これらは実態社会の多様さを「中国」としてひとまとまりにまとめ、そのことを「ひとまとまり」のものとして認識し構成していく働きをする。

*3　朱子学について筆者なりに概説したものに、「朱熹―近世士大夫思想の定立者」（湯浅邦弘編『名言で読み解く中国の思想家』〈ミネルヴァ書房、二〇一二年〉）がある。

*4　市來・中村・田尻・前田共編『江戸儒学の中庸注釈　東アジア海域叢書5』（汲古書院、二〇一二年）。市來「序説」で、この書所収の諸論考を位置づけるためにはじめ提起した視点である。収載拙稿「中国における中庸注釈の展開―東アジア海域文化交流からみる」も参照。

儒教「経学」のように、実態社会を一つにまとめるものとして、外形上は一貫して続くようにみえるものもある。しかしそうしたものも、長期的には内容面で変化や揺らぎがかなりある。「朱子学」文化の形成や伝播などはこの揺らぎにあたり、実態中国社会の変動に触発された理念文化としての「経学」文化の変動としてこれは起きている。

ここからすると、東アジア各社会に立ち現れる「中国」は実体的に固定したものではなく、判然とは分けきれないが、この実態社会と理念文化の両項の複合として存しており、その複合を仮に分離すると、それぞれの側面はそれぞれに揺れ動くとみることができる。他社会と中国との連関が生じるときに、その複合関係の非固定性、自由性がそこに現れる。参考のために、この理念文化と実態社会との関係、および中国と日本の社会と文化の交渉の構図を、次頁に図1として考えてみたが、「理念文化」面が「実態社会」面から離れ、受容側の実態社会面に関わりそこの理念文化と交渉するのである。各社会は、自身の実態面と関わらせ自身の姿に合わせ、伝わってくるその「理念中国文化」を受けとめる。自身が見たい「中国」を像としてつくり、あるいは見たくない「中国」や自国の社会・文化をその像を用いて批判する。日中文化交渉をみるときには、対応する日本についても、「実態日本社会」と「理念日本文化」という同様の複合態を考えると、日本側における「実態中国社会」の影響度や「理念中国文化」の使用様態をはかることができる。全体的に比較すると、実態中国社会で起きている内部の事象の多様さに応じて「理念文化」の役割がことに大きいのが、中国の社会と文化の特色といえる。

実態社会と理念文化という視点を踏まえ、東アジア各社会にとって「中国」とは何かを問うことは、近代以前における東アジアの思考の普遍性と射程を問い直すことになろう。

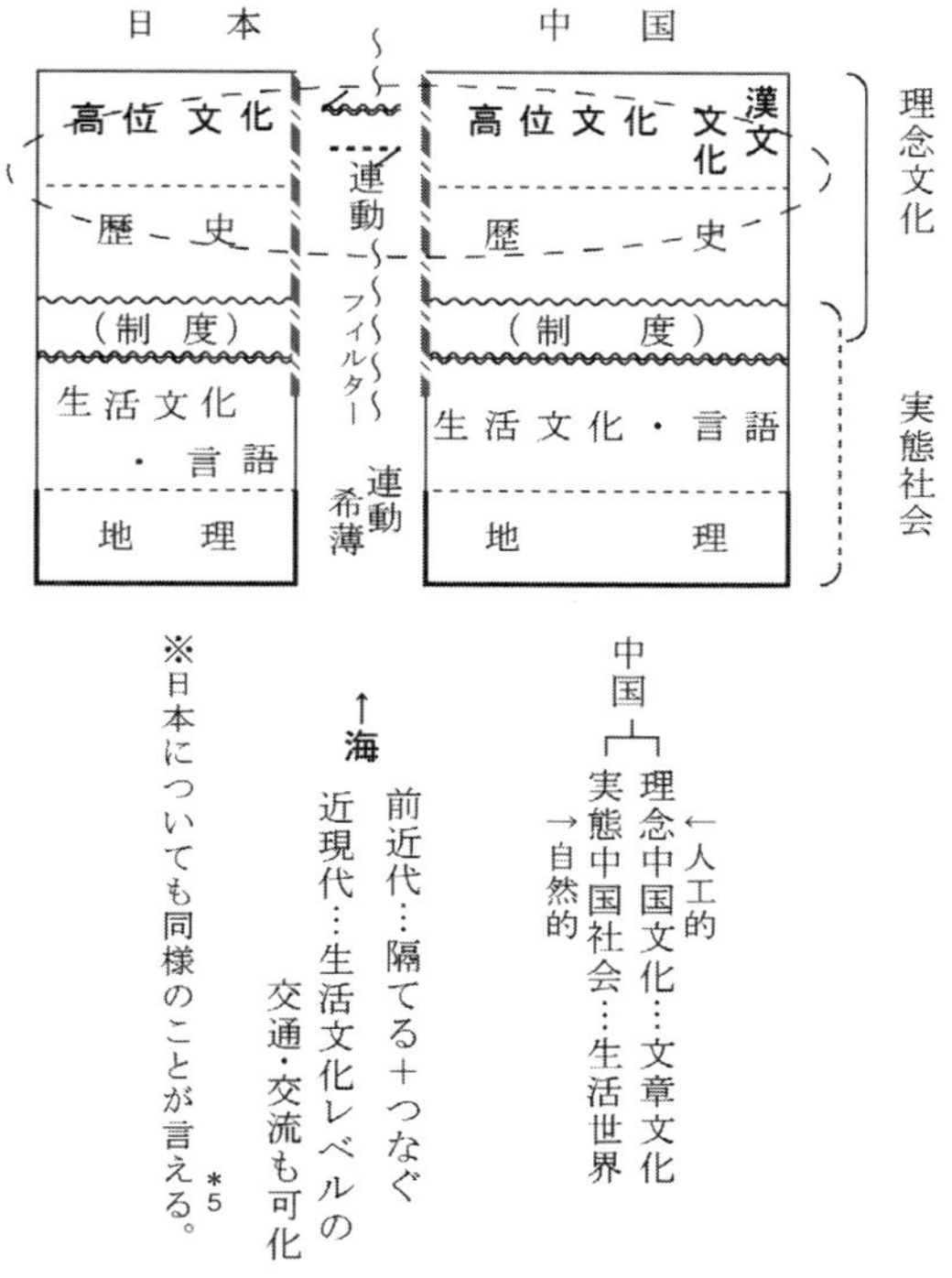

図１　前近代日本・中国文化交渉モデル図

東アジア文化交渉における「海」

なお、日本と中国の社会と文化の関係を実態社会と理念文化という作業仮説的視点から問

＊5　「理念文化」としての「日本」意識の明確化は、天智二年（六六二）の白村江《はくすきのえ》の戦い以降か。河上麻由子『古代日中関係史―倭の五王から遣唐使以降まで』（中公新書、二〇一九年）は、この戦争の後の遣唐使派遣回復時に国号「日本」の使用を唐に申し入れたことを論述する。

うことに絡み、両社会に横たわる「海」の意義について述べたい。

海は、「つなぐ」ことと「へだてる」ことの両方の働きをいつも持つ。そして近代以前、海は実態社会としての日本と中国とを切り離す方向でおおむね作用した。陸続きの朝鮮半島が中国の政治の影響を古来、じかに受けてきたのと環境事情がかなり異なる。「理念中国文化」は、本来は実態中国社会から生まれ中国社会向けて機能する。その文化が日本に伝わる場合、海がフィルター的な機能を果たし、実態中国社会との絡まりを切り離し、「理念文化」面が純化され、もしくは抽象化されて伝わる。端的にいえば、多くは書物テキストとして日本に入るということである。科挙試験技法など、実態社会と理念文化との中間項的文化の多くも切り落とされる。また遣唐使船のような場合は別として、同時代の問題を論じた書物がセットでとか、問題がそのままとかで伝わるのではない。実態社会間の交渉の問題に関わるが、交易船が売れそうなものを持ち込むのである。以上においては海がいわば「へだてる」働きをし、加えて選択的につないでもいる。どういう条件の下で何が日本に入ったかの確認は重要な作業であり、書籍の移入の理解は、日本の中国思想を考える上で不可欠である。[*6]

ただし、ときには理念文化を体現した人（すなわち実態中国社会を生きる人でもある）とセットで理念中国文化が入ることもある。そのときには情報量が特に多くなり、また、その「理念中国文化」の有効性を計ることが実態日本社会レベルで現場的に可能となったりする（禅僧の往来など）。この場合は、海の「つなぐ」働きの側面が前面に出るといえる。

＊6　書物の動きについては、大庭脩・王勇編『典籍　日中文化交流史叢書　九』（大修館書店、一九九六年）が、刊行時の情報という制約があるが、諸問題の所在を開示する。

第二節　日本における中国思想文化の機能——近代以前

近代以前の日本にとって中国思想文化は、大きな波としては三つの波としてやってきている。第一波は遣隋使・遣唐使、第二波は禅僧の往来、第三波は、第二波と時期的に完全に途切れるわけではないが、日本の戦国時代、中国では明代以降の交易船による交流である。いずれも日本文化のあり方を変えたとみられるが、詳細な検討はできない。第三波の延長にある主に江戸儒学の事象を例として、「理念中国文化」の展開のあり方をみることとする。

東アジア海域文化交渉として日本文化に起きる現象

前項の理念文化と実態社会との複合と捉える視点から、日・中両社会の前近代の思想文化の交渉を日本側に即してみるとどうみえるのか。一般化していうと次のようである。

①日本側からすると、中国思想文化事象の実態社会の問題の多くが「海」によってさえぎられ、「理念中国文化」面が中国の実態社会と切り離され、書物テキストとして日本に伝わる。日本側はその書物テキストをまずはそれとして原型的に解読する。ただしその実、そのとき実態日本社会側から解読しているのだが、そのことは意識の上では後景にある。そして基本的にはこの原型的な解読は保存・継続され、保持される。

②次の段階として、「理念中国文化」が実態日本社会と意識的に重ねあわせられる。そのことで理念中国文化が読み替えられ、実態日本社会に基づく日本文化的な、ただし主観的には「中国」のものとみる「理念〈中国〉文化」が生成される。そして保持されている原型的「理念中国文化」と日本文化的この「理念〈中国〉文化」との間に、交流や対抗関係が生まれたりする。①②の全体は、「日本漢学」世界を構成するものとなる。

③さらには、実態日本社会に基づく理念日本文化が、以上の①②の刺激を受け、理念中国文化に対して親和的あるいは対抗的に何らかの関連ある「理念〈日本〉文化」を創生する。そして原型的「理念中国文化」や日本文化的な「理念〈中国〉文化」とこの創生物とのあいだに、交流や対抗関係が生まれたりする。

以上のような視点からみると、中国側に沿っては中国思想の何がどのように作用したか、日本側に沿っては中国思想をどう使用したかの主体性のあり方について、事象ごとにバラバラに評価するのではなく、全体的な評価基準をもって総体的に捉えることができる。

日本への「朱子学」儒学の伝播と展開

右にふれた近代以前における中国思想文化の波の第三波の延長にある主に江戸儒学を例として、以上の「理念中国文化」の展開、日本社会での作用のあり方をみてみよう。ただし以降の記述は、日・中文化交渉の接面を整理し、見通しを得るための視点の提起にとどまる。

＊7　以下、江戸儒学の節目の思想家、学説、社会的広がり等について簡略に記述するが、概説も研究も多岐多様であり、各事項に対応する概説書を個別に紹介することはしない。近年の通史的著作を三点だけここで紹

真の検討は、もとより、実態日本社会の各事情の追究によってなされる。その事実的実証的提示は紙幅上できないことを、ここでお詫びしておきたい。*7

【五山における「朱子学」の読解】　広義の士大夫文化学術は、日中文化交渉の第一波として古代日本に伝わり、消化されて日本文化の大きな要素となった。微視的な例をあげると、唐初の類書《るいしょ》経由らしいが、『日本書紀』巻一「神代巻上」は、開巻冒頭で順に『淮南子《えなんじ》』俶真訓《しゅくしんくん》、三国・呉の徐整《じょせい》『三五歴記《さんごれきき》』、『淮南子』天文訓《てんもんくん》の句を引きつつ、天地の始まりを記述する。比較的正確に引くところに、右の「日本文化に起きる現象」の①があるのがうかがえる。しかし原文文脈を外して断章取義的に引く点は②の「読み替え」であり、その構成がのちに続く神々の記述の原理となっているのは、③としておこなっているといえる。*8　著名な例だが、日本思想の根本文献の形成に、中国思想の思考が深く関与しているのである。

さて、この第一波を消化した基礎の上に、「朱子学」学術は、情報としては右の第二波にのって禅仏教の留学僧、来日僧によって一三世紀末には伝わり、室町五山では、禅仏教との擦り合わせと大名達への政治姿勢講義に資するものとして講釈されていた。*9　ただし、仏教の禅寺という制約もあり、中国で機能した官僚知識人ないし地域社会のリーダーの生き方としての「朱子学」として使用するためにではなく、当初は、北宋からの連続した中国思想文化として読まれていたようでもある。*10　この段階は、右の①にあたる。重要なのは、白話《はくわ》を解する留学僧や禅寺の修行者が、朱子学文献をきめ細かく読解するために、助字《じょじ》やいわゆる置き

介するにとどめる。子安宣邦『江戸思想史講義』（岩波書店、一九九八年）、渡辺浩『日本政治思想史［十七～十九世紀］』（東京大学出版会、二〇一〇年）、田尻祐一郎『江戸の思想史』（中公新書、二〇一一年）。

＊8　中国的世界観の原理によって神々を整理する意図があることについては、神野志隆光『古事記と日本書紀―「天皇神話」の歴史』（講談社現代新書、一九九八年）参照。

＊9　日中文化交渉からみた五山文化の諸問題の近年の認識を概説したものとして、島尾新編『東アジアのなかの五山文化　東アジアに漕ぎだす4』（東京大学出版会、二〇一四年）がある。

＊10　小島毅「中巌円月が学んだ宋学」（小島毅編『中世日本の王権と禅　東アジア海域叢書15』（汲古書院、二〇一八年）参照。

字等も訓読文に入れ込む訓読翻訳法の改良をしていたことである（桂庵《けいあん》和尚《おしょう》家法《かほう》倭点《わてん》など）。[11] その成果は、曲折を経ながら江戸儒学に引き継がれる。

【藤原惺窩、林羅山】　その朱子学儒学が社会的に使用され始めるのは、中国の明代後期と呼応する江戸初期になってからであった。文化交渉の第三波として、明代の儒学情報書籍が交易で多く入ったこともあり、戦国時代が終わり社会の平和と安定に入りかけの徳川時代のはじめ、それまで禅寺で研究されていたこの学が禅寺で学んだ人士《じんし》によって、仏教環境の外で公開的に唱えられはじめた。京都の相国寺《しょうこくじ》の僧侶だった藤原惺窩《ふじわらせいか》（一五六一―一六一九）、僧侶ではないが、やはり京都の建仁寺《けんにんじ》で学び、後に惺窩の弟子となった林羅山《はやしらざん》（一五八三―一六五七）らである（読みは博士家《はかせけ》系といわれる）。制度的保護もなく、江戸初のなお軍事体制下の社会に生きたかれらは、日本語の解説による啓蒙活動に励むとともに、日本語母語者が日本語使用のままで理解できる特殊な紙面の和刻本テキストを多く刊行し、それらのテキストは朱子学理解の基盤形成に大きく寄与した。かれらは前述の①の段階にあたる。

【山崎闇斎】　ただし中国の朱子学が前提とする社会は、科挙によって身分階層移動が可能な社会であった。かつ儒学は科挙試験に出題され、制度内のものであった。これに対し江戸社会には科挙制度はなく基本的には固定身分制であり、儒学への保護も江戸前期にはなかった。社会基盤面でこの学術はそのままでは日本社会に十全には適合しない。[12] そうした中で、林羅山にやや遅れて京都と高知の禅寺で修行した山崎闇斎《やまさきあんさい》（一六一八―一六八二）が出てくる。

＊11　桂庵玄樹と文之玄昌の漢文訓読については、研究書ではあるが、村上雅孝『近世初期漢字文化の世界』（明治書院、一九九八年）参照。

＊12　渡辺浩『近世日本社会と宋学』（東京大学出版会、一九八五年）は、江戸初期の史料を豊富にあげて、日本社会への朱子学の適合、不適合問題について論じる。

彼は、中国近世儒学としての「朱子学」の思考枠組は保持したまま、日本社会の実情にあわせ、固定身分制を生きる武士の心的姿勢を学ぶものに改変して朱子学を説いた。その学は、前述の①と②の中間にあたるといえる。

【伊藤仁斎】　徳川政治体制が安定し、文治的な政治に向かう一七世紀後半以降は、和刻本も多く出るようになって儒学にふれられる基盤が民間でも整備されていった。この中、より日本社会に適合する儒学が、社会の階層ごとに模索された。

はじめ朱子学を熱心に学んだ京都の上層商家出身の伊藤仁斎《いとうじんさい》（一六二七―一七〇五）は、その学に懐疑を抱くようになり、煩悶の末に、朱子学を批判する「古義学」の立場を開き、寛文二年（一六六二）、講義と会読《かいどく》をする民間の儒学塾を京都の堀川沿いに開いた。ここに、「理念中国文化」を日本社会にあわせる「理念〈中国〉文化」的な前述の②の方向がはっきりと出てくる。

伊藤仁斎は、朱子学の特に「性が心に内在する」という考えに疑問を持ち、人が生きる実際の現場からすると、『論語』『孟子』は、朱子学が四書を一貫させて解釈したような内容のものではないとみてとって、両書は本文に即して率直に読み、朱子学の解説がかぶされる前の「古《いにしえ》」の孔子・孟子の時代の元の意味で解読すべきだと主張した。この立場で古典解釈をすることを提唱したので、「古義学」という。彼は、『論語』『孟子』をこのようにみる視点から『大学』『中庸』それぞれについて文献批判をおこない、朱子学が思考した四書のセット性を解体してしまった。

端的に言えば、朱子学が根幹とした「理」の論からの離脱をはかったのである。もともと朱子学は、科挙によって官僚を生産する中国のその体制を生きる官僚知識人層の生き方に指針を与えるものとして形成された。官僚知識人として国家の枠に規制されている一方、誰もが向上の力を持つという意味で心は自由にあることを根拠づけるために、時々の国家を越えた「天地のめぐり」という形而上的地平から人と心を基礎づけることが必要だった。「理」の論がこれである。この理論構成には、当時の実態中国社会の問題が反映されている。この社会的実感がなくなると、その理論は抽象的なものとなる。京都富裕民間層という実態日本社会に生きる仁斎の身からすると、眼前の人間関係とは乖離するものと映ったのである。

ただし、仁斎の学説は、朱子学の学説があっての対抗として提起されており、また、『論語』『孟子』両書を基準にするという点で、朱子学の枠からまったく離れるものではない。その思想は、京都上層商人文化世界にふさわしいものであった。はっきり前述②の方向となった儒学が出現したのである。

【荻生徂徠】　武士層の儒学という立場から、朱子学からの離脱をさらにはかったのが、荻《お》生《ぎゅう》徂徠《そらい》（一六六六―一七二八）である。彼も、朱子学の「心に性が内在する」という考えに疑問を持ち、不安定な心に内在するという正体不明の「性」に依拠して人間的向上をはかるというのは不可能とみて、伊藤仁斎の論点を引き継ぐ。

しかし徂徠によれば、伊藤仁斎が朱子学以前に帰れと唱えたのはよいが、真の儒学は、仁斎のように孔子を理想として学ぶことではなかった。徂徠は、孔子が学んだ「先王の道」を学ぶことが儒学だと唱え、さらに新たな学説を打ち立てた。すなわち、儒学の真の「道」とは「天下を安んずるの道」であり、それは具体的には、堯・舜以来の古聖人である「先王」が作成した「儀礼・音楽・刑罰・政治」のしくみである。その「道」は経書の古層に書き込まれ、経書を後世に伝わるように編集したのが孔子であり、経書に示された先王の道を孔子を通して明らかにするのが儒学なのである。ただし経書の文章は、中国社会の非常に古い時代の中国古典語で表されており、これにせまる翻訳技法に習熟してこそ可能であるとして、彼は古典中国語と日本語との関係の研究に力を入れた。この言語研究に基づいた彼の儒学を「古文辞学《こぶんじがく》」という。先王の道と孔子を基軸とするこの立場から、彼も四書の一体性を解体し、心の制御を儒学の大きな課題とした朱子学に対し、儒学を統治の政治学とみなした。こうした立場に立ち、彼は八代将軍吉宗の政策顧問として活動した。②の日本化した「理念〈中国〉文化」を、実態日本社会と複合させようとすることになるのである。

なお、有名な話であるが、荻生徂徠の、古代の言語にもどってテキストを解読する志向は、徂徠と親交があった堀景山《ほりけいさん》（一六八八―一七五七）に漢学を、賀茂真淵《かものまぶち》に国学を学んだ国学の大成者、本居宣長《もとおりのりなが》（一七三〇―一八〇一）に流れ込み、「国学」の方法の自覚を促した。彼は、古事記、日本書紀をよく読み、古語になれてこそ、「道」のおおむねが腑に落ちるとし、考えは前述の「日本文化に起きる現象」の③の段階にあたるものといえる。こうした「漢意《からごころ》・儒意《じゅごころ》」を洗い流し、「やまと魂」をかたくすることを説く（『うひ山ぶみ』*13）。

江戸社会における儒学の機能

ここで江戸の儒学文化の社会的広がりについてひと言述べたい。江戸における儒学展開の時期をわけると、前期は開幕から、中期は五代綱吉期頃から、後期は寛政異学《かんせいいがく》の禁《きん》（一七九〇年─）頃からとなろう。前述「日本文化に起きる現象」でいうと、前期は①、中期は②、後期は、右の荻生徂徠の学が実態社会との複合に向かったように、儒学全般が実態日本社会に社会的に複合化した時期といえる。

朱子学的儒学が社会的に制度化されるのは、江戸初期ではなく、寛政異学の禁以降、細かくは江戸の湯島聖堂《ゆしませいどう》が幕府の学問所に改められてからとみられる（寛政九年〈一七九七〉）。右の前期末から、各藩では文治的官僚統治化が進み、教育機関としての藩校が設置され、中期には朱子学や徂徠学が講じられた。後期へのその展開として昌平坂《しょうへいざか》学問所では、朱子学学説を中心に「吟味」試験を旗本・御家人に実施し、そのシステムは儒学を朱子学にまとめる方向に働いて各地の藩校教育に影響を与え、各藩の藩校が整備されていく。一方、これに先立つ中期には、民間でも、大坂の有力商人層により学問所、懐徳堂《かいとくどう》（一七二四─）が設置され、朱子学を柱としつつ各儒学学説を比較し、武士から庶民までを含めて公開講義をおこなった。

＊13　白井良夫全訳注『本居宣長「うひ山ぶみ」』（講談社学術文庫、二〇〇九年）。

後期には、藩校教育で優秀な成績を修めた人材が江戸に儒学留学し、帰国して各藩校で教授するようになった人々や、盛んになった民間の儒学・漢学の各有力塾のあいだで人網が形成され、幕末状勢になると、この人網が情報流通に大いに寄与した。[*14]

彼らにとっての漢文解読は、漢文作文と一体のものであり、この技術を高度に身につけた者は、その作文により社会的意見を発信した。その意味でこの儒学的漢文文化は、社会発信と人格向上の二重の意味で実用、実践のものであった。そしてこの漢文文化は、東アジア各社会のこの文化を修得した主として社会上位階層の人々に共有されていた。よく知られるように、朝鮮朝外交使節との交流においては、漢文作文により応酬交流がなされた。

一方、寺子屋や塾などの江戸後期の民間の初等教育の場では、教育素材の一端として、識字教育と兼ねて朱子学テキストが用いられ、渓百年《たにひゃくねん》『経典余師《けいてんよし》』などにより講釈され、[*15]庶民の教養に「学んで向上する」という朱子学思想がある程度普及もした。江戸の儒学文化は、一方では知識人上位層の漢文文化として機能し、他方では識字率を高め合理的に思考し向上するという理念を庶人に提供し、近代の受け皿となる社会の知力を醸成したといえる。この意味で、中国思想は江戸儒学文化において実態日本社会との複合態となっていった。

＊14　藩校の教育としての課程と会読、儒学知識人人網の形成については、前田勉『江戸の読書会—会読の思想史』（平凡社、二〇一二年）参照。

＊15　『経典余師』は、朱子学の注解に拠りつつ渓百年（一七五四—一八三一）が編訳した、四書を柱とする儒学基本書の訳注シリーズ。江戸後期のベストセラー。原文と漢字に振り仮名をつけた書き下し文、講釈的訳文が付き、先生がいなくても本文をたどれる便利本。大空社から『経典余師集成』として二〇〇九年に影印復刻本が提供されている。その読まれぶりについては、鈴木俊幸『江戸の読書熱：自学する読者と書籍流通』（平凡社選書 227、二〇〇七年）参照。

第三節　近代日本における中国思想文化のゆくえ

近代に入ると、日本における中国思想文化の位置に大きな変化が生じる。ひと言でいうと、前述「日本文化に起きる現象」で述べた事柄の、「理念中国文化」が日本の社会と文化に対して果たしてきた作用の位置に「理念近代文化」が取って代わるといえる。相対的にそれまでの中国思想文化は、「理念日本文化」の場所に位置づけられることとなる。

「近代」の社会と文化の原理

いま、一般的基礎教養レベルで「近代」を構成する要素を考えてみると、一七世紀宗教革命、一八世紀末からの市民革命、産業革命を経て、一九世紀前半までに欧米世界が脱皮する。資本主義、市民社会・「個人」観念、それらに基づく国民国家、学校教育、産業化に対応する科学技術、その科学技術を適用し国民国家を保持するための軍事力。こうした要素が、近代の社会と文化を構成する。大事なことの一は、これらの要素はセットで存し、何かを切り離してそれだけを使うわけにはいかないことである。その二は、この近代原理の中にない社会は、その軍事力、特に軍艦に対抗する術がないことである。それゆえ近代国家の軍事力が世界を覆い、世界各社会はその外にあることができない。軍事力を押し出しつつ、資本主義的な経済原理に基づき交易の拡大を求めて、近代各国は世界を席巻する。結果として、近代原理の中になかった東アジア各社会はこの「近代」への対応を余儀なくされ、それと表裏のこととして、それまで主導的立場にあった「中国」の「天下」的世界は相対化され、中国思想が各社会で機能していた立場が変容することとなった。

「近代」への日本の対応と儒学の位置の変容

嘉永六年（一八五三）に米国の北洋艦隊が三浦半島に寄港して以来、日本社会は一気に幕末状勢に入った。翌年には開国し、艦隊来航後わずか一五年で明治新国家の樹立を迎え、一〇年後の西南戦争で明治政府の統治が確立する。江戸社会は、世界状勢の中、国家の存立においいて近代への転換もやむを得ずということとなり、各藩に分散しながら緩やかにまとまりをとっていた実態日本社会は、統一国家へと脱皮した。しかし明治の当初は、日常の生活や心情は前の江戸時代の中になおありつつ、国家としては近代外交関係に要請される「国民国家」化の圧力がかぶさり、それに対応しないと国家の存立があやうい。この江戸以来の心情と近代化の要請とが二重になり、両方向のベクトルは当初、せめぎあっていた。その中で、江戸以来の「理念〈中国〉文化」の特に儒学思想は、「理念近代文化」に対抗する材料を供給するものとして位置づけられ、複雑な役割を演じることとなる。江戸時代に機能していたその国際性、高位階層文化性という特質においてよりも、日本国内に生きる人々＝「国民」

の統合意識を作る素材として用いられることになっていくのである。

儒学の社会的機能のこの転換は、社会的言語環境の変転とともに進んだ。[*16] まず、「近代」文物を受け入れるために、明治前期において政府は欧米の専門知識人を講師として招き、欧米語によりつつ諸文物の移入に努めた。それと並行する現象だったが、明治前期においては、社会問題への意見を表現する日本語標準文体、すなわち「普通文」として、当初、訓読書き下し文文体が、漢文原文を持たないまま使用された。この文体は潜在的には原文も含む漢文文化世界を「近代」明治に延長させることとなる。[*17] しかしその後、人々が、書き下し文文体ながらも和文作文によって社会的な主張を広くできるようになると、意見表明のための漢文作文は後退していき、それと表裏に、漢文訓読技法は作文ぬきの読解法に特化していった。また、同じく社会言語環境の問題であるが、国民国家としての「国民」共有の心性を形成する必要から、各地域・旧藩、社会階層ごとに緩く相違していた口頭日本語に対し、共通語としての「国語」を形成することが明治政府の大きな課題となった。初等教育における国定国語教科書の使用は明治三〇年代まで下るが、そこに至るまでの間、書き下し文調の普通文の世界も、明治二〇年代以降はこの共通語の課題に吸収されていき、教育制度上、漢文の読解は「国語」の中に位置づけられることとなった。[*18]

一方、この国語の形成の要請と並行し、「国民」としての一体意識の形成が課題とされた。「近代」としてのこの課題に対応するために、江戸から続く心性に響く朱子学儒学の用語が

＊16　以下の記述は拙稿「儒学言説在明治時期的変化（韋佳中国語訳）」（『世界哲学』二〇一五―三、中国社会科学院哲学研究所、二〇一五年）と論点が一部重なる。

＊17　訓読文の「普通文」化については、斎藤希史『漢文脈と近代日本―もう一つのことばの世界』（ＮＨＫブックス、二〇〇七年）参照。

＊18　「国語」形成の要請については、安田敏朗『「国語」の近代史―帝国日本と国語学者たち―』（中公新書、二〇〇六年）参照。

用いられた。明治一四年（一八八一）に学校教育に「修身《しゅうしん》」科をまず設け、さらに進めて明治二三年（一八九〇）には「教育勅語」が発布された。また、すぐ後に、「忠孝一本《ちゅうこういっぽん》」という語でこの「教育勅語」を解説する「国民道徳論」が語られはじめた。*19「忠孝一本」という その論は、中国士大夫文化の言説とは異質の、共有の場を日本「国民」という枠に目的化した近代の言説である。ここにおいて儒学の言葉は、江戸時代までの東アジア高位文化者の共有意識のものから、日本一国内で機能を果たすべきものに転換する。それは、その時点の課題に対応しようとしたものだが、中国思想の一部としての儒学が、近代の思想と並立しつつ干渉しあう、語義矛盾を孕む「近代日本儒学」として変容していくすがたであった。前述の第二節①から③で言えば、これは、もと中国思想の言葉を多用した③「理念〈日本〉文化」、すなわち①②から離陸した近代の日本思想と言うべきものであろう。

大戦後から現代へ

明治後期から戦時中までの、時局に対応した中国思想の言葉の過度の供給に対しては、敗戦後の昭和二四年（一九四九）に発足した日本中国学会で反省がなされ、学術界では中国思想は実証研究を柱とする客観的研究の対象となっている。

また、近代以前の社会で日本の「古典」となって読まれた中国思想は、その延長で明治以降にはその多くが「国民」の新たな「古典」となったが、現代では世界の中での日本と中国

---

*19　井上哲次郎『増訂勅語衍義』（敬業社、一八九九年）、同『国民道徳概論』（三省堂、一九一二年）。

の文化を考える素材としての世界の古典となり、世界各地域の文化事象を考究する人々の検討対象として、また世界の人々の教養として供されている。

現代において日本語母語者は、学校教育で漢文訓読の基礎を習い、この技法を通して教養として中国古典にふれる。日本語母語者が母語を通して、かつ訓読法によりこれを味わうことは、日本のみならず東アジア各社会が中国古典をどう受けとめたかを日本社会という視座から体感し、東アジア文化交渉の長い歴史に、今を生きる当事者としてふれることを意味するものといえよう。

【参考文献】

倉石武四郎講義『本邦における支那学の発達』（汲古書院、二〇〇七年）
源了圓・厳紹璗編『思想 日中文化交流史叢書　三』（大修館書店、一九九五年）
大庭脩・王勇編『典籍 日中文化交流史叢書　九』（大修館書店、一九九六年）
渡辺浩『東アジアの王権と思想』（東京大学出版会、一九九七年。増補版、二〇一六年）
中村春作・市來津由彦・田尻祐一郎・前田勉編『「訓読」論—東アジア漢文世界と日本語—』（勉誠出版、二〇〇八年）
中村春作・市來津由彦・田尻祐一郎・前田勉編『続「訓読」論—東アジア漢文世界の形成—』（勉誠出版、二〇一〇年）
市來津由彦・中村春作・田尻祐一郎・前田勉編『江戸儒学の中庸注釈 東アジア海域叢書　五』（汲古書院、二〇一二年）

研究の窓

儒　教

渡邉義浩

儒教《じゅきょう》は、中国二〇〇〇年の正統思想である。

ただし、儒教は、その創始者である孔子《こうし》（前五五一―四七九）が生きた時代はもとより、秦《しん》の始皇帝《しこうてい》が中国を統一した時（前二二一年）にも、正統思想ではなかった。儒教が国家の正統化に努めていくなかで、「古典中国」と称すべき中国国家の理念型が形成された後《ご》漢《かん》「儒教国家」で、儒教は国教化される。

儒教の経典《けいてん》は、四書五経《ししょごきょう》と総称されるが、四書とは、『大学《だいがく》』『中庸《ちゅうよう》』『論語《ろんご》』『孟子《もうし》』という四冊の書物のことである。

四書は、南宋《なんそう》（一一二七―一二七九年）の朱子により、経典として位置づけられた。日本で儒教というと、『論語』や『孟子』の名が挙がるのは、日本が受け入れ、江戸時代に官学とされた儒教が、朱子学であったためである。

これに対して、五経とは、『詩経《しきょう》』『尚書《しょうしょ》（書経《しょきょう》という名称は唐代以降）』『春秋《しゅんじゅう》』『周易《しゅうえき》（易経《えききょう》）』『礼記《らいき》』という五冊の経典のことである。ただし、儒教の経典は五冊、あるいは四書を含めた九冊ではない。儒教の経典には多くの種類があり、一つの経典はさらに細分化されていた。

経典は、今文《きんぶん》と古文《こぶん》というテキストの文字の違い（今文・古文の文とは、文字のこと）により大別される。

今文は、口承で伝えられてきた経典とその解釈が漢代に書き留められたもので、隷書《れいしょ》という漢代の文字（今文）で書かれている。

これに対して、古文は、発掘などにより現れた漢以前の文字（古文）で書かれた経典とその解釈である。

今古文は、単に文字が異なるだけではない。『礼記《らいき》』（今文）と『周礼《しゅうらい》』（古文）のように経典そのものが異なる礼、『春秋公羊伝《しゅんじゅうくようでん》』（今文）と『春秋左氏伝《さしでん》』（古文）のように経典を解釈する伝《でん》が異なる春秋、というように、経そのものからその解釈、そして主張も大きく異なっていた。

「伝」とは、経を解釈する注のことである。聖人が著したとされている経、たとえば『春秋』であれば、年表形式の簡単な歴史の記述には、聖人孔子の筆削が加えられていると信じられていた。その経文の意味を解釈するための注が伝である。左丘明《さきゅうめい》が書いた伝は左氏伝、公羊高《くようこう》が書いた伝は公羊伝《くようでん》と呼ばれる。『春秋』という書名は、経だけの呼び方であるが、儒教の経典は注とともに伝わることが多かった。このため、左丘明の伝がついている『春秋』であれば、それを『春秋左氏伝』と呼ぶのである。

やがて後漢から三国時代になると、伝を解釈するために、「注」が付けられた。左氏伝では、杜預《どよ》（三国・西晋の人）の注、公羊伝では、何休《かきゅう》（後漢末の人）の注が尊ばれ、後世に伝えられた。その注を解釈するものが「疏《そ》」であり、疏の中から正しい「義《ぎ》」（解釈）を定めたものが、唐《とう》（六一八―九〇七年）の国家事業として編纂された「五経正義《ごきょうせいぎ》」である。春秋では、左氏伝に基づく杜預の注が採用され、杜預の注を解釈する孔穎達《くようだつ》の「正義」がつけられた。その正しい解釈を暗記することが、科挙《かきょ》と呼ばれる官僚登用試験に合格するための基本であった。

こうした経典に伝・注・疏・義をつけていく漢から唐の儒教は、訓詁学《くんこがく》と呼ばれる。訓詁学の内容は、具体例を掲げなければ分かり難い。日本でも長らく規範とされた嫡長子《ちゃくちょうし》相続を定めた典拠を事例としよう。嫡長子相続は、『春秋公羊伝』隠公《いんこう》元年に規定される。

〔経〕元年、春、王正月《せいげつ》（元年、春、王の正月）

春秋の経文は短い。年表形式で淡々と歴史が綴られる。これを編年体《へんねんたい》という。年表形式の簡単な記述（ここでは六文字）、そこに、孔子の微意《びい》（かくされた意図）

があると考え、それを探るのが春秋学である。
隠公《いんこう》の即位は、「元年、春、王正月」とだけ記されるが、続く桓公《かんこう》・文公《ぶんこう》・宣公《せんこう》……の即位では「元年、春、王正月、公即位」と述べられており、隠公の記述が「公即位」という字句を欠くことが分かる。そこに、孔子の微意を読み取るのである。

伝では、隠公の即位をめぐる事情の前に、元年とは何か、春を加える意味は何か、王とは誰か、なぜ王が先で正月が後なのか、という議論が延々と続き、その伝に注が付けられ、疏が加えられる。ふつうわれわれが『春秋公羊伝』を読むときに用いる『春秋公羊伝注疏』では、「元年、春、王正月」という六文字の解釈が終わるまでに、実に六〇三六文字を費やしている。その後半あたりの伝に、嫡長子相続は説かれている。

〔伝〕隠公については、どうして即位を言わないのか。
公の意志を成就させるためである。桓公は幼《こども》だが身分が高く、隠公は長《おとな》だが身分が低かった。……隠公が位についたのは、桓公のためを思って位についたのである。隠公は年長で賢明であるのに、どうして位についてはならないのか。適を世継ぎとして立てる場合は、長幼に基づき賢愚によらず、子を立てる場合は、貴賤に基づき、長幼によらないからである。

公羊伝は、経文から「公即位」を削った微意について、孔子が隠公は即位したくなかったのでそれを「公即位」という三字を削って表現した、と解釈するのである。それは、隠公の弟である桓公が、本来、公に即位すべきだ、と隠公が考えていたためであるという。しかし、まだ子どもの弟が必ず即位できるとは限らないので、弟の即位まで、自分がとりあえず即位したのである。なぜ、弟に譲らなければいけないのか。それを理解するためには、伝の「適」と「子」の違いを知る必要がある。ということで、注の出番となる。

〔注〕「適」とは、嫡室の子をいう。その子たちは

いずれも他に匹敵するものがいないほど身分が尊く差がないから、世継ぎに立てるには年齢による。「子」とは、左右の媵《おくりめ》の子及び姪娣《そばめ》の子をいう。その子たちは身分に貴賤があり、また同時に生まれた場合の混乱を防ぐためにも、世継ぎに立てるには貴賤による。

隠公も桓公も嫡子（正妻の子）ではないのである。嫡子がいれば、年齢順に後を継ぐ。これが嫡長子相続制である。媵《おくりめ》や姪娣《そばめ》は、簡単に言うと妾《めかけ》である。複数置かれていたために、その貴賤の順により相続順が定まる。注は、このあと綿々とめかけの序列を説明するが、もうよかろう。隠公の母よりも桓公の母の方が、めかけとしての地位が貴いのである。したがって、桓公が後を継ぐべきなのだが、まだ幼い。そこで隠公がとりあえず即位した、と公羊伝と何休注は経を解釈しているのである。

伝や注が経をどのように解釈するのかは、それらを付けるものに委ねられる。あるいはそれをどう付けるかによって、注釈者は自らの思想を表現する。西欧哲学と異なり、中国思想は、経典を解釈する中で自らの思想を表白するのである。したがって、同じく『春秋』を解釈する著作でありながら、『春秋左氏伝』と『春秋公羊伝』とでは、大きく異なる内容を持つ部分も多い。

もちろん『春秋左氏伝』の隠公元年も「元年、春、王正月」という経文である。しかし、公羊伝のような嫡長子相続制を『春秋左氏伝』は規定していない。むしろ、公羊伝が否定する兄弟相続を肯定する。となれば、君主に後継者問題が起こった際には、どちらの経典の解釈を採るかによって、継承の正しさは異なってくる。注による経典解釈の違いは、政治に大きな影響を与える。否、政治の動向が、経典の解釈に大きな影響を及ぼしてきたのである。

たとえば、前漢《ぜんかん》を滅ぼした王莽《おうもう》は、初めて本格的に儒教を政治に利用した。王莽は、使える限りの経典を利用したが、なかでも『周礼《しゅうらい》』に代表される古文の経典に多く依拠して新《しん》（八―二三年）という国家を建設した。新を打倒した後漢《ごかん》は、前漢を滅ぼした王莽の尊重した古文を退け、今文を官学として太学《たいがく》（国立大学）で教授させることにした。経典は、ここでも細分化される。同じ『春秋公羊伝』でも、厳氏の解釈に依拠するか、顔氏の解釈に依拠するかという師承関係により、公羊厳氏《くようげんし》春秋と公羊顔氏《がんし》春秋とに分かれたのである。

そのため後漢の太学では、五経に一四の博士《はくし》が置かれていた。博士は一経、しかもその中の一家専修であり、公羊厳氏春秋であれば、公羊厳氏春秋の解釈だけを教授する。これでは学問も停滞しよう。それに対して、在野の学となった古文学は、多くの経の兼修することにより、学問のレベルを高めていった。

漢の儒者、というよりも、朱子と共に中国の儒者を代表する後漢の鄭玄《じょうげん》の経典解釈の体系性は、こうした兼修の風潮を極限にまで高めたところに生まれた。鄭玄は古文のテキストを用いながら、今文的な解釈を行う。ただ、それだけでは、互いに無関係に解釈されてきた経典をすべて円満に解釈することは難しい。経典相互の矛盾は時に鄭玄を苦しめる。儒教の正しさの拠り所として経典が無矛盾の体系性を持つことを証明するため、鄭玄の注は現実から乖離《かいり》し、膨大なものになった。それでも鄭玄は、情熱的に経典の解釈を進め、漢代の訓詁学を集大成するのである。三国時代の曹魏《そうぎ》は、鄭玄学を取り入れることで、自らの君主権力を強化していく。

このように、儒教は様々な政治的な状況に対応することで、二〇〇〇年もの間、中国の正統思想に君臨し続けた。漢から近代までの間で、最も大きな中国の国家・社会の変動は、唐宋《とうそう》変革期におこる。南宋の朱子は、この大きな変動を乗り切るために、それまでの五経を中心とする漢から唐の訓詁学を四書を中心とする朱子学へと変容させたのである。朱子学は、その分派としての陽明学《ようめいがく》を生み出しながら、明《みん》・清《しん》の官学となり、江戸時代はもとより、近代日本の成立に大きな影響を与えていくのである。

【参考文献】

渡邉義浩『儒教と中国―「二千年の正統思想」の起源』（講談社メチエ、二〇一〇年）
土田健次郎『儒教入門』（東京大学出版会、二〇一一年）

第三章　日本漢文学——その定義と概論

牧角悦子

第一節　日本漢文学とは

新元号「令和」をめぐって

日本では、この春四月にお代替りがあり、新しい年号が「令和」と決まった。その「令和」が、出典を『万葉集』にもつ日本の古典の語彙である、との公式見解が強調されればされるほど、漢籍に関わる人間は大きな違和感を増す。それは、日本の古典というものが、純粋に日本だけの文化として存在することが可能なのかという疑問によると同時に、日本の純粋性を強調することに古典や文化に対する政治的介入を色濃く感じるからである。

純粋な日本古典などない。日本語そのものが、漢字や漢語表現を用いることからもわかるとおり、日本の文化は「漢」すなわち中華文化の吸収・咀嚼の中で形作られたものである。

また、面白いのは、元号が決定する前段階で、新聞・雑誌などの様々なメディアにおいて「漢学者」という言葉がたびたび使われたことである。おそらくこれまで元号の情報を提供してきた人々が「漢学者」であったことに起因するのであろうが、それを中国文学者とか中国歴史学者といわずに「漢学者」と呼ぶことには、元号というものに対する、いわば特殊な感覚があるに違いないと思うのだ。

改元には漢学者が関わる、という日本の文化の在り様こそ、日本の文化の背景に、制度や語彙、感覚として中国の伝統文化が確固として存在してきたことを端的に示すものだとは言えないか。

日本人が日本文化の一部として、積極的に取り込み吸収した中国の文化を、我々は漢文・漢学・漢文学という語で呼称する。ここでは、その中の漢文学について概論したい。

日本漢文・日本漢文学・漢詩という呼称

東アジア文化圏は古くから中華帝国を宗主と仰ぎ、漢字文化・儒教文化を先進的文明として積極的に受け入れてきた。なかでも、日本は文明の初期より江戸の末期に至るまで、大きな憧憬と純粋な尊敬をもって、その時々の中華文化を旺盛に吸収し、柔軟に日本の文化に適応させてきた。日本文化の中に溶け込んだ中国文化を総合的に日本漢学と呼び、特に詩文に関しては（日本）漢詩・（日本）漢文と呼ぶ。

漢文とは、日本人が中国の文体を模倣、習得して用いた表現形態である。漢文は、中国文化を受容したものでありながら、日本文化の骨格をなすものでもあった。日本人は文献の表

図1　都府楼跡
七世紀から一二世紀にかけて置かれた大宰府政庁の跡。大宰府は軍事防衛の都督府《ととくふ》であったため、その大門の高楼を都府楼と呼ぶ。都府楼はあとにみる菅原道真の詩に見えるほか、「令和」の出典となった『万葉集』の中で、大伴旅人《おおとものたびと》が春の梅見の宴を開いた場所でもある。

記には漢字を使用し、中国語の文法で文や詩を書くことが教養人としての資格であったからである。中国語の文体を日本語として読むための、訓読という方法が考え出されたのも、日本語と中国語の同時並行的融合ともいうべき日本人の特異な知恵というべきだろう。

日本人にとって中国の文化は、分かりやすく言うと思想と教養という二つの面で受容された。思想というのは、儒教における経世済民《けいせいさいみん》＊1という政治・統治思想である。統治者たる者の在り様や支配の原理を古典籍から学んだのだ。教養というのは、知識人としての文化的活動である。それは漢文で文を書いたり、詩を書いたりする技術と、文化芸術へ深い理解を示す態度として習得された。

このように、日本人は外来のものである中国文化を、日本的にアレンジし、自国のものとして吸収・咀嚼してきた。ならば、漢文や漢詩というのは中国の文化をその母体としながらも、完全に日本の文化として日本人の血肉となったものだといってよいだろう。

日本人が中国の文化を自国のものとして習得した学問を、漢学と呼ぶとすれば（漢学の定義については第一章参照）、その漢学はまず政治学として統治思想を支えた。また、特に江戸期に盛んになった朱子学《しゅしがく》では個人の精神修養論として士人の精神的基盤となった。このような統治思想・精神修養論とは別次元の、知識人の教養として、漢文で文章を書き、漢文体で詩を書くことが文化教養として求められた。

つまり、日本漢文学とは、日本人が教養の基本として中国文化を受容し咀嚼する中で生ま

＊1　経世済民とは、世を経し民を済《すく》う、という謂があり、また「経済」の語源にもなった。

れた日本人の表現行為であり、具体的には漢文体で書かれた詩文、ということになる。それは日本人の感覚を中国文化の形態に乗せたものでもあった。

現在の日本の国語の教育では、中等学校（中学・高校）の「国語」の教科に「古典」という分野があり、「古典」では『竹取物語』や『枕草子』などの日本の古典と並行して、唐詩や『史記』を「漢文」として学ぶ。これは、中国の古典が、「国語」すなわち日本の古典として日本人の、あるいは日本語の教養の基礎であることを意味するものだといえよう。

ただ、注意すべきは、ここまで説明してきた日本漢文学・日本漢学、そして漢詩・漢文という語彙はすべて現代の我々の言葉であって、それらが発信された当時に在って、この呼称で呼ばれ認識されていたものではない、という事実である。中国学の世界で「漢文」というと、それは漢代の文として、『漢書』や『史記』などを指すことになり、日本漢詩を対象とする大著である江村北海《えむらほっかい》『日本詩史』[*2]は、我々が今でいう「漢詩」を「詩」と呼称する。ただ「漢文」について言えば、その訓読という日本独自の翻訳術や書記言語としての独自のリテラシーが、ラテン語に比するものとして評価され、近年欧米でも日本学の中で「ＫＡＮＢＵＮ」と呼ばれて研究対象になっている事実もある。しかし「漢文」を含めてここで取り上げる「日本漢文学」に関する呼称はすべて、現代的な方法論としての呼称であることを、ここで最後に確認しておきたい。

＊2　江村北海（一七一三―一七八八）は江戸期の漢学者。『日本詩史』は日本人の漢詩を概論したもの。

日本漢文学へのアプローチ

では、このような日本漢文学を対象として、どのようなアプローチが可能となるだろうか。現在の日本で、日本漢文学を対象とする研究は、あまり盛んではない。それは、日本の学問の体系が、日本文学・中国文学、あるいは、中国哲学・日本思想史などといったように細分化されており、日本漢文学のような文化横断的な分野は、この体系の中に納まらないからである。

しかし、研究がまったく無いわけではない。まず、国文学（日本文学）の立場から、「和漢比較文学会」をはじめとする、「日本思想史学会」や「全国漢文教育学会」などで日本の漢詩文を文学や思想表明、あるいは日本語教育の材料として対象とする研究成果がみられる。

一方、中国学・中国文学の研究者は、従来、日本漢文学の分野にはあまり注意をはらってこなかった。それは、漢詩文は中国が本場なのだから、日本人の作った漢詩文などは亜流だという固定観念が強かったからだ。実際、中国学の立場から見れば、日本人の漢詩文は、おそらく膨大な中国古典の中の一部でしかないという事実もある。確かに中国文化の大河の中では支流か亜流でしかないのかもしれない。

しかし、一つ視点を変えて、日本漢文学を中国文化の受容形態の一つの在り様としてみると、そこには違った視野が開かれる。

日本漢文学は中国の文化の受容でありながら、日本特有の文化である。それは異質の文化が漢字を媒体として融合した形態なのだ。そこには日本的要素と中国的要素が同時に混在することによって、純粋な日本の文化とも、同じく純粋に中国的な文化とも違った特異な様相が現れることになる。その特異性を追求することで、日本的であること、あるいは中国的であることの意味が浮かび上がってくる。ある意味で比較文化・比較文学の最も典型的な対象となりうる恰好の素材だといえるだろう。中国学だけ、あるいは日本文学だけではなく、それらのフレームを超えた視点によって、文化交渉的な新たな領域と分析視野が開けるのだ。

ただ、この比較には大変な労力が必要となる。中国の古典と日本文化の双方に深い理解を持ちうる研究者など、そう多くはないだろう。しかし、そこには文化と文学の普遍性を探りうる大きな可能性があることは確かだ。

第二節　日中文化交流史概観

ここでは、日本漢文学の形成過程を、日中文化の交流史的視点から紹介したい。主に倉石《くらいし》武四郎《たけしろう》『本邦における支那学の発達』[*3]に基づくが、日本漢文学の概説書としては、猪口篤《いのぐちあつ》志《し》[*4]に大著があるので詳細はそちらに譲る。また、総論ではないが時代別の優れた概説書として、上代については柿村重松《かきむらしげまつ》『上代日本漢文学史』[*5]、江戸後期については富士川英郎《ふじかわひでお》『江戸後期の詩人たち』[*6]がある。

＊3　倉石武四郎（一八九七―一九七五）は日本近代の漢学者であり、京都帝大・東京帝大の教授。古典学のみならず、特に中国語教育の重要性を強調した。『本邦における支那学の発達』（汲古書院、二〇〇七年）は、東京帝大での講義を翻字したものであり、日本における漢学の受容を子細に紹介したものである。

＊4　猪口篤志『日本漢文学史』（角川書店、一九八四年）『日本漢詩』上・下（明治書院、一九七二年）。

＊5　柿村重松『上代日本漢文学史』（日本書院、昭和二二年）。

＊6　富士川英郎『江戸後期の詩人たち』（筑摩叢書二〇八、筑摩書房、一九七三年）。

平安以前（―七九四年）

日本と中国の初期の接触として知られるのは、一七八四年に九州の志賀島《しかのしま》で発見された金印に「漢委奴国王」の刻字があり、後漢光武帝期（『後漢書』光武帝中元二年（五一四）年に倭使に印綬をたまわったとの記事あり）の物とされることである。この金印については真偽両説がいまだに細々としているが、本物であれば後漢の時代に既に日中両国が国レベルで交流をもっていた証になる。

次に文献に登場するのは『魏書』倭人伝（東夷伝倭人項《とういでんわじんのこう》）＊7にみえる「卑弥呼」である。『魏書』の東夷伝には、大和（倭）の国に「卑弥呼」という女王がいて巫による政治を行っていることが記される。

当時の日本は中国の事を「漢」と呼んでおり、以後、日本においては中華文化一般に対して「漢」の呼称を附する。「漢字」・「漢文」・「漢学」・「漢人」などがそれである。

書籍の将来についていえば、応神天皇一六年（二八五）に王仁《わに》（和邇吉師《わにきし》）が「論語十巻」「千字文一巻」を献上した、と『古事記』に言う。この時期は、朝鮮半島の百済を通した中国文化の輸入の時期であり、三韓から書籍や中華文化のみならず五経博士《いつつふみのはかせ》が来朝した。当時の日本における中華文化の受容は主に朝鮮からの渡来人や帰化人の手に帰していた。

継体天皇一六年（五二二）には仏教が伝来する。以後、日本の政治文化は仏教の影響を強

＊7　一般に「魏志倭人伝」と呼ばれるものは、正確に言うと『三国志』『魏書』東夷伝、倭人の項。

く受けて展開する。欽明天皇（在位五三九―五七一年）のころになると、百済から釈迦仏《しゃかぶつ》金銅像や律師《りっし》・禅師・比丘尼《びくに》・仏師が渡来、彼らを通じて中国の知識が増す。この頃までは、日本が中華文化を渡来人経由で受容していた時期といえる。

推古朝（五九三―六二八年）になると、上記の間接的な中華との交渉は直接交渉に変化する。遣隋使・遣唐使の派遣である。推古天皇一五年（六〇七）に小野妹子を第一次遣隋使として派遣して以後、奈良朝に入っても遣唐使として継続、多くの貴族（大伴氏・藤原氏）・学問僧・留学生が相互に行き来した。唐僧鑑真の来日もこの頃（七五四年）の出来事である。

書籍の影響で言えば、聖徳太子「憲法十七条」には『詩経』『書経』『孝経』『論語』『左伝』『礼記』の他『管子』『孟子』『墨子』『荘子』『韓非子』、更には『文選』からの引用があり、また『日本書記』は荀悦《じゅんえつ》『漢紀』を襲う。日本における「文」の初めは中華文化の全面的な受容から始まったのである。

漢字・漢文による文芸として『万葉集』（七五九年）があり、また『懐風藻《かいふうそう》』（七五一年）は最古の漢詩集である。

平安時代（七九四―一一八五年）

菅原道真（八四五―九〇三）・僧空海（七一四―八三五）を出した平安期は、唐との直接交流の中で、日本の漢学の水準が急速に高まった時期である。当時の漢学の担い手は、仏僧と貴族（大江氏・橘氏・源氏・菅原氏・清原氏）が中心であった。大学寮での教育には大経として『礼記』『左伝』、中経として『毛詩』『周礼』『儀礼』、小経として『周易』『尚書』を修めた。文章においては『文選』『白氏文集』が権威であった。

貢舉《こうきょ》の制度としては秀才・明経・進士があり、また釈奠《せきてん》*8も行われた。この時期、漢籍は音読と和音による所謂訓読が始まった。奈良朝までは呉音、奈良朝の末期には漢音による唐文化受容に転換する。

勅撰集『凌雲集《りょううんしゅう》』（八一四年）『文化秀麗集《ぶんかしゅうれいしゅう》』（八一八年）『経国集』（八二七年）などはすべて漢詩を集めたものである。また、空海の『文鏡秘府論《ぶんきょうひふろん》』が『文心雕龍《ぶんしんちょうりゅう》*9』など六朝末から唐代の文論から、菅原道真の詩文が『白氏文集』から深い影響を受けていることはよく知られる。

鎌倉―戦国時代（一一九二―一六〇〇年）

平安末期から宋との交易が盛んになり、鎌倉時代になると仏僧が独占して宋との交渉をもった。栄済の臨済宗、道元の曹洞宗の持ち帰りも、この時期のことである。

宋との交流は経典解釈にも転換をもたらし、清原氏・菅原氏・藤原氏の貴族たちが秘説の伝授に終始したのに対し、入宋した僧侶たちはいち早く宋学を取り入れ、仏教との関わりも手伝って、宋学は一層浸透していった。

---

*8　孔子をまつる祭典を釈奠という。

*9　中国の中世六朝時代の文学評論。梁の劉勰撰。文章の創作理論を詳論したもの。

宋学の新注の研究は、後醍醐天皇・花園上皇の殿上において行われた。後醍醐天皇はまた『文選』ではなく『韓昌黎集《かんしょうれいしゅう》』を重視し、史書においても『史記』『漢書』ではなく『資治《しじ》通鑑《つがん》』を重んじた。これは日本の学問が中国における漢唐訓詁学《かんとうくんこがく》から宋明理学《そうみんりがく》に変換していく転換点として注目される。

代表的な詩人・文人としては、虎関師錬《こかんしれん》・雪村友梅《せっそんゆうばい》・義堂周信《ぎどうしゅうしん》・絶海中津《ぜっかいちゅうしん》*10などがいるが、いずれも高い水準の漢詩文作成能力を持っていた。

室町時代には俳句で有名な一休宗純、戦国時代には武将として知られる細川頼之・上杉謙信・伊達政宗*11などがいる。この時期に影響力の強かった漢籍としては、『三体詩《さんたいし》』・『古文真《こぶんしん》宝《ぽう》』が挙げられる。

江戸時代（一六〇三―一八六八年）

江戸時代は漢詩文の隆盛期である。前期には、藤原惺窩《ふじわらせいか》の門下から林羅山《はやしらざん》・那波活所《なばかっしょ》・堀《ほり》杏庵《きょうあん》・松永尺五《まつながせきご》・石川丈山《いしかわじょうざん》が輩出し、松永尺五の門下からは木下順庵《きのしたじゅんあん》、さらに順庵の弟子として新井白石《あらいはくせき》・雨森芳洲《あめのもりほうしゅう》・室鳩巣《むろきゅうそ》・祇園南海《ぎおんなんかい》が出る。また、荻生徂徠《おぎゅうそらい》*12の一門としては、服部南郭《はっとりなんかく》・太宰春台《だざいしゅんだい》・山県周南《やまがたしゅうなん》が輩出する。

江戸後期の詩人としては、江村北海（『日本詩史』『日本詩選』の撰者）・片山北海《かたやまほっかい》・入江北《いりえほっ》海《かい》（三海）、柴野栗山《しばのりつざん》・尾藤二洲《びとうじしゅう》・古賀精里《こがせいり》（寛政の三博士）、亀井南冥《かめいなんめい》・頼春水《らいしゅんすい》・頼山陽《らいさんよう》・

*10　虎関師錬（一二七八―一三四七）、雪村友梅（一二九〇―一三四七）、義堂周信（一三二五―一三八八）、絶海中津（一三三四―一四〇五）。

*11　一休宗純（一三九二―一四八一）、細川頼之（一五三〇―一五七八）、上杉謙信（一五二一―一五七三）、伊達政宗（一五六七―一六三六）。

*12　マルチな能力を有した荻生徂徠は、経学のみならず、詩文の製作においても一世を風靡する巨人であった。「博学、文章、海内無双」と称され、その影響力は江戸の漢文学を大きく変質させた。

菅茶山《かんちゃざん》・市河寛斎《いちかわかんさい》、そして広瀬淡窓《ひろせたんそう》・広瀬旭荘《ひろせきょくそう》・梁川星巌《やながわせいがん》・太田錦城《おおたきんじょう》が重要である。

明治維新後（一八六八―）

急速な西洋化とは裏腹に、漢詩文はこの時期円熟の極致に達する。代表的な文人として、菊池三渓《きくちさんけい》・成島柳北《なるしまりゅうほく》・森槐南《もりかいなん》・依田学海《よだがっかい》・川田甕江《かわだおうこう》・三島中洲《みしまちゅうしゅう》・土屋鳳洲《つちやほうしゅう》がいる。夏目漱石・正岡子規・森鷗外は、近代文学を代表する作家たちだが、極めて格調の高い漢詩を多く残している。

第三節　日本漢詩・日本漢文

右に概観した日本漢文学の中で、その特徴を顕著にするいくつかの作品を以下に紹介したい。日本独特の展開をした漢文には秀作も多いが、紙面の制限を考慮して、ここでは漢詩を中心に代表作を紹介しよう。

大津皇子（六六三―六八六）

まず、最も古い漢詩人の一人に、大津皇子《おおつのみこ》がいる。天武天皇の第二皇子であり、『日本書紀』に「詩賦の興りは大津より始まれり」と称される文才でありながら、皇位継承をめぐる陰謀の中で謀反の罪を着せられ死を賜った悲劇の皇子である。没年二四歳。ここに挙げるのは、謀反の罪を着せられ死を賜った皇子の辞世の歌として伝わるものである。

　　臨終
金烏臨西舎
鼓声催短命
泉路無賓主
此夕誰家向

　　臨終
金烏　西舎に臨み
鼓声　短命を催す
泉路　賓主無く
此の夕べ　誰が家にか向かわん

　太陽が西に沈もうとするころ、時を告げる太鼓の音が私の命の終わりを促すようだ。黄泉の国への道には客も主人もない。いま私はこの夕暮れにどこへと向かうのだろう。

　一見してわかる通り、この詩には漢文表現において文法的に未成熟な部分がある。また、テキストによって語彙に揺れもある。この詩をめぐっては、中国六朝末期の亡国の君主陳後主《ちんごしゅ》（陳叔宝《ちんしゅくほう》）にきわめて類似する歌が残っており（鼓声催命短　日光向西斜　黄泉無客主　今夜向誰家）、影響関係についてさまざまに興味深い考察が繰り広げられている。*13
　ここで注目したいのは、この時代の多くの詩人が漢詩と同時に歌も残しており、その多く

＊13　詳細については、小島憲之「近江朝前後の文学　その一　―詩と歌―」『万葉以前―上代びとの表現―』（岩波書店、一九八六年）参照。

が『万葉集』に収められている点である。『万葉集』に収められる皇子の辞世のうたには次のようにある。

「大津皇子の被死《みまか》らしめらゆる時、磐余の池の陂に涕を流して御作りたまいし歌」
ももづたふ磐余の池に鳴く鴨を今日のみ見てや雲隠りなむ　（『万葉集』巻三挽歌）

同じ場面での辞世のうたが、漢詩と和歌という全く違う形式をとって、しかし、同じように歌われている。ある特別な状況下で、切実な感情を表現するのに、日本人は漢詩と和歌という二つの形態を、同時に選びとっていたということは、大変興味深い現象である。なぜなら、中国においては、詩を詠むスタンスと歌を歌う場には明確な違いがあり、詩言志《しげんし》*14の使命を負わされていた詩に歌謡的な抒情性が入り込むようになるのは、中世すなわち唐代後半以降のことだからである。公式な意思表明としての詩と、個人的な抒情表現としての歌という中国的な区別は、日本の場合は薄い。

『懐風藻』

『懐風藻』は日本における最古の漢詩集である。その序文には『文選』序文の強い影響が見られる。冒頭をみてみよう。

＊14　詩言志とは、『毛詩』太序や『尚書』にみえる言葉で、「詩」というものが「志を言う」存在として、時の世の統治や現実と強く結びつきながら讃美や批判を行なうものであるという考えを表す。

逖聽前修、遐觀載籍、　　逖《はるか》に前修を聴き遐《とお》く載籍を観るに、
襲山降蹕之世、橿原建邦之時、　　襲山に蹕を降す世、橿原に邦を建てし時に、
天造艸創、人文未作。　　天造艸創、人文未だ作らず。
至於神后征坎品帝乘乾、　　神后坎を征し品帝乾に乗ずるに至りて、
百濟入朝 啓龍編於馬廐、　　百濟入朝して龍編を馬廐に啓き、
高麗上表 圖烏冊於鳥文。　　高麗上表して烏冊を鳥文に図《ひら》けり。
王仁始導蒙於輕島、　　王仁始めて蒙を輕島に導き、
辰爾終敷教於譯田。　　辰爾終に教へを譯田に敷く。
遂使俗漸洙泗之風、　　遂に俗をして洙泗の風に漸《すす》み、
人趨齊魯之學。　　人をして齊魯の學に趨《おもむ》かしむ。

ここでは、文明の未だ開ける前の世（人文未作）に、神武皇后が始めて秩序をもたらしたことをいうが、この冒頭は昭明太子の『文選』序文を踏まえている。『文選』序文の冒頭を以下に示そう。

式觀元始、眇覿玄風、　　式《もっ》て元始を観、眇《はるか》に玄風を覿るに、

冬穴夏巣之時、茹毛飲血之世
世質民淳、斯文未作。
逮乎伏羲氏之王天下也、
始畫八卦、造書契、
以代結縄之政。
由是文籍生焉。

冬は穴に夏は巣にすみしの時、毛を茹《くら》い血を飲みしの世、
世は質に民は淳にして、斯文　未だ作らず。
伏羲氏の天下に王たるに逮《およ》びてや、
始めて八卦を畫き、書契を造り、
以て結縄の政に代えたり。
是に由りて文籍生ずるなり。

『懐風藻』の冒頭は「文」なるものの発生と発展を述べるのだが、未開の原始から説き起こし、聖人の手を経て形になる文の歴史を、ほぼ『文選』序文の叙述に倣って展開させていることがわかる。

序文が『文選』の強い影響下に在ったのみならず、『懐風藻』の個別の詩篇もまた、中国詩歌の大きな影響を受けている。特におそらく遣隋使・遣唐使によってもたらされた当時の中国の時流を、『懐風藻』の詩篇は模倣している。それは、一つには宴席や従駕といった公式の場面での祝頌的自然描写であったり、六朝末から唐代初期に大流行していた歌行体の語彙・表現・モチーフの積極的な取り込みだったりする。花鳥の擬人化（花が笑い鳥が鳴く）表現は、初唐期の歌行体を通じて『懐風藻』の詩篇のみならず『万葉集』の詩歌にもみられ、「花が咲く」という日本語の語彙としてその片鱗を残している。[*15]

＊15　花が咲く、という時の「咲」が「笑」の異体字であり、もともとは擬人化表現であったこと、及び日本における初唐文化受容の影響については、牧角悦子「花は「咲く」のか「笑う」のか—日中文化交流の一側面—」（二松学舎大学、『日本漢文学研究』第13号、二〇一八年）参照。

ただ、『懐風藻』の個別の詩篇は、『文選』や初唐の歌行体を模倣しながらも、詩作品としては成熟度に欠ける。日本漢詩の試作期とも呼べる時期の漢詩集である。

日本人の詩作品が、中国に匹敵するレベルに成熟するのが平安以降である。中でも菅原道真はその最高峰に君臨する。

菅原道真（八四五―九〇三）

菅原道真は、日本の漢詩人の中でも最も優れた詩人の一人である。律詩・古詩の両分野に質量ともに高い水準の詩を残した平安朝最高の詩人と言ってよいであろう。文章博士を世襲した名門菅原家の出身ながら、政権闘争の中で九州大宰府に流謫され、その地で没した。ここに紹介する二首は、流謫の地、大宰府にあって孤独の日々を送る苦悩と憤りを歌い、また都に残した家族からの手紙に、望郷の念と家族への思いを募らせる切ない抒情にあふれるものである。

不出門　　門を出でず

一従謫落在柴門　　一たび謫落せられて柴門に在りてより

万死兢兢跼蹐情　　万死兢兢たり跼蹐の情

都府楼纔看瓦色　　都府楼に纔《わず》かに瓦色を看

観音寺只聴鐘声　　観音寺に只だ鐘声を聴く
中懐好逐孤雲去　　中懐　好んで孤雲を逐いて去るも
外物相逢満月迎　　外物　相い逢う満月の迎うるに
此地雖身無検繋　　此の地　身は検繋さるること無きと雖も
何為寸歩出門行　　何為れぞ　寸歩も門を出て行かんや

流謫の身になり、あばら屋の住人になってよりこの方、すべてが命を脅かす思いに心はきつく結ぼれる。都府楼の政庁も瓦を見るばかり、観世音寺の鐘も音を聞くばかり。我が心はぽっかりと浮かぶ雲の流れ去るのを追いかけるばかりなのに、いつのまにか外の世界では満月が孤独な私を迎え入れるように輝く。この場所にわが身を拘束するものがあるわけではないのに、私は寸歩も門を出て歩む気にはなれないのだ。

読家書　　家書を読む

消息寂寥三月余　　消息　寂寥たること三月余
便風吹著一封書　　便風　吹きて著く　一封の書
西門樹被人移去　　西門の樹は人に移去せられ
北地園教客寄居　　北地の園は客をして寄居せしむ

図2　観世音寺
天智天皇が斉明天皇の追善のために発願したといわれる九州大宰府にある古刹。梵鐘は日本最古のもので、国宝。今も鐘楼に懸けられている。

紙裹生薑称薬種　紙に生薑を裹みて薬種と称し
竹籠昆布記斎儲　竹に昆布を籠めて斎儲と記す
不言妻子飢寒苦　妻子の飢寒の苦を言わざれば
為是還愁懊悩余　是が為に還りて愁い　余を懊悩せしむ

音信が途絶えて寂寥たる思いの三カ月余りが過ぎた頃、風に乗って一通の手紙が届けられた。我が家の西門の樹木は人に撤去され、北側の庭園は他人が住んでいるという。手紙の他に紙に包んだ生姜は薬種にと、竹に籠めた昆布は斎戒の糧にと記してよこす。飢えや寒さの苦しみを言わない妻子、それが却って辛く私を懊悩させるのだ。

道真の詩は、格律の正確さや語意の豊富さもさることながら、そこに現れた情の切実さにおいて他を寄せ付けない孤高の高さがある。それは、置かれた状況の深刻さのみによるものではなく、悲しみや憤りを載せる言葉の緊迫感の背景に、現実と苦悩をしっかりと受け止め、見つめ歌い上げる力を持った深い魂があるからにほかならない。中国的「詩言志」の伝統と、唐代の成熟した詩歌の作法を習得しつつ、感情を言葉に載せる詩表現の洗練を見せる七律として、道真の漢詩は重要である。

夏目漱石（一八六七—一九一六）

漢詩創作が唯一の自己表現ではなくなった近代以降も、漢詩は知識人によって作られ続けた。おそらく日常的に漢詩を作る最後の世代の一人として夏目漱石がいる。漱石は小説という近代的な表現ジャンルを意図的に展開するが、並行して漢詩も詠み続ける。特に最晩年、小説「明暗」を執筆しながら、俗世の塵垢を洗い落とすように午後の時間を漢詩の創作に当てた事実はよく知られる。*16 最晩年の漢詩はすべて「無題」というタイトルなのだが、その最後の作品を以下に引いてみよう。

無題詩一首　大正五年一一月二〇日

真蹤寂寞杳難尋　　真蹤《しんしょう》は寂寞　杳として尋ね難し
欲抱虚懐歩古今　　虚懐を抱いて古今を歩まんと欲す
碧水碧山何有我　　碧水　碧山　何ぞ我有らん
蓋天蓋地是無心　　蓋天　蓋地　是れ無心
依稀暮色月離草　　依稀《いき》たる暮色　月は草に離《かか》り
錯落秋声風在林　　錯落《さくらく》たる秋声　風は林に在り
眼耳雙忘身亦失　　眼耳　雙つながら忘れ　身も亦た失われ
空中独唱白雲吟　　空中に独り唱す　白雲吟

*16　漱石は久米正雄・芥川龍之介宛の書簡で「毎日百回近くもあんな事を書いていると大いに俗了された心持ちになりますので、三四日前から午後の日課として漢詩を作ります。」と言っている。

歩くべき正しい道というものがたとえあるとしても、それはひっそりとその姿を隠し、たやすく探し出せるものではない。

それでも私は我執を忘れた澄み渡った心を抱いて、その道を探しつつ過去を、そして現在を歩いていたいと思うのだ。

碧に輝く山や川に、どうして我を主張する心があろうか。

果てしなく広がる天も地も、ただ無心に存在するだけだ。

ぼんやりと立ち込める黄昏の光、それは草を照らす月の影。

サラサラと聞こえる秋の声、それは林に吹きそよぐ風の音。

眼は見ることを止め、耳は聞くことを止め、そして体そのものの存在を忘れる時、
からりと何もない空の中で、私は独り白雲吟を謡うのだ。


この詩には強烈な個性と独自の世界がある。中国の古典詩とも、日本独自の発展を遂げた日本漢詩とも異なる、極めて特殊な境界を醸している。二〇日後には、身体を離れた漱石の魂が、空中に独り白雲吟を唱歌することになったことを考えると、まるで詩識《ししん》*17のようでもある。だが、個我を離れた境地を白雲に託して歌う詩を漱石が多く残していることから、この詩は決して詩識ではない。限りなく無我に近い境地を、しかし、漢詩という極度に技巧的

図3　夏目漱石
喪章をつけた漱石。明治四五年（一九一二）の明治天皇崩御に際して（国立国会図書館蔵）。

*17　自ら詠んだ詩の中に、自身の将来を無意識のうちに予言する内容が含まれている、という詩による予言。

な形式で、誰に評価されることも求めず自由に詠ったものが、この詩なのである。

漱石の詩は巧拙という点で言えば、巧でもあり拙でもある。すべての詩の技巧が優れているわけではない。良い詩もあれば上手くない詩もあり、技巧を楽しんでいる詩もあれば、素朴さに味わいが滲み出る詩もある。ただこの最晩年の七言律詩には、技巧の巧拙を超えた独特の芸術性があり、近代性がある。これもまた日本の漢詩の持った独自な展開だといえよう。

むすびに

以上、日本学と中国学のはざまに存在する日本漢文学の概要を紹介した。本章執筆者は中国学を専門とするため、主に「漢」学的視点からの叙述にならざるを得なかった。日本学的視点からの分析については、以後の章において、それぞれの時代と分野の専門家からの詳細な紹介を載せる。日本漢文学のフィールドは、やはり日本学の一角にあるのだろう。

第Ⅱ部　日本文学史と中国古典

第一章　上代文学と中国古典

藏中しのぶ

第一節　上代における中国古典の学修

上代文学における中国古典の教養とは、中国の冊封体制のもと、古代東アジア世界に共通する漢字・漢文である。それは上代文学の担い手であった飛鳥・奈良時代の知識人の教養の基盤をなすものであった。知識人の多くは皇族・貴族・仏僧であり、律令体制下にあっては、行政文書の処理にあずかる中下級官人までも含めて、律令官人が文事に携わっていた。彼らが実際に漢字・漢文を学習した痕跡は、『千字文』『論語』『文選』李善注等の習書木簡から知ることができる。[＊1] 文字は一字ずつ切り離して覚えるようなものではなく、こうした作品テキストの学習とともに習得されるものであった。[＊2]

作品テキストは、どのようにして学習されたのか。

天平勝宝四年（七五二）四月九日の東大寺盧舎那《るしゃな》大仏開眼会にむけて、東大寺の前身寺院・金鐘寺で開講された漢訳仏典『華厳経』の講説から、その具体的なテキスト使用の状況を知

＊1　東野治之「『論語』『千字文』と藤原宮木簡」（『正倉院文書と木簡の研究』、塙書房、一九七七年）。

＊2　神野志隆光「文字の文化世界の形成　東アジア古典古代」（東京大学教養学部国文・漢文学部会編『古典日本語の世界　漢字がつくる日本』、東京大学出版会、二〇〇七年）。

ることができる。

東大寺盧舎那大仏の造顕を思想的を支えた『華厳経』の講説は、聖武天皇が河内国知識寺へ行幸した天平一二年（七四〇）から始まった。この時期にはすでに、新訳の唐・実叉難陀《じっしゃなんだ》訳『華厳経』八〇巻本（『八十華厳』と略称）が伝来していた。光明皇后の仏教事業には唐・則天武《そくてんぶ》后《こう》の影響が指摘されているが、『八十華厳』は則天武后とも関わりが深い経典である。にもかかわらず、『華厳経』講説では、新訳の『八十華厳』ではなく、旧訳の東晋・仏駄跋陀羅《ふつだばつだら》訳六〇巻本（『六十華厳』）をテキストとされた。宮﨑健司氏は、天平一二年（七四〇）の開講当初、旧訳『六十華厳』の注疏である唐・法蔵述『華厳経探玄記《けごんきょうたんげんき》』二〇巻が伝来しており、テキストとして使用することが可能であったためとされる。その後、天平二〇年頃（七四八）になって、ようやく、新訳『八十華厳』の注疏である唐・恵苑述『華厳略疏刊定記《けごんりゃくそかんていき》』一六巻が伝来したらしく、その頃から旧訳『六十華厳』・新訳『八十華厳』の両者がテキストとして使用されるようになる。＊3

重要なことは、中国古典や仏典などの漢文文献は、注釈書の伝来を待って「学びながら読む」という環境が整って初めて、急速に普及していった形跡が認められる点である。古代の人々は、中国古典のテキストを注釈に頼りつつ、講説の場において、しかるべき師のもとで体系的に学修した。したがって、上代文学における中国古典の影響を考察する際には、特に古代の人々が実際に参看したテキストとその注疏というテキストの環境と体系性、そして、講説

＊3　宮﨑健司「東大寺の『華厳経』講説　テキストと注疏をめぐって」（『佛教大学総合研究所紀要』1998別冊号、一九九八年）。

＊4　拙稿「律令・仏教・文学の交錯―唐代口語語彙「顔面」をめぐる講説の場―」（『日本文学　特集・古代文学における異言語』六〇―五号、日本文学協会、二〇一一年）。

の場にも注目する必要がある。[*4]

第二節　漢字・漢文の習得と講説の場

律令官人は、経学教授を基幹とする官吏養成機関、式部省に属する大学で学んだ。日本古代の大学の制は、『日本書紀』天智一〇年（六七一）春正月是月条に、令制の式部省大学寮の長官である大学頭に相当する「学識頭」の官司名がみえ、[*5]『懐風藻』序文からも天智朝に[*6]その兆しがあったことが知られる。ただし、天智朝に制定されたという近江令の初見が九世紀の『弘仁格式』であるため、近江令の存在自体を疑う説が有力である。

日本の学制が唐の学制の国子監《こくしかん》に倣って整備されたのは、壬申の乱平定（六七二）後の大宝令以後とされる。養老令第一一篇の篇目「学令」は唐令の「学令」を継承したもので、官吏養成のために中央に置かれた大学、諸国に置かれた国学の学制について規定する。唐制の国子監が経学を教授する四子・太学・四門と律・書・算の六学と呼ばれる学校を管轄したのに対して、日本の学制はこれを縮小統合してひとつの大学にまとめ、儒教を中心として、律学を置かず、音博士を置いた。神亀五年（七二八）に文章博士・律学博士が置かれ、天平二年（七三〇）に文章生・明法生・得業生が発足するなど、数度にわたる学制改革を経て、天平初年にいたって、令制の明経（経学）・算の二学科に加え、中国の史学・文学を専攻する

＊5　『日本書紀』天智一〇年春正月是月条

是の月に、大錦下を以て、佐平《さへい》余自信《よじしん》・沙宅紹明《さたくぜうみやう》［法官《のりのつかさの》大《おほき》輔《すけ》ぞ］に授く。小錦下を以て、鬼室集斯《くゐしつふし》［学職頭《ふみのつかさのかみ》ぞ］に授く。大山下を以て達率谷那晋首《だちそちこくなしんしゅ》［兵法《つはもの》に閑《なら》へり］・木素貴子《もくすくゐし》［兵法に閑へり］・憶礼福留《おくらいふくる》［兵法に閑へり］・答㶱春初《たふほんしゅんそ》［兵法に閑へり］・㶱日比子賛波羅金羅金須《ほんにちひしさんはらこむらこむす》［薬を解《し》れり］・鬼室集信《くゐしつふしん》［薬を解れり］に授く。小山上を以て、達率徳頂上《たちそちとくちやうじやう》［薬を解れり］・吉大尚《きちだいじやう》［薬を解れり］・許率母《こそちも》［五経に明なり］・角福牟《ろくふくむ》［陰陽《おむやう》に閑《なら》へり］に授く。小山下を以て、余の達率等《だちそちども》、五十余人に授く。

＊6　『懐風藻』序文

淡海先帝の命を受けたまふに及《お》至《よ》びて、帝業を恢開《くわいかい》し、皇猷《くわういう》を弘闡《こうせん》したまふ。道は乾坤《けんこん》に格《いた》り、功《いさをし》は宇宙に光《て》れり。既にして以《お》為《も》ほしけらく、風を調へ俗を化《すす》むることは、文より尚《たふと》きことは莫《な》く、徳を潤らし身を光《て》らすことは、孰《いづれ》か学より先ならむと。

文章（紀伝）・明法（律学）が出揃い、これ以後、紀伝道や文章博士の地位が向上してゆくことになる。[*7]

大学で教授すべき必修の経書は「学令」五「経周易尚書」条に規定されている。

凡経。周易。尚書。周礼。儀礼。礼記。毛詩。春秋左氏伝。各為一経。孝経。論語。学者兼習之。[*8]

（凡そ経は、『周易』『尚書』、『周礼』『儀礼』『礼記』（三礼）、『毛詩』『春秋左氏伝』をば、各一経と為よ。『孝経』『論語』は、学ぶ者兼ねて習へ。）

特に『周易（易経・易）』『尚書（書経）』と三礼『礼記《らいき》』『毛詩（詩経）』『春秋（左氏伝）』は「五経」と呼ばれて尊重された。これら経書には、「学令」六「教授正業」条に、それぞれ依拠すべき注釈書が定められている。

凡教授正業。周易鄭玄。王弼注。尚書孔安国。鄭玄注。三礼。毛詩鄭玄注。左伝服虔。杜預注。孝経孔安国。鄭玄注。論語鄭玄。何晏注。[*9]

（凡そ正業教へ授けむことは、『周易』には鄭玄、王弼が注。『尚書』には孔安国、鄭玄が注。三礼（『周礼』『儀礼』『礼記』）・『毛詩』には鄭玄が注。『左伝』には服虔・杜預が注。『孝経』には孔安国・鄭玄が注。『論語』には鄭玄・何晏が注。）

「学令」に定められた経書類が実際に学修されていたことは、習書木簡をはじめ、さまざまな引用例からも裏付けられている。しかし、「学令」の規定だけで、上代文学における中

爰《ここ》に則ち庠序《しやうじよ》を建て、茂才《もさい》を徴《め》し、五礼《ごらい》を定め、百度を興したまふ。憲章法則《けんしやうほうそく》、規模《きぼ》弘遠《こうゑん》、夐古《けいこ》より以来《このかた》、未だ有らず。是に三階平煥《さんかいへいくわん》、四海殷昌《しかいいんしやう》、旒纊《りうくわう》無為《むゐ》、巌廊《がんらう》暇《いとま》多し。旋《しばしば》文学の士《をのこ》を招《を》き、時時《よりより》に置醴《ちれい》の遊《あそび》を開きたまふ。此の際に当りて、宸翰《しんかん》文を垂らし、賢臣頌《けんしんしよう》を献る。雕《てう》章麗筆《しやうれいひつ》、唯に百篇のみに非ず。但し時に乱離《らんり》を経、悉《ことごと》煨燼《わいじん》に従ふ。言《ここ》に湮滅《いんめつ》を念《おも》ひ、軫悼《しんたう》して懐《こころ》を傷ましむ。

*7　桃裕行『上代学制の研究』（畝傍史学叢書、一九四七年。修訂版『桃裕行著作集』第一巻、思文閣出版、一九九四年）。久木幸男『大学寮と古代儒教』（サイマル出版会、一九六八年）。同『日本古代学校の研究』（玉川大学出版部、一九九〇年）。井上光貞・関晃・土田直鎮・青木和夫『日本思想大系3　律令』（岩波書店、一九七七年）。

*8　*7『日本思想大系3律令』。

*9　*7『日本思想大系3

国古典の出典体系が把握できるものでもない。令の規定がそのまま当時の現実を反映しているわけではなく、むしろ、条文化された令の規定からはずれたところにこそ、当時の教養の実態が窺い知られることがある。

例えば、平城京の官大寺である大安寺は、東大寺建立以前には国内最大規模を誇り、今日の国立大学の組織機構にも相当する巨大な僧坊（寄宿舎）・経蔵（図書館）・各宗の衆（研究室）を備え、渡来僧の受け入れ機関、華厳経学の中枢寺院として機能していた。*10 天平一二年（七四〇）金鐘寺における『華厳経』講説の講師となった新羅学生審祥も、大安寺の学僧である。正倉院文書には、大安寺で審祥が個人的に所蔵していたとみられる経典がみえ、審祥の所蔵経典目録とみられる天平二〇年六月一〇日「写章疏目録」が伝存する。*11

高橋（佐野）明子氏は、文書の体裁が経典名を縦一行に二部ずつ配列し、文書全体に折り目があり、界線の役割を果たしていることから、これを天平一九年（七四七）、諸寺の『伽藍縁起并流記資材帳』の整備に伴って、天平二〇年（七四八）六月一〇日、写経所が「平摂師」の「手」になる（あるいは手元にある）《原・経典目録》からリストアップした経典目録と推定した。そして、審祥所蔵経典の目録が、天平一九年（七四七）以前に大安寺ないしは審祥周辺で整備されたことで、審祥の蔵書の存在が知られるようになり、光明皇后が亡母・県犬養橘三千代の菩提を弔って発願した国家的写経事業「五月一日経」の新たな底本として注目され始め、審祥所蔵経典の貸出が、天平一九年（七四七）一一部、天平二〇年一七二部と飛

律令』。

*10 拙著『奈良朝漢詩文の比較文学的研究』（翰林書房、二〇〇三年）。

*11 堀池春峰「華厳経講説よりみた良辨と審詳」（『南都仏教』三一号、一九七三年。『南都仏教史の研究 上』所収、法蔵館、一九八〇年）。平岡定海「新羅審祥の教学について」（『印度学仏教学研究』二〇―二、一九七二年、『日本寺院史の研究』所収、吉川弘文館、一九八一年）。皆川完一「光明皇后願経五月一日経の書写について」（坂本太郎博士還暦記念会編『日本古代史論集』上、吉川弘文館、一九六二年）。大平聡「天平勝宝六年遣唐使と五月一日経」（笹山晴生先生還暦記念会編『日本律令制論集』上、吉川弘文館、一九九三年）。栄原永遠男「内裏における勘経事業―景雲経と奉写御執経所・奉写一切経司―」（『日本古代国家の展開』下巻、思文閣出版、

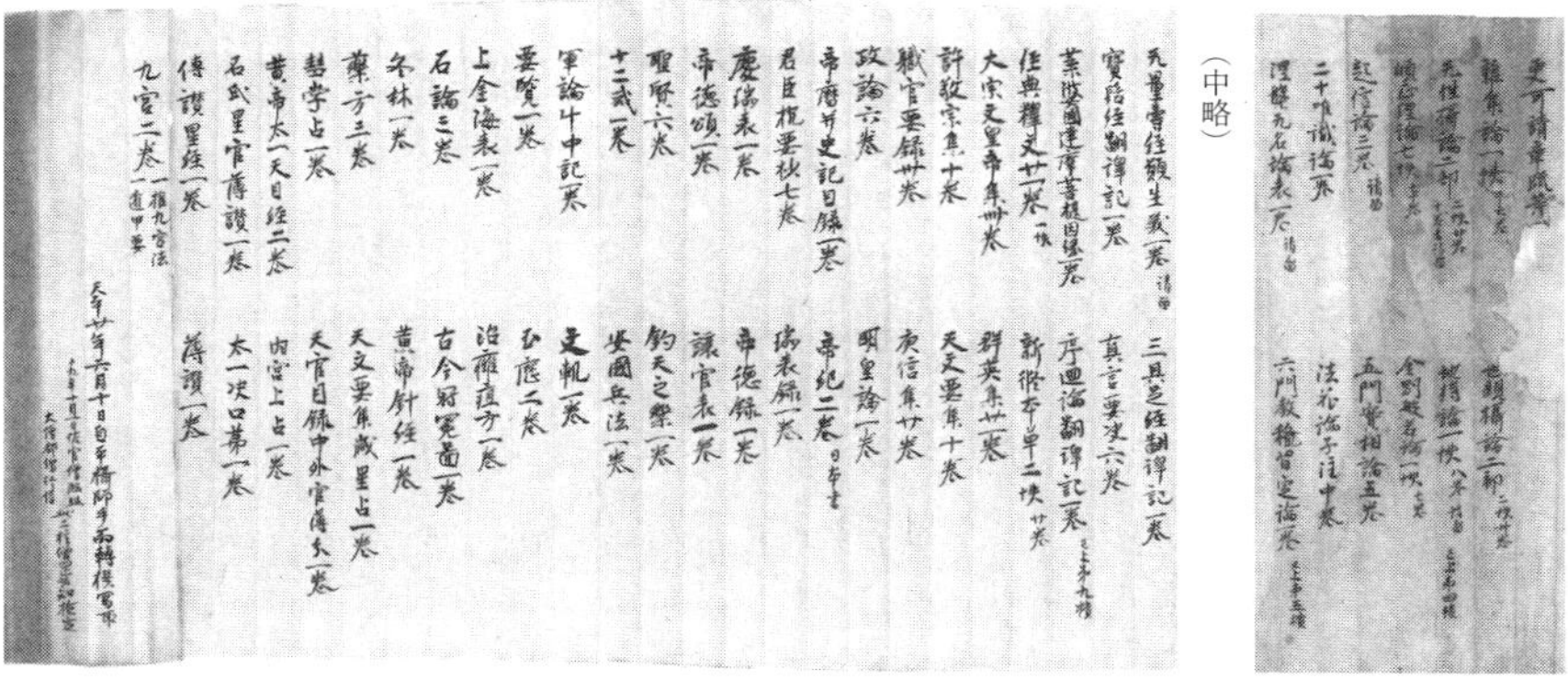

大安寺審祥所蔵経典目録（天平 20 年 6 月 10 日「写章疏目録」（続修後集 17・3 ノ 84 ～ 91）
正倉院蔵（『正倉院古文書影印集成　九』八木書店、1995 年）より転載

躍的に増加したされる。[*12]

　審祥の経典目録末尾には、仏教僧でありながら、次のように多彩な分野にわたる外典があげられている[*13]（なお、数字は通行字体とした）。

　新修本草二帙二十巻・大宗文皇帝宗四十巻・群英集二十一巻・許敬宗集十巻・天文要集十巻・職官要録三十巻・庾信集二十巻・政論六巻・明皇論一巻・帝歴并史記目録一巻・帝記二巻日本書・君臣機要抄七巻・瑞表録一巻・慶瑞表一巻・帝徳録一巻・帝徳頌一巻・譲官表一巻・聖賢六巻・釣天之楽一巻・十二戒一巻・安国兵法一巻・軍論中記・文軌一巻・要覧一巻・王歴二巻・上金海表一巻・治癰疽方一巻・石論三巻・古今冠蒐一巻・冬林一巻・黄帝針経一巻・薬方三巻・天文要集歳星占一巻・彗孛占一巻・天官目録中外官薄分一巻・黄帝太一天目経二巻・内官上占一巻・石氏星官薄讃一巻・太一決口第一巻・傳讃

一九九五年）。山下由美「東大寺の花厳衆と六宗―古代寺院社会試論―」（『正倉院文書研究』8、吉川弘文館、二〇〇二年）。山本幸男「『華厳経』講説を支えた学僧たち―正倉院文書からみた天平十六年の様相―」（『南都仏教』八七号、南都仏教研究会東大寺、二〇〇六年）。

＊12　高橋（佐野）明子「新羅学生審祥と大安寺―天平期における審祥所蔵経典の管理状況をめぐって」（平成二十年度上代文学会大会研究発表、五月二五日於福岡女学院大学）。大平聡「留学生・僧による典籍・仏書の日本将来―吉備真備・玄昉・審祥―」（『東アジア世界史研究センター年報』2、専修大学社会知性開発研究センター、二〇〇九年）。

＊13　小島憲之「伝来書推定の問題」（『上代日本文学と中国文学』上、塙書房、一九六二年）。

星経一巻・薄讃一巻・九官二巻一推九官法 一遁甲要

天平二十年六月十日自平摂師手而転撰写取

十九年十月一日佐官僧臨照 大僧都行信此二柱僧綱共知検定

（『正倉院文書影印集成』天平二十年六月十日「写章疏目録」（続修後集十七・三ノ八四～九一）

大安寺の学僧・審祥の蔵書に、仏典以外のさまざまな分野の典籍が含まれていたことは、奈良時代の知識人の読書・教養の環境が、想像以上に豊富であったことを示唆する。

第三節　『和名類聚抄』「序文」と「和名」

こうした複雑な様相を呈する上代文学と中国古典との関係に大きな示唆を与えるのが、『和名類聚抄』に引用された典籍である。

『和名類聚抄』（以下『和名抄』と略称）は日本最古の分類体の漢和辞書、平安時代の承平年間（九三一―九三八）に醍醐天皇皇女・勤子《きんし》内親王の命によって、源順《みなもとしたごう》が撰進した。漢語を部門別に類聚・掲出し、音義を漢文で注し、万葉仮名で和訓を加え、掲出語について漢籍・和書を博捜して考証・注釈を加える。『和名抄』には一〇巻本系二四部一二八門と二〇巻本系三二部二四九門の二系統の写本が存在する。

その編纂方針について、源順自身による「序文」には、勤子内親王の命が「教《きょう》」として次のように引用されている。

其の教に曰く、「我聞く、『拾芥を思ふ者は、好みて義実を採り、折桂を期す者は、競ひて文華を採る。和名に至りては、弃てて屑《もののかず》ともせず』と。是の故に、①一百帙の『文《ぶん》館詞林《かんしりん》』、②三〇巻の『白氏事類《はくしじるい》』と雖も、徒らに風月の興に備へ、世俗の疑を決し難し。適《たま》ま其の疑を決す可き者は、③『辨色立成《べんしきりっせい》』、④『楊氏漢語抄《ようしかんごしょう》』、⑤大医博士深根輔《ふかねのすけ》仁《ひと》、勅を奉じて撰集せる『和名本草』、⑥山州員外刺史田公望《さんしゅういんがいししでんこうぼう》の『日本紀私記』等なり。然れども猶ほ、養老に伝ふる所は、④楊説纔かに十部、⑤延喜に撰する所は薬種只一端のみなり。⑥『田氏私記《でんししき》』一部三巻は、古語は多く載すれども、和名存すること希なり。③『辨色立成』十有八章は、楊家の説と、名は異にして実は同じ。編録の間、頗る長短有り。其の余の漢語抄は、何人の撰するかを知らず。世、之を「甲書」と謂ひ、或は呼びて「業書」と為す。「甲」は則ち開口褒揚の名、「業」は是れ服膺誦習の義なり。俗説両端にして、未だ其の一を詳らかにせず。又、其の撰録する所の名、音義見《しめ》されず、浮僞相ひ交はる。海蛸を笘と為し、河魚を蹤と為し、祭樹を榊と為し、澡器を梵と為す等、是れなり。汝、彼の数家の善説を集め、我をして文に臨みて疑ふ所無からしめよ」と。*14

勤子内親王の「教」には、詩文集①『文館詞林』一百帙、類書②『白氏事類』三十巻、口語体漢和辞典とみられる漢語抄③『辨色立成』十八章・④『楊氏漢語抄』、本草書⑤深根輔仁撰『和名本草』、『日本書紀』講筵録⑥矢田部公望撰『日本紀私記』(『田氏私記』)など、承

*14　『和名類聚抄』本文は、狩谷棭斎『箋注倭名類聚抄』(『諸本集成倭名類聚抄』所収本)に拠る。

平年間当時の漢文教養の基礎的な文献があげられている。

これに対して、源順は次のような立場で『和名類聚抄』を撰述した。

或いは④『漢語抄』の文、或いは流俗人の説、先づ本文・正説を挙げ、各おの其の注に附して出だす。若し、本文未だ詳らかならざれば、則ち直ちに③『辨色立成』、④『楊氏漢語抄』、⑥『日本紀私記』を挙げ、或いは『類聚國史』『萬葉集』『三代式』等の用ふる所の仮字を挙ぐ。[*15]

すなわち、源順は『和名抄』撰述にあたって、④『楊氏漢語抄』と人々のあいだに流伝する「和名」から依拠すべき本文、正説を掲げて注した。本文が未詳の場合には、③『辨色立成』、④『楊氏漢語抄』、⑥『日本紀私記』、また、『類聚國史』『万葉集』『三代式（弘仁式・貞観式・延喜式）』等に用いられた仮名表記の「和名」を掲出した。

『和名抄』が「和名」を掲出する注記の形式について、大槻信氏は次のように述べられた。

和訓を導く注記にはいくつかの種類がある。「和名」が最も一般的だが、「師説」「俗云」「俗用」「俗語云」「此間云」「和語云」「訓」「読」のような形で注記されることもある。これらは、和訓を導くという機能の点で等価であり、さらに進めて言えば、和訓に冠する「〈出典名〉云」とも等価である。これらの和訓は典拠を持つ和訓であることが強く推定される。多くの項目は、漢語抄類に見られる「漢語―和訓」のセットを出発点にして形成されたものであった。[*16]

＊15　＊14同書。
＊16大槻信「倭名類聚抄の和訓―和訓のない項目」（『国語国文』第八三八号、二〇〇四年）。

ここでは「和名」を掲出する注記の形式のひとつに「師説」があることに注目したい。

平安期の漢籍・古辞書にみえる「師説」三三三条を収集された小林芳規氏は、「師説」が字句校異・字音・訓読・釈義考証の多方面にわたる平安初期の学問の具体相を示しており、大学寮における教官の講説・講義録を主とした教官の説のごときものとされた。[*17]また、川口久雄氏は『和名抄』の「師説」注記について次のように述べられた。

なお、周易・文選・遊仙窟等の引用にあたって、「師説」として訓を注しているがこれは明らかに孫引ではなくして、原典の訓点本を「師」と称するものからうけ伝えたのによるのであろう。しかし訓をひろいとるには、直接に訓点本をひらいてえらびとることのほかに、それらの訓釈や音義をあつめた冊巻のごときもの、（たとえば宇多天皇宸翰の東山御文庫所蔵の周易抄のようなもの）または本文の巻尾または毎節の末に一括して翻訳や音義などをぬきだしてしるしつけたもの（例えば興福寺所蔵延喜古鈔本日本霊異記のようなもの）によって、その訓釈・音義がひろいとられることもあったにちがいない。[*18]

このように『和名抄』の「和名」の典拠として示される「師説」とは、日本紀講筵をはじめとする講説の場でしかるべき「師」によって示された和訓だけではなく、訓点本や訓釈を含むとみるのが通説である。

＊17　小林芳規『平安鎌倉時代に於ける漢文訓読の国語史的研究』第二章（汲古書院、一九六七年）。

＊18　川口久雄『平安朝日本漢文学史の研究』上（明治書院、一九五九年）四一一―四一二頁。築島裕「中古辞書史小考」（『国語と国文学』第四一巻一〇号、一九六四年）。

第四節　類書と『和名類聚抄』の引用文献

『和名抄』に引用される文献は、漢籍・和書・仏書合わせて三百数十種にのぼる。藏中進は、寛平年間（八八九―八九七）、藤原佐世撰『日本国見在書目録』四〇部門に著録された一五一七九部一六七九〇巻の書目のなかには「日常的には殆ど利用もされずに架上に安置されたままのものも多数含まれていたのではないかと思われる」のに対して、『和名抄』の引用文献の性格を次のように論じた。

　これに対して『和名抄』所引の三百数十種の書は、約四〇年後の承平の頃のわが学芸界一般に日常的に利用されていた和漢の書が内典を含めて網羅されている、といってよいのではないか。（中略）『和名抄』所引の書巻は三百数十種、それらは承平頃のわが貴族官人層とっては比較的容易に披見可能の書巻どもであったと考えられ、これらの書巻を検討することによって、当時のわが国のごく一般的な学芸の実態乃至範囲を明らかにすることができるように思われる。『和名抄』に引用されている書名を通看すると、漢籍については、経史子集の全般に渉って主要な顔ぶれが見られ、更に内典、雑家、俗書の類までも含まれていて、その上にかなりの和書も数えることができる。当時二〇歳すぎであった撰者の読書範囲の広いのに一驚せざるを得ないであろう。*19

---

*19　藏中進「序にかえて」（藏中進・林忠鵬・川口憲二編『倭名類聚抄十巻本・廿巻本 所引書名索引』勉誠出版、一九九九年）。

*20　*19同書。

*21　林忠鵬『和名類聚抄』の文献学的研究』（勉誠出版、二〇〇二年）。

*22　尹仙花「『和名類聚抄』における『法苑珠林』の間接引用について―『広志』を中心に―」（『水門―言葉と歴史―』二三、水門の会、二〇一一年）。同「『和名類聚抄』引用書目の研究―『法苑珠林』を中心に―」（二〇一一年度大東文化大学大学院博士学位論文、特甲第90号）。

*23　内藤湖南「類書の史学に及ぼした影響」（『内藤湖南全集』第十一巻、筑摩書房、一九六九年）。

*24　廣岡義隆『佛足石記佛

『和名類聚抄』の引用文献は広汎に渉る。ただし、そのなかには、先行する類書・韻書菅原是善撰『東宮切韻』等からの間接引用、いわゆる「孫引き」が含まれている。[*20] これを承けて、林忠鵬氏は「『和名抄』に一回しか引用されていない書目」が一五八種、全体の二〇%を占め、類書からの「孫引き」として確実に間接引用された書目として『遊名山志』『神仙傳』『傅咸叩頭虫賦』『古今藝術圖』『玄中記』を指摘された。[*21] さらに、尹仙花氏は「『和名抄』に一回しか引用されていない書目」のうち、なおかつ『日本國見在書目録』に著録されない書目を調査し、『和名抄』が書名を掲出せずに、唐・道世撰『法苑珠林』に一致する本文を十一項目にわたって引用することを指摘された。[*22]

夙く、内藤湖南は、類書の編纂が初唐から盛んになることを論じた。[*23] 総章元年（六六八）唐・道世撰『法苑珠林』百巻は百編六六八部から成る仏教の一大類書であり、「薬師寺東塔刹銘」をはじめとする上代文献[*24]、『今昔物語集』はもとより[*25]、近年、『日本霊異記』がその感応縁に依拠し、『日本書紀』にも影響を与えた可能性が論じられている。[*26] 類書や散佚書からの引用文が、直接何を書承するのかという問題には慎重であらねばならないが、『法苑珠林』の背景には初唐の宮廷文化があり、撰者道世は、鑑真もその法統に連なる南山律宗の祖・道宣の兄弟弟子にあたる。道宣・道世が住した長安・西明寺の学問は体系的に大安寺周辺の仏教的な漢詩文や伝記文学の生成に受容され、兜率天―祇園精舎―長安西明寺―大安寺という大安寺創建説話の系譜を裏付けている。[*27]

足跡歌碑歌研究』（和泉書院、二〇一五年）。

*25　三田明弘「霊験と怪異の間―『今昔物語集』と『法苑珠林』における張亮説話」（『国文学研究』一五三・一五四、早稲田大学国文学会、二〇〇八年）。

*26　北條勝貴「『法苑珠林』感応縁訳注稿(1)」（『上智史学』六〇、上智大学史学研究会、二〇一五年）。

*27　唐・道宣撰『集神州三宝感通録』「跋」其の余の尽くさざる者は、統べて西明寺に在りし道（世）律師の新たに撰する『法苑珠林』百巻の内に具さに顕はす。（大正蔵第五二巻435a）。

拙稿「薬師寺「東塔刹銘」「仏足石記」と大安寺文化圏―日中交流」（『国文学 解釈と教材の研究』四八―一四「特集・古代の環境―文字・ことば・景観」学燈社、二〇〇三年）。

『和名抄』にみえる類書や仏典の間接引用は、「学令」からは窺い知ることのできない上代から平安中期にいたる律令官人の学修の一面を浮かびあがらせる。それらは『和名抄』自体の研究にとどまらず、上代における中国古典学修の実態を解明する重要な手がかりとなるのである。

第五節　『和名類聚抄』の「師説」注記と講説の場

『和名抄』「師説」注記は、十巻本系狩谷棭斎撰『箋注倭名類聚抄』に四九例、二〇巻本系元和古活字版に四六例確認される。今、十巻本系『箋注』で引用回数の多い順に書名をあげると、「文選」「文選注」二八例、「遊仙窟」八例、「日本紀私記」「周易」三例、「日本紀」「顔氏家訓」「漢書」「食療経」二例、「晋書」「病源論」「宿曜経」「礼記注」一例となる。[*28]

このうち、「師説」注記が七例検出される『遊仙窟』は、大学寮のテキストではない。藏中進は二十巻本系の『遊仙窟』の語彙十四例を検討して次のように論じた。

張文成作の片々たる一冊子が、我が国において上代以来盛んに愛読されたのは、一つにはその猟奇的好色的内容に対する興味もあったものと思われるが、同時に遊仙窟が全体にわたって多数の故事・典例を含み、文体的にも散文と韻文との交錯体・書簡体・会話体・叙景的説明文等々のないまぜでしかも駢儷体を基調とする華麗で変化に富んだ文

*28　拙稿「『顔氏家訓』と『和名類聚抄』―『遊仙窟』「師説」注記との比較から―」（『立命館文学』六三〇、立命館大学人文学会、二〇一三年）。

体であるため、当時の我が国人にとって恰好の作文作詩のお手本であり、また故事・典例の実際的学習テキストとしても利用度の高かったものと思われる。したがって正規の大学寮のテキストとしては行われずとも、案外に急速且つ広範囲に行われたのではないかと思われ、その訓読・釈義などに関する「師説」は、大学寮の外にあっての学儒・師僧などの私的講筵・仏寺の教講の場・僧坊などでの講説等々の形で、しばしば、あるいはひそかに行われたことと思う。遊仙窟における「師説」訓とはまさにこのような形で、主として官学外の場所で行われた訓読伝授をさしているのではあるまいか。[*29]

ならば、「師説」注記が施された上記の典籍にも、『遊仙窟』同様、公的・私的な講説の場を想定してよいのであろうか。

この判断には、慎重を要する。『和名抄』は文献を引用する際に、同一ないしは近接する箇所から複数の掲出語を同一形式で引用することがある。藏中進は『遊仙窟』の引用が他書や訓釈・音義の類からの「孫引き」ではなく、源順が『遊仙窟』本文を直接参看して、対句を同時に採集し、同一形式をもって各項に配置したとみる。[*30]「師説」注記二例を数える『顔氏家訓』もまた同様で、『和名抄』の述作ないしは書写の過程で「師説」の係る語彙に混乱や異文が生じており、『和名抄』所引『顔氏家訓』の「師説」は本来の「師説」とは考えにくい。[*31]

一方、「師説」注記が最多の二八例を数える「文選」「文選注」には、『文選』講筵の場を

*29　藏中進「和名類聚抄と遊仙窟」（『神戸外大論叢』一八—四、神戸市外国語大学研究所、一九六七年）。

*30　*29同書。

*31　*28同書。

想定してよいように思われる。「文選」の引用について、尹仙花氏は源順が『文選』から掲出語を博捜して『文選』注の部分を音注・解釈に引用し、李善注を主・五臣注を補助として、『文選』の本文を変えながら引用しているとされた。[*32] また、洲脇武志氏は十巻本の「文選注」の引用例三六例（二十巻本三五例）から、現行の李善注および五臣注にない三例、出典が確認できない一例を検出し、これらは源順が出典を誤って引用したのではなく、唐代の『文選』注釈書の姿を残しており、失われた『文選』注釈の佚文を含む可能性があり、当時の日本における『文選』解釈の一端を知る貴重な史料とされた。[*33]

「師説」注記は和訓に限られる。十巻本『箋注倭名類聚抄』に「文選」「文選注」の「師説」注記は二八例ある。そのうち、「師説」が記される作品は「射雉賦」四／七例、「海賦」二／四例、「西京賦」一／四例、「蜀都賦」一／三例、「東京賦」「好色賦」一／二例、「風賦」「雪賦」「蕪城賦」一／一例である。より詳細な検討を要するが、これらには講説の場を想定する余地が残されているとみてよいであろう。

上代文学の中国古典受容の場として、「学令」からは知ることのできない官学の大学寮の外にあった仏寺・僧坊や学儒による私的講筵の場とその「師説」には、今後、十分に留意しておきたい。

＊32　尹仙花「『和名類聚抄』引用書目の研究―五臣注『文選』を中心に―」（『外国語学会誌』三八、二〇〇八年）。同「『和名類聚抄』引用書目の研究―李善注『文選』を中心に―」（『語学教育研究論叢』二六、二〇〇九年）。同「『和名類聚抄』所引『文選』注における源順の引用態度」（『外国語学研究』一〇、二〇〇九年）。

＊33　洲脇武志「『倭名類聚抄』所引『文選』注釈考」（『水門―言葉と歴史―』二九、二〇一九年）。

【参考文献】

東野治之『正倉院文書と木簡の研究』（塙書房、一九七七年）
栄原永遠男『正倉院文書入門』（角川叢書、二〇一一年）
藏中進・林忠鵬・川口憲二編『倭名類聚抄十巻本・廿巻本 所引書名索引』（勉誠出版、一九九九年）

第二章　中古文学と漢学

五月女肇志

はじめに

平安時代初期は嵯峨天皇の命で最初の勅撰漢詩集『凌雲集《りょううんしゅう》』、続いて『文華秀麗集《ぶんかしゅうれいしゅう》』が撰ばれ、さらに淳和《じゅんな》天皇の命で『経国集《けいこくしゅう》』が編纂された。以上、三集に作品が撰ばれている作者たちは、実務官僚としての活躍を期待されて、当時の教育機関である大学寮で学んでおり[*1]、その成果が作品に結実したと言える。この時期は唐からさまざまな文物を移入しようという意欲に溢れており、彼の地に留学し、真言宗を開いた空海もその成果を『性霊集《しょうりょうしゅう》』をはじめとする漢詩文に反映させている。後世の国風文化の展開と対比して「国風暗黒時代」と呼ばれているほどである[*2]。

寛平六年（八九四）に、菅原道真の建言で遣唐使が廃止されて後、その影響で国風文化が花開き、和歌や作り物語が盛んに生み出されているが、これらの文学作品においても、漢学の強い影響が見られる。また、歴史物語『大鏡』は『史記』に始まる紀伝体で記されている。

＊1　大学寮の出身者と漢詩文についての論考に滝川幸司氏「平安朝文学の基層―大学寮紀伝道と漢詩人たち」（滝川幸司氏・中本大氏・福島理子氏・合山林太郎氏編『アジア遊学二二九　文化装置としての日本漢文学』（勉誠出版、二〇一九年一月）、古藤真平氏「嵯峨朝時代の文章生出身官人」（北山円正氏・新間一美氏・滝川幸司氏・三木雅博氏・山本登朗氏編『アジア遊学一八八　日本古代の漢と和　嵯峨朝の文学から考える』勉誠出版、二〇一五年九月）がある。

仮名文学の発達は和漢の比較の意識をもたらした。和歌とそれを翻案した漢詩を併記する『新撰万葉集』はその一例といえよう。藤原公任は和歌・漢詩・音楽の才能に優れた人物と評価されたことが歴史物語の『大鏡』に見えるが、朗詠にふさわしい和歌と漢詩を撰んだ『和漢朗詠集』を編纂している。このように和漢に渡る多才ぶりを発揮した官人として源《みなもとの》経信《つねのぶ》も挙げられよう。『今昔物語集』は天竺《てんじく》・震旦《しんたん》・本朝の説話の三部構成となっており、震旦説話は言うまでもなく、漢学の知見が表れている所であろう。

以上のように、中古文学における漢学のあり方は極めて多岐に渡るが、ここでは筆者の専門とする和歌文学の事例に則して述べることで責務を果たすこととしたい。具体的には『古今集』真名序《まなじょ》における漢籍依拠、和歌作品における論語の摂取、最後に女性文学者と漢学の問題について和泉式部を中心に考えたい。

第一節　『古今和歌集』真名序

最初の勅撰和歌集『古今和歌集』は仮名序・真名序が記され、後世の範とされているが、既に先学によって指摘されている通り、両序共漢学を踏まえた表現が多く見られる。また、両序において、同じ内容を述べるのに、依拠した漢籍が異なる箇所が確認できるのである。真名序は『論語』『文選《もんぜん》』の序の強い影響を受けていることが知られる。具体的には次に挙

＊2　吉澤義則氏「万葉集から古今集へ」（『歴史と地理』第一一巻第一一号、一九二三年）で初めて使われた用語。もちろんこの時代和歌が詠まれなかったわけではなく、北山光正氏「国風暗黒時代の和歌――創作の場について」（前掲『アジア遊学一八八　日本古代の漢と和　嵯峨朝の文学から考える』）で史書に見られる和歌が分析されている。

図１『古今集』真名序（国文学研究資料館蔵）

げる通りである。

「若し夫れ、春の鶯《うぐひす》の花の中に囀《さえず》り、秋の蝉の樹の上に吟ずる、曲折無しといへども、各《おのおの》歌謡を発す。物に皆之有るは、自然の理なり」*3は、「夫《か》の椎輪《つゐりん》は大輅《たいろ》の始め為るも、大輅に寧《いづく》んぞ椎輪の質有らんや。増氷《ぞうひょう》は積水の成す所為《た》るも、積水に曾《かつ》て増氷の凛《つめた》き微《な》きが若《ごと》きは、何ぞや。蓋《けだ》し其の事に踵《つ》ぎて華《うるは》しきを増し、其の本《もと》を変じて厲《はげ》しきを加ふればなり。物既に之有り、文も亦宜《またよろ》しく然《しか》るべし」*4の末尾に拠っている。『古今集』では鶯の囀りや蝉の声も歌とみなすとする内容である。表現を依拠した『文選』では、種類によって車が変化し、温度によって水が氷るように、文章も変化があると述べている。具体例を踏まえて全てのものが指摘される通りだとする『文選』の修辞を借りながら、論じる内容がここでは異なっている。真名序では変化を述べるのではなく、あらゆる生き物に歌を見出せるという文脈で用いられている。

それに続く「然るに、神世七代、時質《すなほ》にして人淳《あつ》く、情欲分かるることなく、和歌いまだ作《おこ》らず。素《す》戔烏《さのを》の尊《みこと》の出雲国に到《いた》るに逮《およ》びて、始めて三十一字の詠有り」は「式《もつ》て元始を観《み》、

＊3　以下、『古今和歌集』の引用は高田祐彦氏訳注『角川ソフィア文庫　新版　古今和歌集』（角川学芸出版、二〇〇九年）による。依拠漢籍について、同書の教示による所が大きい。

＊4　以下、『文選』の引用は全釈漢文大系による。

眇《はる》かに玄風を覿《み》れば、冬は穴にすみ夏は巣にすみし時、毛を茹《し》き血を飲みし世は、世は質《すなほ》に民淳《あつ》くして、斯《こ》の文、いまだ作《おこ》らず。」を踏まえている。神代において世が素朴で人が淳朴だった時代は、和歌がまだ詠まれなかったと述べる真名序は、太古は素朴な生活のために文章を必要としなかったと述べる『文選』の発想を取り入れている。

また、「爰《ここ》に人代に及びて、此の風大きに興《おこ》る。長歌・短歌・旋頭・混本の類、雑躰一にあらず、源流漸《やうや》く繁し」は「古詩の体を、今は則ち全く賦の名に取る。荀宋は之を前《さき》に表し、賈馬《かば》は之を末《のち》に継ぎたり。茲《これ》自《よ》り以降《このかた》、源流実《まこと》に繁し」の表現を用いたものといえる。長歌・短歌・旋頭歌《せどうか》・混本歌《こんぽんか》など和歌にさまざまな歌体があることを水の流れによって表現しているが、『文選』では同じ修辞を用いながら、荀況《じゅんきょう》・宋玉《そうぎょく》・賈宜《かぎ》・司馬相如《しばしょうじょ》などさまざまな文学者を挙げてその流れを説明している。

さらに「昔平城天子、侍臣に詔《みことのり》して、万葉集を撰ばしむ。それより以来《このかた》、時は十代を歴《へ》て、数は百年を過ぐ」は「姫漢《きかん》自《よ》り以来、眇焉《べうえん》として悠《はる》かに邈《とほ》し。時は七代を更《か》へ、数は千祀《せんし》に逾《こ》えたり」によるものであり、当時、平城天皇が撰んだと信じられていた『万葉集』の成立から長い歳月が経ったことを、周王朝、漢王朝の時代から遙かな年月が過ぎたと述べる『文選』序の修辞を用いて表現している。時代区分の認識、統治のあり方も異なる中国の文章表現を踏まえながら、和歌という日本独自の文芸ジャンルの文学論を打ち立てようとする努力が垣間見えるのである。

図２　柿本人丸（人麻呂）（『百人一首』、国文学研究資料館蔵）

以上が『文選』序の強い影響が見られる箇所であるが、以下に挙げる箇所は『論語』に依拠している。「陛下の御宇、今に九載なり。仁は秋津洲《あきつしま》の外に流れ、恵みは筑波山の陰よりも茂し。淵変じて瀬となるの声、寂々として口を閉ぢ、砂《いさご》長じて巌《いはほ》となるの頌《しよう》、洋々として耳に満てり。既に絶えたる風を継《つ》がんと思し、久しく廃《すた》れたる道を興《おこ》さんと欲したまふ」は九年に及ぶ醍醐天皇の治世の仁徳が国中に満ち、天皇が絶えていた詠歌の風習を継ぐ意図を持って、久しく廃れていた和歌の道を再興しようとしたという内容だが、『論語』尭曰の「滅国を興し、絶世を継ぎ、逸民を挙ぐれば、天下の民、心を帰す」＊5によるものである。滅んだ国を再興し、絶えた家があれば継がせて、隠れた賢人がいれば政府に登用する、以上のことを行うと天下の民の心は為政者に帰すると述べられている『論語』の一節を踏まえることで、『古今和歌集』撰進の勅命を下した醍醐天皇の御代が古の聖人に匹敵することを示そうとしたのであろう。

「嗟乎《ああ》、人丸既に没したれども、和歌斯《ここ》に在らずや」が諸注釈書で示される通り、『論語』子罕における孔子の発言「文王既に没し、文茲（ここ）に在らざらんや」を踏まえているこ

＊5　以下、『論語』の引用は新釈漢文大系による。

とは明らかである。『論語』では孔子が周の文王亡き今、文明の道の伝統は自分の中にあると語っている。自分こそ聖人の跡を継ぐ存在であるという孔子の思いが示されていよう。それに対し、真名序では代表的な歌人として顕彰される柿本人丸が没しても和歌が今ここにあると言っており、和歌の永続性を宣言すると同時に、その活動に、万葉の大歌人の事績を継承して携わる撰者たちの自負もうかがえる文章である。仮名序で同じ内容を述べている箇所は「人麿亡くなりたれど、歌のこととどまれるかな。たとひ時移り事去り、楽しび悲しびゆきかふとも、この歌の文字あるをや」となっている。傍線部は陳鴻《ちんこう》『長恨歌伝』で「時移り事去り、楽しみ尽きて悲しみ来《きた》る＊6」に依拠している。楊貴妃を失った後の玄宗皇帝の悲しみを表現した箇所であるが、渡辺秀夫氏の指摘のように、仮名序では、真名序のように漢文脈のうらづけのない和語（仮名文脈）で文化の検証者としての詩歌の担い手たる面目が、唯一絶対のものとして高らかに表明できないため、歌の永続性を強調する文を続けているのである。＊7

以上のように、『古今和歌集』真名序は『文選』『論語』両書の強い影響下に有り、これによって勅撰集として和歌という文芸ジャンルの重み、帝徳に満ちた天皇の御代を寿ぐ文章を形成しようとしたと考えることができる。

＊6　引用は岡村繁氏著『新釈漢文大系第百十七巻　白氏文集二下』（明治書院、二〇〇七年七月）による。

＊7　『和歌の詩学——平安朝文学と漢文世界』勉誠出版、二〇一四年六月）。

第二節　勅撰集入集歌の『論語』摂取

詠まれた和歌も漢学の反映が見えるものが少なくない。例えば藤原俊成《しゅんぜい》が著した歌論書『古来風躰抄《こらいふうていしょう》』では、『後撰集』の一首について以下のように述べている。[*8]

雪降りて年の暮れぬる時にこそつゐに緑の松も見えけれ

この歌、古今にあり。かれは「つゐにもみぢぬ」とあり。その詞少しいかにぞ聞こゆるを、この集には「つゐに緑の」とあるは、良きには似たれど、又「もみぢぬ」よりは心の劣るなり。いづれもいかにぞ覚えながら、「年寒くして後、松栢の後に凋むことを知る」といふ心のいみじくて、いづれをもえ漏らし侍らぬなり。[*9]

柳瀬喜代志氏による考察の通り、俊成はこの歌の第四句「つゐに緑の」が『古今集』と異なる事に着目している。[*10] 両勅撰集の第四句の本文異同は、『論語』子罕の一節「子曰く、歳寒くして、然る後に松柏の彫《しぼ》むに後るるを知る」に対する二通りの解釈を反映していると氏は結論づける。氏は古今詠の第四句「つゐにもみぢぬ」が平安朝貴族が学んでいた『論語』何晏注の以下の部分から像を結んだと考察し、傍線部が古今歌の第四句に対応すると指摘している。

大寒の歳には、衆木皆死《か》る。然して後に、松柏小《すこ》しく彫《いた》み傷《やぶ》ることを知る。平歳には

---

*8　現存『後撰集』諸本の内、片仮名本・慈円本・雲州本・承保三年奥書本等一部の伝本に見られる。定家本系統には入集していない。

*9　引用は『歌論歌学集成　第七巻』（三弥井書店、二〇〇六年一〇月）による。

*10　「「つゐにもみぢぬ」・「つゐに緑の」松の歌（『古来風体抄』考」（『日中古典文学論考』汲古書院、一九九九年三月所収）以下、柳瀬氏の説はこの論文による。

則ち衆木亦死《か》れざる者の有り。故に歳の寒を須《ま》て後に別《わ》く。喩ふ、凡人治世に処《い》て亦能く自ら修め整へて君子に同じきに、濁世に在りて、然して後に君子の正しくして苟しくも容れられざることを知る。[11]

古今歌の出典は詞書に明記されるように、『寛平御時后宮歌合《かんぴょうのおほんときのきさいのみやのうたあわせ》』のよみ人しらず詠であるが、本文の異同はない。柳瀬氏は「つゐに緑の」について、『新撰万葉集』入集の際、以下のように改変されたと指摘する。

雪降手《ユキフリテ》　年之暮往《トシノクレユク》　時丹許曾《トキニコソ》　遂緑之《ツイニミドリノ》　松裳見江芸礼《マツモミエケレ》（一八七）

松樹従来蔑雪霜《しょうじゅじゅうらいゆきしもなきにす》　寒風扇処独蒼蒼《かんぷうあふぐどころひとりそうそう》　奈何桑葉先零落《いかんぞさうえふまづれいらくす》　不屑槿花暫有《きんくわのしばらくさかゆることをいさぎよし》昌《とせず》（一八八）[12]

図３　藤原俊成（『百人一首』、国文学研究資料館蔵）

また、李嶠《りきょう》の『百詠《ひゃくえい》』嘉樹部「松」第七句「歳寒くして終に改めず」が、その古態を伝えている慶應義塾大学三田情報センター『李嶠百廿詠注《りきょうひゃくにじゅうえいちゅう》』で、論語の言葉を典拠に成り立つことが指摘されているとも氏は述べる。さらに、源光行《みなもとのみつゆき》撰の『百詠和歌』「松」の「鶴棲君子樹」の注では、以下のように記していることも指摘する。

松をば君子にたとふ、衆木をば凡人にたとふ、

＊11　引用は国立国会図書館蔵『論語集解』（函号ＷＡ六―七七）による。

＊12　引用は新編国歌大観による。

年寒くして四方の木末、霜雪にをかされて皆枯落時、松独緑也*13

以上のように、「松柏の彫むに後るる」の解釈を、傷んでも枯れないとするのが「もみぢぬ」の本文に、緑の色が変わらないとするのが「緑の」の本文に反映していることになる。『論語』の一節の解釈が勅撰集和歌の本文に反映している点、大変興味深い現象である。歌人達の漢学への強い関心を表している一例になろう。

第三節　紫式部日記

仮名の発達は数多くの女性による文学作品が記される要因となった。『源氏物語』をはじめとする仮名文学に『白氏文集』を始めとする漢詩文の影響が随所に見られることは明らかである。『紫式部日記』を見ても、作者の漢学に対する見識がうかがえる。ただ、その才学は周りから肯定的に捉えられなかったことを彼女は記している。亡き夫、藤原宣孝《のぶたか》の形見となってしまった漢籍を取り出して見ていると、侍女達から以下のような陰口を叩かれている。

おまへはかくおはすれば、御幸ひはすくなきなり。なでふをんなか真名書《まなぶみ》は読む。むかしは経読むをだに人は制しき*14

そんなふうだから、幸少ない境遇なのだ。一体どのような女性が漢文を読むのだろうか。昔はお経を読むのさえ、止められたのに。以上のようなことを侍女達が言っているのを書き留

*13　引用は新編国歌大観による。

*14　以下、『紫式部日記』の引用は新編日本古典文学全集による。

めているのである。

左衛門の内侍といふ人はべり。あやしうすずろによからず思ひけるも、え知り侍らぬ、心憂きしりうごとの、おほう聞こえはべりし。

内裏のうへの、源氏の物語人に読ませたまひつつ聞こしめしけるに、「この人は日本紀《にほんぎ》をこそ読みたるべけれ。まことに才《ざえ》あるべし」と、のたまはせけるを、ふと推《お》しはかりに、「いみじうなむ才がある」と、殿上人《てんじゃうびと》などにいひちらして、日本紀の御局《みつぼね》とぞつけたりける、いとをかしくぞはべる。このふる里の女の前にてだに、つつみはべるものを、さるところにて、才さかし出ではべらむよ。

同僚の「左衛門の内侍」という快く思われていなかった女性から、一条天皇に「日本紀《にほんぎ》」（『日本書紀』）を読んでいて学識があると賞賛された紫式部に学問があると殿上人などに言いふらされ、「日本紀の御局」とあだ名をつけられたことに対し、前掲の通り、実家の侍女達の前でさえ漢籍を読むことを憚《はばか》っているのに、宮中で学識をひけらかすことはないと述べる。

また、以下の部分もよく知られた箇所である。

この式部の丞といふ人の、童《わらは》にて書《ふみ》読みはべりし時、聞きならひつつ、かの人はおそう読みとり、忘るるところをも、あやしきまでぞさとくはべりしかば、書に心入れたる親は、「口惜しう、男子にて持たらぬこそ幸ひなかりけれ」とぞ、つねに嘆かれはべりし。

幼い頃、弟と並んで漢籍を学んでいた時、弟より早く理解した作者が、男で無かったことを父の藤原為時《ためとき》が嘆いている。以上のように記した後、式部は以下のように記す。

それを、「をのこだに、才がりぬる人は、いかにぞや、はなやかならずのみはべるめるよ」と、やうやう人のいふも聞きとめて後、一といふ文字をだに書きわたしはべらず、いとてづつに、あさましくはべり。

彼女は、男でさえ学識をひけらかす人は非難されることを耳にして、一という漢字すら書かないようにしたことを述べる。しかし、必死に漢学の学識を隠そうとしても、中宮彰子の要請には逆らえなかった。

読みし書《ふみ》などいひけむもの、目にもとどめずなりてはべりしに、いよいよ、かかること聞きはべりしかば、いかに人も伝へ聞きてにくむらむと、恥づかしさに、御屛風《みびやうぶ》の上に書きたることをだに読まぬ顔をしはべりしを、宮の、御前《おまへ》にて、文集《もんじふ》のところどころ読ませたまひなどして、さるさまのこと知ろしめさまほしげにおぼいたりしかば、いとしのびて、人のさぶらはぬもののひまひまに、をととしの夏ごろより、楽府《がふ》といふ書《ふみ》二巻をぞ、しどけなながら教へたてきこえさせてはべる、隠しはべり。

中宮から『白氏文集』を読むことを求められ、人目を避けて同集巻三、巻四にあたる「新楽府」を教えることになったことが記されているのである。

以上のような記述からは、当時の女性は漢学の学識は求められていなかったように見える。『紫式部日記』のよく知られている以下の記述もそれを後押しするものになろう。

清少納言こそ、したり顔にいみじうはべりける人。さばかりさかしだち、真名書きちらしてはべるほども、よく見れば、まだいとたらぬこと多かり。

清少納言が賢そうにして漢字を書き散らしているが、足りないことが多いと述べている。

図４　和泉式部・紫式部（『今様百人一首吾妻錦』より、国文学研究資料館蔵）

第四節　和泉式部の和歌

前節のように、紫式部は宮廷社会の中で漢学の才を隠さざるを得ない自らの立場を強調しているが、同時代に輩出した女性文学者達は漢学とどのように向き合っていたのであろうか。

この時代の代表的な歌人として歌人に和泉式部が挙げられるだろう。『紫式部日記』では以下のように評されている歌人である。

歌は、いとをかしきこと。ものおぼえ、歌のことわり、まことの歌詠みざまにこそはべらざらめ、口にまかせたることどもに、かならずをかしき一ふしの、目にとまる詠みそへはべり。それだにに、人の詠みたらむ歌、難じことわりゐたらむは、いでやさまで心は得じ。口にいと歌

の詠まるるなめりとぞ、見えたるすぢにはべるかし。恥づかしげの歌詠みやとはおぼえ
　侍らず。

紫式部に言わせれば、歌は趣深いが、古い歌の知識や理論などは歌人と言えるようなものでない。口に任せて詠んだ歌に必ず興味深い点が一つはあると評している。他人の歌の批評は納得できるものではないが、口をついて自然と歌が詠み出されるタイプの歌人と評している。

しかし、先学が指摘する通り、和泉式部は漢籍に基づく和歌も多く詠んでいることは明らかである。[*15]その一例として次の歌が挙げられよう。

　内侍亡くなりて、次の年七月に、例得る文に、名の書かれたるを
もろ共に苔の下には朽ちずして埋まれぬ名を見るぞかなしき（和泉式部集・五三六）[*16]

娘である小式部内侍が亡くなった後、和泉式部は娘が仕えていた中宮彰子から長年賜っていた衣を、亡くなった後まで遣わされた。そこに「小式部内侍」という名前が記されていたのを見て詠んだ歌である。自分が一緒に墓所へ埋められることもなく、埋もれることのなかった娘の名を聞くのは「かなし」いと述べている。

この「かなし」は森重敏氏の指摘の通り、娘を失った悲哀の情と主君の娘に対する恩愛への感謝の情と双方が示されていよう。[*17]

この歌は岸本由豆流『和泉式部集標注』で指摘され、佐伯梅友氏・村上治氏・小松登美氏がそれを首肯している通り、[*18]次の詩句を摂取していると考えられる。

＊15　小松登美氏「和泉式部と漢学」（『和泉式部の研究　日記・家集を中心に』笠間書院、一九九五年五月）、近藤みゆき氏「和泉式部と漢詩文——同時代からの達成——」（『古代後期和歌文学の研究』風間書房、二〇〇五年二月）。

＊16　引用は佐伯梅友氏・村上治氏・小松登美氏『和泉式部集全釈　正集篇』（笠間書院、二〇一二年六月）。

＊17　『八代集撰入　和泉式部和歌抄稿』（和泉書院、一九八九年）。

＊18　＊16書参照。

遺文三十軸　軸軸金玉の声　竜門原上の土　骨を埋めて名を埋めず

（和漢朗詠集・巻下・四七二）[*19]

もとは白氏文集巻五十一「題故元少尹集後二首《もとのげんせうゐんがしふのあとにだいすにしゅ》」の二首目である。平安時代末に成立した『高倉院昇霞記』に亡くなった高倉院の漢詩を集めた時、作者源通親がこの漢詩の一節を口ずさむ場面が描かれている。

作らせたまひたりし詩どもを取り集むとて、「遺文三十軸」とうち口すさまれて、竜門原上の土さへうとましくて、

琢《みが》きおきてとどむる君が玉梓《たまづさ》は玉の声あるたぐひなりけり[*20]

亡くなった高倉院の詩文を集めようとして通親はこの詩をつい口ずさんだ。院の残した漢詩を玉に喩えて詠まれた歌は、故人の文業を讃えようとする漢詩の内容を十分に反映しているものとなっている。漢詩の摂取については、一般的には通親のような発想になろう。

それに対して和泉式部詠は亡き娘の偉業を讃えるものではない。『朗詠集』の第三句、第四句から導き出されたのは先立たれてしまった自分の嘆きの表現であった。一緒に墓に眠ってしまいたいという母の思いを、白詩の墓所の表現を基にして、紡ぎ出している。

『白氏文集』「題故元少尹集後二首」では、最初の詩は以下の通りである。

黄壌詎《なん》ぞ我を知らん　白頭徒《いたづら》に君を憶ふ　唯だ老年の涙を将《もつ》て　一に故人の文に灑ぐ[*21]

泉下の元少尹は今生の私のことを知らないだろうが、老年の私は白髪になってもただ彼の

＊19　『和漢朗詠集』の引用・歌番号は新編日本古典文学全集による。

＊20　『高倉院昇霞記』の引用は新日本古典文学大系による。

＊21　引用は岡村繁氏著『新釈漢文大系第百五巻　白氏文集九』（明治書院、二〇〇五年）による。

ことを思い、彼の文を読んで涙を注ぐという内容である。岡村繁氏の指摘の通り、次の歌で摂取されている。[*22]

紀時文がもとにつかはしける　清原元輔

かへしけむむかしの人のたまづさをきゝてぞそゝぐ老いの涙は

（後拾遺集・雑四・一〇八六）

和泉式部に先行して摂取された詠が存在している。和泉式部も白氏文集「題故元少尹集後二首」全体を読んだ上で、一首目を基に老いて残された自分の嘆きを詠み、二首目から中宮の配慮により娘の名を残ることになったことと娘が墓所にいる事情を表現したことになろう。依拠した漢詩全体の世界を踏まえた上で、直接摂取した表現に寄りかかるだけでなく、作者の心情を描き出すことに成功した一首といえよう。中宮彰子もこの歌を見て、作者の漢学の知見、摂取の見事さに感服したと思われる。口に任せて詠んでいるように評された歌人・和泉式部も漢詩を読み、その表現を踏まえて自らの心情を十二分に表出しているのである。

以上、中古文学と漢学の関わりについて、『古今集』真名序、同集の中の一首、『紫式部日記』、和泉式部の一首を取り上げて、当時の文学者達の作品と漢学について述べて行った。和歌、日記文学といった仮名による作品においても、漢学の表現、発想に大きく依拠し、それを踏まえた独自性への試みを見出すことができるのである。

図5「小式部内侍」（『錦絵註入百人一首』より、国文学研究資料館蔵）

＊22　＊21書参照。

第三章　中世文学と中国古典――蟋蟀と蛍の歌から

植木朝子

はじめに

改めていうまでもないことであるが、筆者に与えられたテーマ、「中世文学と中国古典」については、さまざまな領域を題材に、さまざまな観点から、多くの先行研究が積み重ねられている。たとえば、昭和六一年（一九八六）に企画された和漢比較文学会編・和漢比較文学叢書[*1]の第五巻と第六巻は「中世文学と漢文学Ⅰ」「同Ⅱ」と題され、あわせて二三編の論文が収録されているが、中世の歌人と中国文学の関わり、歌論や物語注釈と中国文学の関わり、仏教歌謡・説話・御伽草子・軍記物語・中世紀行文・能の漢籍受容といったものが具体的に論じられている。目次を眺めただけでも、あらゆるジャンルの中世文学に中国古典が大きな影響を与えていることがみて取れる。

そうした膨大な先行研究の驥尾に付すものとして、本章では蟋蟀、蛍の和歌を題材に、小さな虫の世界から中国古典が中世文学に与えた影響と日本での変容について考えてみたい。

＊1　全一八巻（汲古書院）。

第一節　蟋蟀──居所の移動と変化《へんげ》

和歌の中の蟋蟀

中古・中世の和歌において、蟋蟀は「きりぎりす」の名でしばしば詠まれている。日本の古典文学において、「きりぎりす」「こほろぎ」が何を指すかについては諸説あるが、本章で扱う「きりぎりす」の用例は、今のコオロギのことである。すなわち、茶褐色でリリリ……と鳴く虫であって、緑色でギーッチョン、ギーッチョンと鳴くキリギリスではない。

さて、私たちの常識からすると、秋に鳴く虫は野や庭にいて草の中から声が聞こえてくるというのが一般的であろう。和歌に詠まれた蟋蟀も、

わがごとく物やかなしききりぎりす草のやどりに声絶えず鳴く
（『後撰和歌集』二五八・紀貫之）[*2]

きりぎりす恨むる声も庭の荻のするゐこす風も秋ふけにけり
（『後鳥羽院御集』五二）

のように、草原や前栽で鳴いている。しかし、蟋蟀は、壁や床と取り合わせられることも多く、他の虫とは違う特徴を持つ。

きりぎりす壁の中にぞ声はする蓬が杣に風や寒けき
（『久安百首』一一四〇・上西門院兵衛）

＊2　和歌及び『新撰万葉集』の漢詩の引用は『新編　国歌大観』（角川書店）により、一部表記を改めた。

きりぎりす壁の中なる声ゆゑにむすびさしつる夜半の夢かな　（『重家集』三六）

秋深くなりにけらしなきりぎりすゆかのあたりに声きこゆなり

（『千載和歌集』三三二・花山院）

霜さゆるおどろのゆかのきりぎりす心ぼそくも鳴き弱るかな　（『散木奇歌集《さんぼくきかしゅう》』四二八）

一見、不思議なこの取り合わせは、中国の古典に典拠を持っている。前者―壁と蟋蟀の取り合わせ―は、よく知られているように、古代中国における儒家経典『礼記《らいき》』（月令）の季夏之月（六月）の「蟋蟀居壁*3」によるものである。

ただし、『礼記』には「壁に居る」とだけ記され、「中」の語はない。和歌（連歌）においても、

　きりぎりすのいと近う鳴くを聞きて、人

壁近く鳴くきりぎりすかな

　と言ひしかば、また東面《おもて》にありし人

夢にても寝ることかたき秋の夜に　（『相模集』一八一）

きりぎりす夜深き声に夢さめて壁のあたりはいこそ寝られね　（『待賢門院堀河集』三七）

のように「壁近く」「壁のあたり」といった表現がみえる。

寛平五年（八九三）九月菅原道真編とされる『新撰万葉集』には、「秋来たり暁暮《あけくれ》吾が声を報ず　蟋蟀《しつしゆつ》高く低く壁の下に鳴く」（九〇）、「蟋蟀壁の中に夕べを通して鳴く　芸人乱れたる床《とこ》に夜を明かして侘ぶ」（三四六）とあり、「壁の下」「壁の中」の表現がみえる。

---

*3　竹内照夫『新釈漢文大系　礼記　上』（明治書院、一九七一年）により、一部表記を改めた。

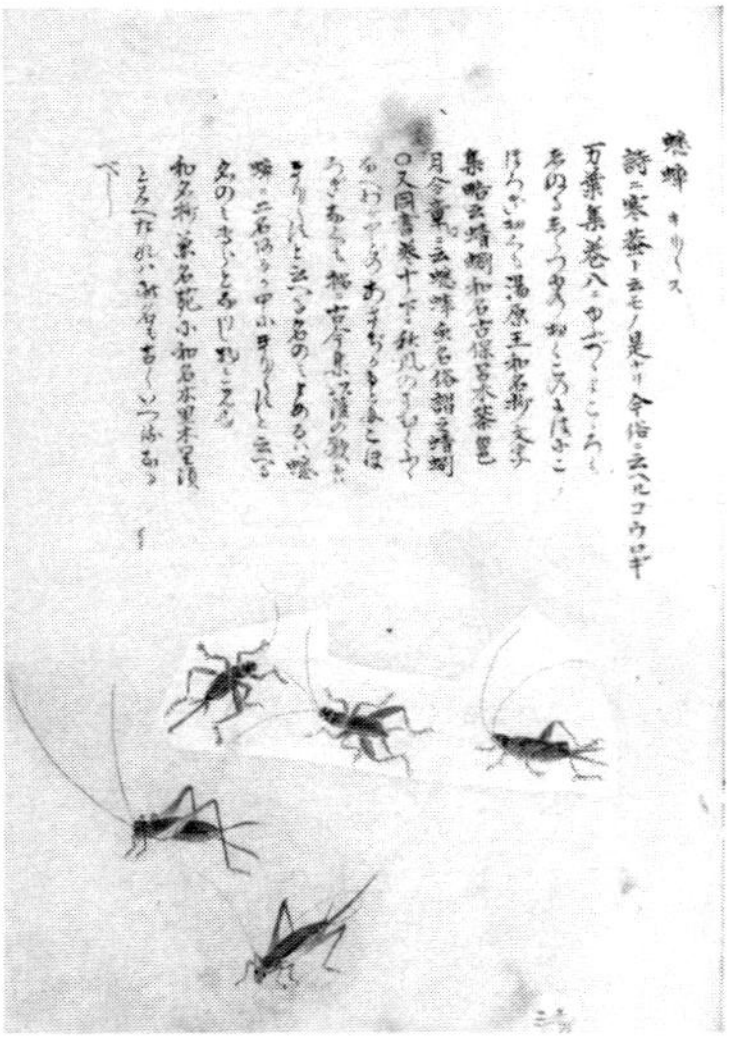

図１　蟋蟀（栗本丹洲著『千蟲譜』国立国会図書館蔵）

『源氏物語』には「きりぎりす」の例が二例みえるが（夕顔巻・総角巻）、ともに「壁の中のきりぎりす*4」の形である。蟋蟀の声が「壁の中」から聞こえるというのは、姿のみえない蟋蟀の声を微妙な反響として繊細に捉えた巧みな表現と思われる。日本で育まれた『新撰万葉集』『源氏物語』の表現が、のちの和歌にも影響を与えたものであろうか（『新撰万葉集』の漢詩は菅原道真〈八四五—九〇三〉あるいは源当時《まさとき》〈八六八—九二一〉の作とされる）。

さて、後者—床と蟋蟀の取り合わせ—は、これもしばしば指摘されるごとく、春秋時代（紀元前七七〇—前四七六年）に編集された中国最古の詩歌集『詩経《しきょう》』（豳風《ひんぷう》・七月）に、「七月野に在《あ》り　八月宇《う》に在り　九月戸《こ》に在り　十月には蟋蟀我が牀下《しやうか》に入《い》る*5」とあることによる。

蟋蟀は、七月には野原にいるが、寒さが近づくと次第に人家に近寄ってきて、八月には軒に近づき、九月には戸口のところまで来るようになり、一〇月には床の下にまで入ってくるというのである。「牀下」を、和歌では「枕の下」と表現することもあり、「床（ゆか・とこ）」の例よりもむしろ「枕」の例の方が多い。

＊4　柳井滋ほか校注『新日本古典文学大系　源氏物語　二』（岩波書店、一九九三年）、『同　源氏物語　四』（岩波書店、一九九六年）により、一部表記を改めた。

＊5　高田眞治『漢詩大系　詩経　上』（集英社、一九六六年）により、一部表記を改めた。

きりぎりす夜寒になるを告げ顔に枕のもとに来つつ鳴くなり　（『山家集』四五五）

露ふかきあはれをおもへきりぎりす枕のしたの秋の夕暮　（『拾玉集』一六八五）

蟋蟀の声の聞きなし——綴り刺せ

平安時代からみられる蟋蟀の声の聞きなしとしては、「綴《つづ》り刺《さ》せ」（きれをつなぎ合わせて縫え）というものがある。

からころもたつたの山にあやしくもつづりさせてふきりぎりすかな　（『家持集』二五三）

きりぎりすつづりさせてふ鳴くなればむらぎぬもたるわれはききいれず　（『家持集』二五四）

秋風にほころびぬらし藤袴つづりさせてふきりぎりす鳴く　（『古今和歌集』一〇二〇・在原棟梁）

きりぎりすつづりさせてふいかにしてさむけきとこの上を知るらん　（『教長集』四六八）

このように、「綴り刺せ」の聞きなしは、「唐衣」「たつ（裁つ）」「疋絹《むらぎぬ》（一疋《ひとむら》の絹。疋《むら》は巻物にした布帛などを数える単位）」「袴」など、衣と関わる語と詠まれている。中国では、蟋蟀の鳴き声を「快織《クワイジー》！快織《クワイジー》！（早く機を織って寒さに備えよ！）」と聞きなし、そこから「促《そく》織《しょく》」とも呼ぶようになったという。*6『詩経』には「蟋蟀」としてみえるが、瀬川千秋によれば*7、『文選《もんぜん》』「古詩十九首」の第七首に「明月皎《けう》として夜《よる》光り　促織東壁《とうへき》に鳴く*8」とみえるの

＊6　瀬川千秋『闘蟋《とうしつ》——中国のコオロギ文化——』（大修館書店、二〇〇二年）。

＊7　＊6同書による。

＊8　内田泉之助・網祐次『新釈漢文大系　文選（詩篇）下』（明治書院、一九六四年）により、一部表記を改めた。

が「促織」の最も早い例とのことである。日本においては、源《みなもとの》　順《したごう》の編んだ辞書『和名類聚抄』（九三一—九三五年成立）によれば、「蟋蟀」の和名を「木里木里須」とし、「促織」の和名を「波太於里」とするから、*9「促織」は機織虫《はたおりむし》（今のキリギリス）であって、蟋蟀（コオロギ）の異称ではない。しかし、「促織」は、ツヅリサセと鳴くコオロギにも、ギーッチョンと機を織るように鳴くギリギリスにもふさわしい名称であるため、のちの辞書や本草学書などには混乱もみられる。

古き筆、蟋蟀となる

ここまで蟋蟀の鳴き声を追ってきたが、その姿に関連して、中世には実に不思議な言説がなされていた。古い筆が蟋蟀になるというのである。貞治五年（一三六六）頃に成立した頓《とん》阿《あ》の歌集『続草庵集』に、次のような連歌がみえる。

　古き筆きりぎりすとや成りぬらん
　　壁のうちにぞ書《ふみ》は納めし（六一九）

先にみたように蟋蟀は壁と縁が深く、また、当然ながら筆は書と関連が深いから、上の句と下の句は緊密なつながりを持っている。文明八年（一四七六）春以前に成立した一条兼良編『連珠合璧集《れんじゅがっぺきしゅう》』は、連歌寄合（連歌で句と句を結びつける働きをする言葉や素材）を記したもので、蟋蟀に関しては次のようにある。

*9　正宗敦夫編『倭名類聚鈔』（風間書房、一九六二年）による。

蛬《きりぎりす》トアラバ、壁の中　ふる筆　つづりさせ　いたくな鳴きそ　長思《ながきおもひ》　蓬《よもぎ》が杣《そま》
ゆかのあたり　蓬生の月　霜夜の小席《さむしろ》*10

ここにも、古筆が蟋蟀と関連する語として取り上げられている。すでに、順徳院（一一九七—一二四二）が晩年に著した歌学書『八雲御抄《やくもみしょう》』巻三に「蛬　蟋蟀。壁中に有。又筆化為之」*11と見えるから、筆が化して蟋蟀になるという考え方は、鎌倉時代には知られていた。このことから、蟋蟀を「筆つ虫」ともいう。中世の用例は少ないが、南北朝時代前後、遅くとも永享一〇年（一四三八）までには成立したとされる『秘蔵抄』に、次のような記述がみえる。

筆登虫
ふでつむし秋も今はと浅茅生にかたおろしなる声弱るなり（八七）
筆登虫は蛬を云ふなり、古筆のなるなり

ここに引用されている和歌は、弱り行く鳴き声を捉えて晩秋の寂しさを強調するという、蟋蟀の一般的な詠み方であるが、「ふでつむし」という蟋蟀の異名のみならず、「かたおろし」という珍しい用語を含んでいる点でも注目される。「かたおろし」は古代歌謡の歌曲名、または歌い方の名称で、『古事記』や『琴歌譜《きんかふ》』、神楽歌、東遊歌の中に「片下」「片降」「片折」「加太於呂之」などの表記で用例がみられる。一首の歌を、本と末とに分かれて歌う場合、その一方の調子を下げて歌うときにいうかとの推測がなされている。時代が下って、平安時代の流行歌謡・今様の一種としても「片下」の名がみえる。実態は不明であるが、名称からすれ

*10　木藤才蔵・重松裕巳校注『中世の文学　連歌論集　二』（三弥井書店、一九七二年）により、一部表記を改めた。

*11　片桐洋一編『八雲御抄の研究　枝葉部・言語部』（和泉書院、一九九二年）により、一部表記を改めた。

ば、調子の下がるところに特徴があったものだろうか。「ふでつむし」の和歌は、蟋蟀の鳴き声が「かたおろし」の調子で—だんだん低くなって—弱っていくと描写しているのであろう。また、新しい筆を初めて使うことを、筆おろしというので、「かたおろし」の「おろし」と「筆」とは関連のある語である。縁語や掛詞を駆使した言語遊戯的な側面の強い和歌といえよう。

『秘蔵抄』の「ふでつむし」の和歌は、由阿《ゆうあ》の撰んだ『六華和歌集』（一三六四年以後成立）にも採られており、そこでは曾禰好忠《そねのよしただ》（九三〇？—一〇〇三？）の作とされている。本歌が好忠の歌だとすると、「筆つ虫」の用例は平安時代まで遡ることになる。好忠は和歌の伝統からはみ出たような新奇な用語・語法を用い、反貴族的な田園のことばや耳なれない草木の名などを織り交ぜることも多いため、こうした和歌を詠んだ可能性は十分考えられるが、『六華和歌集』の作者名は典拠が不明で、好忠詠と断定するのはやはり躊躇される。

さて、『八雲御抄』の「又筆化為之」について、従来、出典は未詳とされてきたが、江戸時代の考証随筆を手掛かりに、一応の脈絡を辿ることができる。

享和二年（一八〇二）成立、慈延《じえん》著の随筆『隣女晤言《りんじょごげん》』は『草庵集』の連歌を引き、「古筆為蛬」の出典に関して、桜井元茂の説を紹介している。桜井元茂が著した『草庵集』の注釈『草庵集難註』によれば、『捜神記《そうしんき》』に「田朽葦為蛬」とあり、朽ちた葦が蟋蟀になるというのが本来で、この「葦」の字を「筆」の字に見誤ったのだろうという。しかし、慈延自身はこの説には反対で、『秘蔵抄』を引きつつ、「古き筆蟋蟀と成る」ということは、昔からすでにいわれているのだから、「葦」の字を「筆」の字に見誤ったのではない、と結論づけている。[*12]

一方、文政三年（一八二〇）起筆、天保八年（一八三七）にまでわたって執筆された山崎美成《よししげ》著の随筆『海録』は、「朽葦為蛬」の記述を重くみて、「筆」は「葦」の誤りで、「筆つ虫」は本来、「葦つ虫」ではないか、としている。『海録』は「筆つむしのこと、隣女晤言にみえたり」[*13]としながら、その結論には従っていない。『秘蔵抄』に「古き筆蟋蟀と成る」ということがみえるのは確かだが、その段階ですでに「葦」を「筆」に誤っていた可能性も高いのではないだろうか。

腐草が蛍になる、雀が蛤になる、などの変化《へんげ》は、中国の書に典拠を持つことが多く、『捜神記』の記述は看過できないものと思われる。宝暦九年（一七五九）、米仲《べいちゅう》編の俳諧書『靭随筆《うつぼ》』には、米仲自身の「ふし折れの芦や其まままきりぎりす」の句が載り、そこに「朽たる蘆はきりぎりすになるといふ也」とのみ注が付されている。[*14]この注は、『捜神記』の記述と重なるものであり、米仲はこの変化について、出典に忠実な理解を持っていたことがわかる。一方で、他の者には意味が通じないだろうと判断していたからこそ注を付したのであろう。

変化の色々

『捜神記』は東晋時代（三一七―四二〇年）の干宝《かんぽう》の作で、神怪霊異の話を多く収める。問

＊12　『日本随筆大成　第二期13』（吉川弘文館、一九七四年）。

＊13　『海録』（国書刊行会、一九一五年）による。

＊14　『日本俳書大系10』（日本俳書大系刊行会、一九二七年）による。

題の記述を確認しておこう。

腐草の蛍と為《な》るや、朽葦の蛬と為るや、稲の蛩と為《か》るや、麦の胡蝶と為るや、羽翼焉《これ》に生じ、眼目焉に成り、心智焉に在り。此《こ》れ無知化《くわ》して有知と為るに自《よ》りて、気易《か》はるなり。*15（巻一二・五気変化）

腐った草が蛍になり、朽ちた葦が蟋蟀になり、稲がコクゾウ虫になり、麦が蝶になる場合は、ここで羽が生え、目ができあがり、心や智恵が備わる。これは無知が変化して有知となったことによって気が入れ替わったものである、という内容で、いずれも植物が虫に変化する例である。

俳諧の筆つ虫

朽ちた葦が蟋蟀に変化するという中国由来の言説は、日本に入った時（あるいは入ってから早い時期）に、古き筆が蟋蟀になると誤り伝えられたらしい。そこで、「筆つ虫」の異名も生じることになった。『秘蔵抄』に蟋蟀の異名としてみえた「筆つ虫」の名は、伝好忠歌以外、和歌の用例は見当たらず、歌語として広く用いられたとは言い難いが、江戸時代の俳諧の中には散見する。

壁下地《したぢ》いつかきそめて筆つ虫　（『崑山集《こんざんしゅう》』五二三〇）*16

ぬり込めし壁の文字《もんじ》か筆つ虫　真昌　（『崑山集』五二五三）

＊15　先坊幸子・森野繁夫編『捜神記』（白帝社、二〇〇四年）により、一部表記を改めた。

＊16　俳諧の引用は『古典俳文学大系』（集英社）により、一部表記を改めた。

落書《らくがき》をせんとや壁に筆つ虫　休和（『続山井《ぞくやまのい》』四八七五）

これらの例では、「壁」も共に詠まれており、『礼記』の影響の大きさが改めて確認できる。そこに、誤解された『捜神記』の言説が加わり、その壁に筆で字を記す、という新たな情景が作りだされているのである。

「筆つ虫」の語は出て来なくても、蟋蟀と筆の関係を意識した句もみられる。

朝な朝な手習すすむきりぎりす　芭蕉（『入日記《いりにっき》』九七九）

古筆の袖に残れりきりぎりす　之道（『己《おの》が光《ひかり》』二六三）

誤解から生じたとしても、「筆つ虫」とは、不思議な趣のある、魅力的な名前である。

中国古典の蟋蟀と和歌・俳諧の蟋蟀

蟋蟀が壁の近くや床の下に居る、というのは、経験の上から理解することも不可能ではないが、中国古典に典拠があるからこそ、和歌の面白さがより深まるといえよう。蟋蟀とはこのようなものである、という理解は、経験的理解というよりも文芸的理解であって、だからこそ、それに則って、次々に作品を生み出していく契機となる。しかし、日本においては、「壁の中」「枕の下」と、その字句が細かに変化し、より一層繊細に虫の声を捉えようとする傾向がみられる。さらに、朽ちた葦が蟋蟀になるとの典拠（『捜神記』）が、古い筆が蟋蟀になると誤って受容され、「筆つ虫」という新たな言葉までが生み出されて、「居壁」という別の典拠（『礼記』）との組み合わせによって、言語遊戯を取り入れつつ、一つの世界を作り上げて行くさまは、偶然の産物という一面はあるものの、中国文学の享受の一例として興味深い。

第二節　蛍――変化と季節感の付加

腐った草、蛍となる

先に引用した『捜神記』で、変化の筆頭に挙げられていたのは、腐った草が蛍になるというものであった。このことは、日本において、朽ちた葦が蟋蟀になることよりもよく知られていた。「蟋蟀居壁」の記述があった『礼記』（月令）の季夏之月に「腐草為蛍」とあり、『菅家文草』や『本朝無題詩』など、日本の漢詩文でも取り上げられている。

丹羽博之は、歌語「蛍」を検討し、「腐草為蛍」は漢詩文にしばしばみられるのに対し「日本人の感覚には合わず」、「自然と排除され」、「漢詩文と深い結びつきを有する「是貞親王歌合」という特殊な歌合以外では詠まれることが殆ど無かった」と指摘する。[*17] そして、和歌における「腐草為蛍」の享受は、「蛍と星と漁火の連想が日本人の美的感覚にも合い、以後も盛んに詠まれていったのとは好対照をなす」とする。

確かに、星や漁火と共に詠まれる蛍に比べれば、腐草と共に詠まれる蛍の方がずっと少ないが、先学の指摘に付け加えられるものもあり、和歌の中での独自の展開もみられるため、

＊17　丹羽博之「平安朝和歌に詠まれた蛍」（『大手前女子大学論集』二六、一九九二年）。

以下、その用例を辿ってみたい。

『秘蔵抄』には、

五月雨に池のみづくさ朽ちにけり今夜はしげく蛍とびかふ　黒主（一七〇）

みづくさとは蒲を云ふなり、がま朽ちて蛍となるといふこと有るなり

とみえる。「がま朽ちて蛍となる」の典拠は、『和漢朗詠集』帝王にとられた藤原国風《くにかぜ》の詩の一節「刑鞭《けいべん》蒲《がま》朽ちて蛍空しく去る」（六六三）＊18かと思われる。後漢の劉寛《りゅうかん》は、寛大で、部下の過失を蒲の鞭で誡めたというが（『後漢書』劉寛伝）、国がよく治まって罪人がいないため、その蒲の鞭でさえ使われず、蛍になってどこかに消えてしまった、という意味である。蒲も草の一種には違いないが、『礼記』の「腐草」が、日本で得たバリエーションの一つが「朽ちた蒲」であったらしい。寿永元年（一一八二）一一月に成立した『月詣和歌集』には「蒲草化為蛍といふことをよめる」の詞書で、

五月雨にをがやの軒のくちぬればやがて蛍ぞ宿にとびかふ（四六一・荒木田成実）

とみえる。和歌本文には「蒲」では

図２　蛍（栗本丹洲著『千蟲譜』国立国会図書館蔵）

＊18　菅野禮行校注・訳『新編日本古典文学全集　和漢朗詠集』（小学館、一九九九年）による。

なく「萱（の軒）」が朽ちた、と詠まれている。以下、「腐草為蛍」をふまえた和歌の一例を、おおよその年代順に挙げると以下のごとくである（〔　〕内は、年代推定の根拠となる作品の成立時期または作者の生没年、※は先行研究[*19]にすでに指摘があるものである）。

※おく露に朽ちゆく野辺の草の葉や秋の蛍となりわたるらむ

（『是貞親王家歌合』四四）〔寛平四年（八九二）頃開催〕

五月雨に草のいほりは朽つれども蛍となるぞうれしかりける（匡房）

（『堀河百首』四六五）

五月雨に草朽ちにけり我が宿のよもぎが杣に蛍とびかふ（師時）

（同・四七三）〔長治二、三年（一一〇五、六）頃詠進〕

草むらにすむ夏虫は去年の秋朽ちし下葉のなるにや有るらん（兼昌）

（『永久百首』一八〇）〔永久四年（一一一六）成立〕

おほあらきの森の下草朽ちぬらしうきたの原に蛍とびかふ（顕広）

（『為忠家初度百首』二二九）

夏むしのとぶひの野辺にまがふかなふる五月雨に草や朽つらん（盛忠）

（同・二三二）〔長承三年（一一三四）末頃成立〕

※ねやの中も蛍とびかふ物おもへば床のさ莚朽ちやしぬらん

（『長秋詠藻』一三一）

〔藤原俊成　一一一四―一二〇四〕

＊19　＊17論文、本間洋一『王朝漢文学表現論考』（和泉書院、二〇〇二年）。

※ふるさとは蘆のやへぶき朽ちはてて蛍のみこそひまなかりけれ　（『有房集』九七）

（源有房　一一三一年生か）

五月雨はまやのかやぶき軒朽ちてあつめぬ窓も蛍とびかふ（兼宗）

（『御室五十首』一二一八）（建久八年（一一九七）下命）

五月雨に庭の蓬や朽ちぬらんすだく蛍の数そひにけり（小侍従）

（『正治初度百首』二〇三一）（正治二年（一二〇〇）秋詠進）

かはりゆくすがたの池のまこも草朽ちて数そふ夏虫の影（経円）（『楢葉集』一五九）

（嘉禎三年（一二三七）成立）

今ぞ見るたまのをやまの麓にて朽ちしがまふの野辺の蛍は（光俊）

（『夫木和歌抄』八四一〇）（藤原光俊　一二〇三—一二七六）

五月雨の水かさの底のがま朽ちて空にむなしくゆく蛍かな（『国冬祈雨百首』三二）

（正安二年（一三〇〇）—正和三年（一三一四）の間に成立）

※沢辺なる草の下葉や朽ちぬらん蛍とぶなり夏のくれがた（『公賢集』九五）

（洞院公賢　一二九一—一三六〇）

春日野や霜に朽ちにし冬草のまたもえ出でてとぶ蛍かな（師兼）（『新葉集』二三四）

（詞書にある「千首歌」は天授二年（一三七六）成立）

谷川にそこら蛍のすだくかな苔の埋木朽ちやはつらん（『草根集』二七五六）

橋柱朽ちて蛍とながら江に猶中たえでとぶ蛍かな　（同・二七七三）

あれわたる霜の冬野の草朽ちて蛍むなしき玉あられかな　（同・五三一七）

玉とみし蛍のなれる霰とや朽ちたる草のもとにきゆらん　（同・六〇六八）

〔正徹　一三八一―一四五九〕

草の葉の朽ちて蛍となりし色をかへずやあをむ野辺の夕露　（『閑塵集』一一一）

〔兼載　一四五二―一五一〇〕

露霜のを花がもとに朽ちにしや蛍ともゆる草葉なるらん　（『春夢草』一〇七三）

〔肖柏　一四四三―一五二七〕

下草の朽葉にわきておく露や蛍となりて光みすらん　（『称名院集』四四一）

〔三条西公条　一四八七―一五六三〕

「腐草為蛍」の和歌における展開

「腐草為蛍」に関連する和歌は、『是貞親王家歌合』にみられたのち、その用例は院政期に下る。丹羽論文が指摘するように、平安期の用例において、『是貞親王家歌合』は特殊なものと言えよう。しかし、中世には一定程度の用例が存在しており、荒涼としたものに美を見出していく中世和歌においては、朽ちた草や建造物を背景に明滅する蛍という、ある暗さを含んだ情景も受け入れられやすかったものと思われる。『連珠合璧集』にも、「蛍」の寄合語として「草くちて」が挙げられており、中世の知識人には知られていた教養といえよう。

和歌の例を細かくみると、先にも触れたように、「蒲」「蓬」「蘆」「真菰草《まこもぐさ》」など具体的な草名が挙げられたり、「庵」「莚」「軒」「橋」など、人間の使う道具や建造物が朽ちるとされたり、イメージの拡大がみられる。

また、草の朽ちる理由として「五月雨」が取り上げられることが多く、「露」や「霜」が出てくることもある。典拠となる『礼記』では、腐った草が蛍になる、という変化が問題なのであって、草の腐る理由などはそもそも視野の外であった。しかし、和歌では、草の腐る原因となる景物によって、季節感を強調している。さらに『草根集』に下ると、朽ちた草が蛍になり、その蛍が霰となる、という季節をまたいだ変化の連鎖を詠む例もみられる。

師兼、兼載、肖柏の例も、冬の朽ちた草、夏の蛍、萌え出る春の草というように、季節の推移を組み込んでおり、新たな展開が見られる。

第三節　蝶――変化の限定的受容

麦、蝶となる

先に引用した『捜神記』の、植物から虫への変化の最後に挙げられていたのは、麦が蝶になることであった。この変化は、和歌において広く受け入れられたとはいい難い。管見に入っ

図３　蝶（栗本丹州著『千蟲譜』国立国会図書館蔵）

たのは、江戸末期に下った大隈言道（一七九八―一八六八）詠一首のみである。

つくり得し妹が稼ぎのはだか麦蝶とならでも
飛ぶゆくが憂さ（『草径集』）

『草径集』の注釈書では、「蝶とならでも」を「美しい着物の代にもならないで」と解釈するもの、*20「蝶になってもいないのに（しっかり実っていないのに）」と解釈するもの*21がある。後者は、荘子の胡蝶の夢の故事を引いて、「人の世の歓楽のはかなさをどこかに髣髴とさせる」と指摘する。当該歌は、言葉を追うだけでは一体何をいっているのか、理解に苦しむ一首であり、注釈者の苦労の跡がしのばれるが、『捜神記』の記述を踏まえれば、この和歌の「蝶」は、「美しい着物」や「しっかり実った麦」の比喩ではなく、麦の変化としての蝶であろう。

苦労して作った麦が、蝶となったわけでもないのに飛んで行ってしまう、というのは、収穫の少なさ、ひいては生活の苦しさを嘆くものではあるが、その裏には『捜神記』を踏まえた言葉遊びがあり、その面白さを理解しなければ、当該歌の表現するところを的確に捉えたとはいえないだろう。麦と蝶の関わりは、古い筆と蟋蟀、腐草と蛍のようには流布しなかったようだが、小山田与清が文化末年（一八一八）頃から弘化二年（一八四五）頃までのおよ

*20　穴山健『大隈言道　草径集』（海鳥社、二〇〇二年）。

*21　『和歌文学大系　布留散東・はちすの露・草径集・志濃夫廼舎歌集』（明治書院、二〇〇七年）。草径集の校注者は進藤康子。

そ三〇年間に読んだ書物から、興味ある記事を書き出した『松屋筆記《まつのやひっき》』に、「蚯蚓百合に変《ナリ》麦蝶に変」*22の標題で、南宋（一二二七—一二七九年）の鄭景壁《ていけいへき》『蒙斎筆談《もうさいひつだん》』の記述が引用されている。俳諧の中にも、

風の蝶きえては麦にあらはるる　（『青蘿《せいら》発句集』一一二）

さみだれや化してかなしむ麦の蝶　蒼右（『左比志遠理《さびしおり》』二一六）

など、あるいは、「麦変蝶」が意識されているかと思われる作もある。

中国古典の変化と日本中世文学

以上、虫の変化について、蟋蟀、蛍、蝶を眺めてきた。蝶を除けば、変化が多く取り上げられるようになるのは中世になってからで、蟋蟀のいる場所が単なる「壁」から「壁の中」になったり、蛍となる腐草の種類が増えたり、と典拠に比べて、より微細な表現が追及されている。時代が下るにつれて、蛍の変化における五月雨など、典拠にはなかった季節感が付加されたり、複雑な変化の連鎖（腐草→蛍→霰）が歌われたりしている。

当然、予想されることであるが、美しい自然を歌おうとする優美な和歌においては、変化の世界は敬遠されがちである。しかし、荒涼たる風景に美を見出すようになる中世の和歌に「腐草為蛍」をふまえたものが散見したり、筆つ虫のように、中国古典の誤解に基づいた異名のゆえに、言語遊戯的詠歌の一定の広がりがみられることもある。わずかな例から確定的

＊22　『松屋筆記　第二』（国書刊行会、一九〇八年）による。

な結論を提示するのは困難であるが、日本の中世文学の根底にある無常観と、朽ちたもの、古びたものへ傾斜する中世的美意識が、「腐草為蛍」「古筆為蟋蟀」といった変化への関心を導いたといえるのではないだろうか。そして、その享受の過程では、当然ながらさまざまな変容が施される。

無常観は変化を受け入れる素地であったと考えられるが、さらにその変化は、世の無常を象徴し、強調するものとして捉えられていく。中国古典の怪異としての変化から、一切は移り変わってとどまることがないという無常としての変化へ――、同じ現象を取り上げながら、その本質の捉え方には大きな違いが生じているように思われるのである。

【参考文献】

大谷雅夫『歌と詩のあいだ　和漢比較文学論攷』（岩波書店、二〇〇八年）
中野方子『平安前期歌語の和漢比較文学的研究』（笠間書院、二〇〇五年）
仁平道明『和漢比較文学論考』（武蔵野書院、二〇〇〇年）
和漢比較文学会編『和漢比較文学叢書』全一八巻（汲古書院、一九八六年――一九九四年）

研究の窓

径山無準師範と日本の五山文学

江　静

いわゆる五山文学については、『国史大辞典』に「鎌倉時代から室町時代にかけて、五山禅僧によって創作され、鑑賞された漢詩文のことをいい、日本漢文学の黄金時代を形づくるとともに、中世文学の形成のうえで重要な役割を果たした」と説明されている。

この日本の五山文学は渡来僧や入宋僧によって展開した。そこで、彼らの師にあたる無準師範《ぶじゅんしはん》とその子弟の法脈を紹介したい。

日本禅宗の祖師としての無準師範

今日の浙江省杭州《こうしゅう》市余杭区には、唐の天宝《てんぽう》元年（七四二）に建立された禅宗寺院「径山寺《きんざんじ》」がある。正式名称は「径山興聖万寿禅寺」。南宋寧宗《なんそうねいそう》の嘉定《かてい》年間（一二〇八―一二二四年）に、朝廷が天下の諸寺院の格付けを行った際、最も声望が高い禅宗の五大寺を「五山《ごさん》」と定めた。径山寺はその五山の頂点にあった。紹定《しょうてい》五年（一二三二）、無準師範（一一七九―一二四九）は、径山に入り住持《じゅうじ》*1となったことで、径山寺は新たな発展段階に入った。

師範、号は無準、四川梓潼《しとう》人、俗姓は雍《よう》といった。九歳で出家し、一七歳で具足戒《ぐそくかい》*2を受けたあと蜀の地を離れた。江南を遊歴し、多くの有名な禅師に拝謁し、最終的に破庵祖先《はあんそせん》の法を継いだ。清涼寺《せいりょうじ》・鎮江《ちんこう》普済寺《ふさいじ》・奉化雪竇寺《ほうかせっちょうじ》・寧波阿育王寺《ねいはあいくおうじ》などの寺院住持を歴任した。紹定五年（一二三二）、宋の理宗《りそう》*3の命により径山寺の住持となった。この期間、何度も宮廷に招かれ、理宗とその皇太后に説法を行い、「仏鑑禅師」の号と金襴袈裟が下賜された。淳祐《じゅんゆう》九年（一二四九）、杭州径山寺で入滅した。著作として『無準師範禅師語録』五巻、『無準和尚奏対語録』一巻が現存する。

無準が径山を住持していた間、入宋した日本の僧は徐々に増加した。径山への来訪者で無準と面会を果たした日本の僧のうち、文献記載で確認できる最も古い人物は円爾《えんに》である。その後、少なくとも七名の日本の僧が無準のもとで禅を学んだ。法統《ほうとう》を継いだ者として円爾・性才法心《しょうさいほうしん》・妙見道祐《みょうけんどうゆう》ら三人がいる。このほか、中国人の弟子である兀庵普寧《ごったんふねい》と無学祖元《むがくそげん》が、それぞれ文応元年（一二六〇）と弘安元年（一二七八）に来日し法を伝え、日本に大きな影響を与えた。

無準師範は日本禅宗史上、開祖に近い地位にある。というのも、日本禅宗二十四流派中、無準の弟子が開いたものとして円爾が開いた聖一派《しょういちは》、兀庵普寧が開いた兀庵派、無学祖元が開いた仏光派《ぶっこうは》の三つがあり、その他の五つも無準の孫弟子が開いたものであったからである。そのうち、最も影響力が大きかったものが、聖一派と仏光派である。

円爾（一二〇二―一二八〇）は、駿河国安倍郡（現、静岡市）の人。初め法名は弁円であったが、後に円爾に改めた。俗姓は平氏であった。一八歳にして剃髪、授戒を受け、嘉禎元年（一二三五）に入宋した。長く径山寺の無準師範に従って仏法を学んだのち、南宋淳祐元年（一二四一）五月帰国した。帰国後、博多の崇福寺《そうふくじ》や承天寺《じょうてんじ》（開山）、京都の東福寺（開山）、鎌倉の寿福寺《じゅふくじ》、京都の建仁寺《けんにんじ》を相次いで住持した。天皇、上皇をはじめ、東西の道俗の帰依を受け、弘安三年（一二八〇）一〇月に入滅した。応長元年（一三一一）、花園天皇より「聖一国師《しょういちこくし》」と追諡《ついし》された。その門派は東福寺派・聖一派と言われ、東山湛照《とうざんたんしょう》、白雲慧暁《はくうんえぎょう》、無《む》関普門《かんふもん》、無住道暁《むじゅうどうぎょう》など禅傑を輩出した。

無学祖元（一二二六―一二八六）は、慶元府鄞県《けいげんふぎんけん》（現、寧波市鄞州区）の人で、一七歳で径山の無準門下に参禅し、淳祐九年（一二四九）無準の入滅まで続いた。至元一六年（一二七九）五月、北条時宗（一二五一―一二八四）の招きに応じ来日した。鎌倉の建長寺に住み、のち円覚寺の開山となった。時宗をはじめ鎌倉武士の教化にあたり、日本臨済宗の基礎を確立した。弘安九年（一二八六）に入滅、諡号は「仏光国師」、「円満常照国師」。その門下を仏光派という。法嗣《はっす》に高峰《こうほう》顕日《けんにち》、規庵祖円《きあんそえん》らがおり、特に注目すべきなのは高峰顕日の法を継いだ夢窓疎石《むそうそせき》が開いた夢窓派で中世の禅林で一大勢力となった。

無準の法系と五山文学の作家

すでに述べた通り、五山文学は五山の禅僧による漢詩文の創作や鑑賞、鑑賞のことである。

禅宗が日本に伝わったのち、鎌倉幕府は南宋をまねて禅宗寺院体制として「五山」を設置した。至徳三年（一三八六）、室町幕府は「五山」寺院の名簿および格付けを明確に規定した。京都「五山」は天龍寺および相国寺、建仁寺、東福寺、万寿寺の順に、鎌倉「五山」は建長寺および円覚寺、寿福寺、浄智寺、浄妙寺の順となった。この他、京都の南禅寺は「五山」の上に置かれた。「五山」とは単なる五つの寺院ではなく、全国で地位が最も高い禅寺であることが分かる。五山の中で、東福寺の開山円爾、円覚寺の開山無学祖元、浄智寺の開山兀庵普寧は無準に師事していたし、南禅寺の開山無関普門は円爾の弟子であり、相国寺、天龍寺の開山夢窓疎石は無学祖元の法孫である。無準と五山寺院との関係は、ここからも垣間見ることができる。

五山文学は多くの執筆者によって形成されている。兪慰慈氏はその五山文学史を三つの時期に分け、各時期の重要作家と一般作家のリストおよび基礎的な情報を挙げた。彼の研究によれば、五山文学の第一期は建久二年（一一九一）栄西が帰国し臨済禅宗を弘めた頃に始まり、嘉暦元年（一三二六）元僧の清拙正澄が求めに応じて来日した時期を終わりとする。これは五山文学の濫觴《らんしょう》期で、文学僧は全部で七一人、そのうち重要作家を三九人とした。第二期は嘉暦二年（一三二七）に始まり、応永三二年（一四二五）鄂《がく》隠慧䜣《いんえかつ》の死去までで、これを五山文学の隆盛期とする。この時期の文学僧はあわせて三〇五人おり、そのうち重要作家を九一人とした。第三期は応永三三年（一四二六）に始まり、元和六年（一六二〇）文之玄昌《ぶんしげんしょう》の入滅までで、五山文学の衰頽期とする。この時期の文学僧は全部で二九〇人、そのうち重要作家は九九人とした。*4

兪慰慈氏による名簿に基づいて集計すると、第一期の三九人の主要執筆者のなかで、無準の法脈を受け継いだ者は一四人、約三九・九％を占める。そのなかで仏光派と聖一派の僧がそれぞれ三名ずつで最も多い。第二期の重要作家九一名のうち、無準の法脈を受け継いだ者は五五名おり、約六〇・四％を占める。そのなかで仏光派の法孫《ほうそん》、夢窓疏石が創建した夢窓派の人数が最も多く、三二人おり、聖一派の僧が一六人でそれに次ぐ。第三期の重要作家九九名のうち、無準の法脈を受け継いだ者は六五名で、約六五・七％を占める。そのうち夢窓派の僧が三二名、聖一派の僧が二〇人いる。

この集計結果から、五山文学の執筆者には無準師範の法脈にいる者が多く、そのうち夢窓派と聖一派の僧が最も多かったことがわかる。このなかに五山文学史において声望高い重要人物が数多くいて、たとえば「五山文学の双璧《そうへき》」と称えられる義堂周信《ぎどうしゅうしん》や絶海中津《ぜっかいちゅうしん》は夢窓疏石の法を継いだ人物がいる。

五山文学の重要題材「渡唐天神説」

室町時代の日本では、渡唐天神説《ととうてんじん》という伝説が流布していた。

この伝説の最も古い記録は、応永年間（一三九四—一四二八年）の初頭に臨済宗法燈派の禅僧、子晋明魏《ししんみょうぎ》が編纂した『両聖記《りょうせいき》』にみえる。当書の記載によれば、明徳年間（一三九〇—一三九三年）に京都伏見の蔵光庵の月渓禅僧が夢の中で唐人の装束をまとった天神と会った。ほどなくして、応永元年（一三九四）に蔵光庵主、休翁普貫《きゅうおうふかん》が絵画を一幅手にした。描かれていたのは無準師範が天神に衣装を授ける様子で、まさに月渓が夢でみた状況と同じであった。休翁はそれを知ると驚嘆してやまず、天神を伽藍神《がらんじん》*5として奉じ崇めた。ここでいう天神とは、すなわち学問の神として知られる菅原道真（八四五―九〇三）である。

この伝説は流布の過程で内容がより豊富で真に迫った描写になり、様々な意味が付け加えられていった。たとえば、天神が無準に参じる由来について、瑞渓《ずいけい》周鳳《しゅうほう》*6（一三九一―一四七三）の日記『臥雲日件録《がうんにっけんろく》抜尤』に文安三年（一四四六）四月一五日条に極めて詳細な記載がある。これによると、薩摩国の福昌寺で岩の間隙から肖像画一幅が見つかり、その肖像画には、このような由来が記されていたという。ある日、天神が筑前国の富豪の夢に現れ、一〇〇名の受戒高僧に『法華《ほけ》経《きょう》』一千部を唱えて欲しいと述べた。夢が覚めたあと、富豪は一〇〇名の高僧を招聘して読経させた。この日の夜、富豪は天神がお礼を言いに来た夢をみた。しかし、戒律を守らない僧が僅かに混ざっていたため満足しなかった。そこで富豪は宋から帰国したばかりの円爾を招いて読経を依頼したところ、その夜に富豪は再び天神が感謝を言いにきた夢をみた。その後、円爾は禅定《ぜんじょう》*7のなかで、天神が彼に法衣を請いに来た、という。これは天神が円爾の伝法を受け継ぎ、彼の弟子になろうとしたことを意味している。円爾は無準のもとに赴き法衣を授けてもらうように勧めた。ほどなくして、天神は再び円爾の禅定中に現れて、袖に一梅の花を挿し、肘に布袋を下げていた。布袋のなかには無準が与えた法衣が収められていた。*8これと似た記載は室町時代の禅僧雲泉太極《うんぜんたいきょく》（一四二一―?）の日記『碧山日録』、『菅神入宋授衣記《かんしんにっそうじゅえき》』、横川景三（一四二九―一四九三）『書北禅和尚天神賛後』などの文献中にもみられる。

『菅神入宋授衣記』の記載によれば、無準が菅原道真と面会した後、天神の肖像画を描かせ、自ら賛文を書き入れた。当時、ちょうど日本の承天寺から来た僧人が径山におり、彼は帰国前にこの肖像画を手に入れて、さらに円爾に贈ったという[*9]。無準が天神像に題賛を書いた話は『臥雲日件録』文正元年（一四六六）五月七日条にもみえる。そこには、大内《おおうち》盛見《もりみ》（一三七七―一四三一）が天神像を室町幕府将軍足利義持（一三八六―一四二八）に献上したこと、その図像は南宋の著名画僧牧渓《もっけい》の筆によるもので、上部に無準師範の題賛があると記されている[*10]。

これまでの研究によれば、渡唐天神説は応永年間に広まり初め、江戸時代まで流布し続けた。日本の禅林では多くの渡唐天神像が作られ、それにまつわるテーマの詩偈や画賛が作られた。原田正俊氏の統計によれば、五山文学の詩文集[*11]に収められた渡唐天神像賛は全部で七二篇あり、それは一五世紀に集中している。そのうち希世霊彦《きせいれいげん》[*12]（一四〇三―一四八八）による作品が最も多く、二二篇ある。このほか、日本の各地に現存する三四篇の渡唐天神像賛のうち、詩文集を残さなかった禅僧の作品も多くある[*13]。当時、渡唐天神像題賛が文学の中にいかに浸透していたかが知られる。

それでは、渡唐天神説なるものはなぜ現れたのであろうか。原田氏らは、日本の神々が禅僧に救済を求める話で禅宗をより保護することを通して、禅宗と日本の伝統的な神々との関係を強化し、禅宗の日本での発展を求めようとした、とみている。天神が中国に渡った背景には、中国に対する憧憬がある。さらに径山の無準師範を選んだことは、径山寺が持つ特殊な立ち位置、および聖一派と佛光派の禅林における地位の高さとも直接関係していると考えられる。

むすび

無準師範はもともと南宋時代の径山寺にいた一人の高僧であった。しかし弟子によって、その法脈は日本に伝わり、日本の禅林と五山文学のなかで絶対的な影響力を発揮した。さらに渡唐天神の伝説を通じて、彼は徐々に生身の人間を離脱し、時空を超えた神聖性を帯びはじめた。彼の存在は五山文学の内容や題材により深みを与えた。

（浙江工商大学東方語言文化学院　久保輝幸訳）

【註】

＊1　一寺の主僧を務めること。また、その僧。

＊2　僧の守るべき戒律。

＊3　趙昀《ちょういん》。南宋第五代皇帝。在位一二二四―一二六四年。

＊4　兪慰慈『五山文学の研究』（汲古書院、二〇〇四年）。

＊5　寺院を守護する神。

＊6　室町時代の臨済宗の僧。和泉国堺の人。別号、臥雲山人。相国寺鹿苑院（いわゆる金閣寺）塔主となり、僧録司。将軍義教・義政に重んぜられ、外交のことに携わった。

＊7　仏語。精神を集中し、寂静の心境に達した精神状態。

＊8　瑞渓周鳳『臥雲日件録抜尤』、『続史籍集覧』3（近藤出版社、一九三〇年）。

＊9　『菅神入宋授衣記』、『群書類従』第二輯（続群書類従完成会、一九九二年訂正三版）。

＊10　＊8同書。

＊11　詩文集は上村観光編『五山文学全集』、玉村竹二編『五山文学新集』をもとにした。

＊12　室町・戦国時代の代表的な五山文学僧。幼時から漢文の誉れが高かった。出世を望まず、侍者の地位にとどまり学芸に心を尽した。

＊13　原田正俊『日本中世の禅宗と社会』（吉川弘文館、一九九八年）二四一―二五二頁。

第四章　近世文学と中国古典

湯浅佳子

第一節　近世文学と中国古典の様相と展開

日本の古典が中国古典から得た影響の大きさについては言を俟たない。近世期においても、日本は中国の思想・文化を享受し展開させている。ことに、儒教は近世思想の基本であった。徳川幕府が朱子学を国家治世のために用い、学問としての儒学が奨励されると、そこから様々な学派が生まれ、やがて日本独自の思想が形成されていく。近世文芸は、これらの儒学思想の影響下で成長・展開する。

中村幸彦によると、近世の文芸は、第一文芸の伝統的雅文学と、第二文芸の俗文学に二分される。[*1] 第一文芸としての漢詩は儒学と密接に関わり、徂徠《そらい》学派のもとでは中国漢詩の模作が行われた。第二文芸には、仮名草子・浮世草子・談義本・草双紙《くさぞうし》・読本《よみほん》・人情本《にんじょうぼん》・滑稽《こっけい》本《ぼん》などがあり、こちらも作品世界の構成や主題、趣向などにおいて中国の思想・文学からの影響を受けている。

＊1　中村幸彦「序説」（『中村幸彦著述集』第四巻「近世小説史」（中央公論社、一九八七年）一二―一三頁。

本稿では、主に第二文芸の俗文学である草子・小説類を中心とし、それらが中国思想・文芸をいかに享受し展開したか、その様相について述べる。それに当たり、仮名草子（一七世紀前・中期）・浮世草子（一七世紀後期―一八世紀中期）・読本（一八世紀中期―一九世紀中期）と、文芸ジャンルで時代区分し、先行研究をふまえながら概説する。

第一節　仮名草子（一七世紀前・中期）

林羅山

近世初期の朱子学者林羅山《らざん》は、徳川家康の記室として仕えた。後にその子孫により林家の儒学が樹立し朱子学が官学として認められる、その基礎を築いた人物である。

中村幸彦は、『羅山林先生文集』において、載道説《さいどう》（車が物を載せるように、文章は儒学思想を説くものとする説）や勧善懲悪説に則った詩文観などの朱子学的理論が堅持される一方、孔子が語らなかった怪異譚への言及や、『荘子』『徒然草』の文章を肯定する文言があることから、羅山に多様な学問への興味があったとする。*2 その博学多識ぶりは、羅山が著した多くの書物からうかがい知ることができる。

羅山の学問の特徴には、まず老荘思想への興味があげられる。日野龍夫は、羅山の啓蒙書『巵言抄《しげんしょう》』（二巻二冊、元和六年〈一六二〇〉跋）・『童観抄《どうかんしょう》』（二巻、寛永期頃〈一六二四―一六四三〉刊）

＊2　中村幸彦「幕初宋学者達の文学観」（『中村幸彦著述集』第一巻「近世文芸思潮論」（中央公論社、一九八二年）一六一―二一一頁。

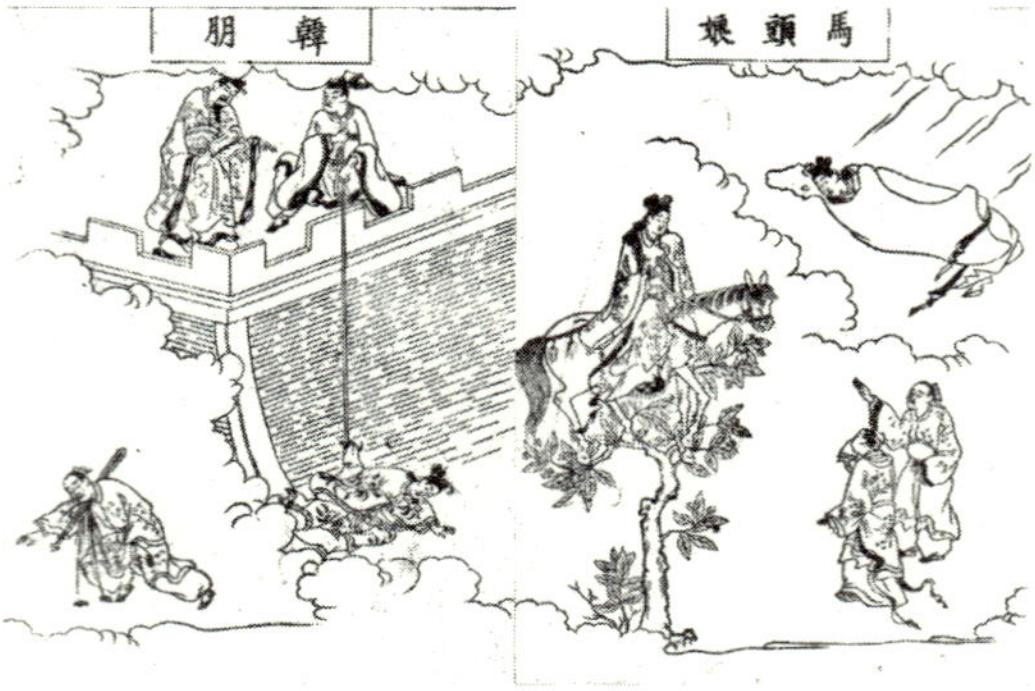

図１　『怪談全書』の挿絵（国文学研究資料館蔵〈ナ四―二三五〉巻一、一三オウ）

などにおける、『老子』の無為をもって政治の上策とする説の引用や『荘子』の「槁木死灰《こうぼくしかい》」（心の平静）を、『大学』の「正心」や『中庸』の「未発の中」と等質の心法と理解していたことに、羅山の老荘への関心を見る。[*3]

第二に、朱子学では語られない怪異を記した仮名草子を著していることがあげられる。『恠談《かいだん》』（写本一冊）は、中国志怪小説の和訳で、『太平広記』『事文類聚《じぶんるいしゅう》』『古今説海《ここんせっかい》』などの類書を典拠とし、それを片仮名の平易な文体で記した仮名草子である。『恠談』は、後に平仮名絵入りの『怪談全書』（五巻五冊、元禄一一年〈一六九八〉刊）として板行される。羅山にはこのほかにも、明の万暦年間（一五七三―一六一五）刊行の狐の怪談集『狐媚叢談《こびそうだん》』を和訳した『狐媚鈔』（写本一冊）がある。こうした著作から、羅山の中国怪異小説への興味がうかがえる。[*4]

第三に、兵学・軍学に関する著作である。兵学は『孫子』の思想に基づく軍事技術や戦術についての学問で、徳川幕府は国家統治の手段としてこれを重用し、朱子学の「理」よりも「法」の優位を原則とすることで武威を示そうとした。[*5] こうした政策の下で、羅山は『呉《ご》子《し》抄』『三略諺解《さんりゃくげんかい》』『司馬法《しばほう》諺解』『陣法《じんぽう》抄』『孫子諺解』『敵戒《てきかい》説』『六韜《りくとう》諺解』等の兵学書

＊3　日野龍夫「儒学思想論」（『日野龍夫著作集』第一巻「江戸の儒学」ぺりかん社、二〇〇五年）一八―三八頁。

＊4　中村幸彦「林羅山の翻訳文学」（『中村幸彦著述集』第六巻「近世作家作品論」中央公論社、一九八二年）一一―二九頁。

＊5　前田勉『兵学と朱子学・蘭学・国学　近世日本思想史の構図』序章（平凡社、二〇〇六年）一七―二二頁。

を著している。そのほか、徳川家康を中心に記された軍記『関ケ原始末記』（二巻二冊、明暦二年〈一六五六〉成、酒井忠勝・林羅山・林鵞峰《がほう》著）や、武家の系図『寛永諸家系図伝《かんえいしょかけいずでん》』（一八六巻、寛永一八―二〇年〈一六四一―一六四三〉刊、太田資宗《すけむね》・林羅山ほか著）、源頼朝から豊臣秀吉までの将軍を中心とする年代記『将軍家譜』（七巻七冊、寛永一八年〈一六四一〉跋、林羅山著）なども、徳川権力国家体制の整備の必要上、林家により編纂が行われた。

第四に、本草・神道・仏教・歴史・地誌・古典注釈・有職故実など多岐にわたる学問についての著作がある。『多識篇』（二巻、寛永七年〈一六三〇〉刊）は、『詩経《しきょう》』にある動植物を扱った明の辞書『多識《たしき》篇』に倣い、『本草綱目』から語句を抜粋し訓を付けた辞書である。『本朝神社考』（六巻六冊、刊年不明）は、全国の神社を羅列し由来を説いたもので、儒学の側からの排仏論が眼目の一つであるが、批判対象の中世仏説を収集したことで、由来説話事典としても機能している。『丙辰紀行《へいしんきこう》』（一冊、元和二年〈一六一六〉成）は、羅山の江戸から京都までの紀行で、旅中の名所旧跡の風景・由来記の後に漢詩が添えられる。『野槌《のづち》』（一四巻一二冊、元和七年〈一六二一〉跋、慶安期頃〈一六四八―一六五一〉刊）は、和漢の知識を用い儒教的合理主義をもって『徒然草』を注釈した書である。

以上の羅山の著作は、当代の学問領域をほぼ網羅しているといってよく、その実学と虚構への興味を備えた文芸性は、後続の実学書・草子・小説類にそのまま継承されている。徳川家康の学問的興味が朱子学以外の幅広い分野に及んでいたことも*6、林羅山の学問の多様さに

＊6　揖斐高「徳川家康の学問・儒学と紅葉山文庫」（笠谷和比古編『徳川家康　その政治と文化・芸能』宮帯出版社、二〇一六年）一五五頁。

深く関わっていると思われる。

仮名草子の笑い・実学・翻案

近世初頭の『仁勢《にせ》物語』『醒睡笑《せいすいしょう》』などの、上流階級の読者を対象に作られた仮名草子には、パロディによる笑いが描かれた。仮名草子『竹斎』（二巻、元和期頃〈一六一五―一六二三〉古活字版）は、明の蕭京《しょうきょう》撰『軒岐救世論《けんききゅうせいろん》』（六巻）の中国の医鑑・病鑑や、それら中国医学に基づく曲直瀬道三の医法書『啓廸集《けいてきしゅう》』（八巻八冊、天正二年〈一五七四〉成）などの内容をもとに、藪医者の滑稽譚として創作された作品である。[*7] 本書は、日本ではまだ真新しい学問であった中国医学書とその和訳本の内容・知識をパロディの方法で披露し、当代日本の医療の様相を、笑いを込めて描いた作品である。

一七世紀前半期には、中国古典を拠り所とした様々な仮名草子や実学書が成立し刊行された。このうち儒学の立場から著された作品の一つに『清水《きよみず》物語』（二巻二冊、寛永一五年〈一六三八〉刊）がある。そこでは、庶民レベルの時事的事柄が、清水寺参籠の巡礼と老人との問答や、とおりすがりの人々の会話のかたちで描かれている。あらゆる身分の人物たちが、儒学や老荘の道、理想の学問・法度・主従関係のあり方、不安定な世相・政治の是非、君主論について、口々に評判する。作品に通底するのは『大学』『周易』などの儒学を基本とする価値観であるが、本作品の眼目は、そうした儒学の道理では解決しえない現実社会の諸問

＊7　前田金五郎『竹斎物語集』下巻（古典文庫、一九七〇年、解説）一二―一六頁。福田安典『医学書のなかの「文学」』（笠間書院、二〇一六年）第二章。

題を虚構世界の中で記した点にある。[*8] その点において本作品は、実学と虚構を兼備する仮名草子としての文芸性を典型的に示した書といえる。

　前述の羅山の仮名草子『怪談全書』では典拠の和訳が行われたが、後の仮名草子『伽婢子《おとぎぼうこ》』（一三巻一三冊、寛文六年〈一六六六〉刊、浅井了意《あさいりょうい》作）ではこれが翻案の方法へと展開した。『伽婢子』は、『剪灯新話《せんとうしんわ》』『五朝小説』などの中国伝奇小説の構成・筋立てをそのままに、時代・場所・人物などを日本の世界に置き換え、違和感のない新たな虚構世界を構築している。時代設定により歴史的要素を加味し、現実と幽冥が交錯する幻想的世界の中で人物の様々なドラマが展開し、そこに儒仏道の思想や教訓的メッセージが示される。

　山岡元隣の仮名草子『水鏡抄《みずかがみしょう》』（一冊、明暦二年〈一六五六〉刊）・『他我《たが》身の上』（六巻六冊、明暦三年〈一六五七〉刊）は、黄檗禅《おうばくぜん》や『荘子』『老子』の注釈書『老子鬳斎口義《ろうしけんさいこうぎ》』『荘子鬳斎口義』の流行という当代の禅と老荘思想的風潮のもとに、人の心の安らかな境地のありようを追求した書である。川平敏文によると、両仮名草子には、後代の談義本や読本における語りの方法としての寓言的な方法論がすでに看守できるという。[*9]

　以上の仮名草子には、中国の小説や思想書を先取しようとする姿勢と、独自の世界観による虚構創出の工夫がうかがえる。

＊8　渡辺憲司「『清水物語』下向論」（『立教大学日本文学』二四、一九七〇年）。

＊9　川平敏文「江戸前期における禅と老荘―山岡元隣論序説―」（『江戸の文化史と思想史』ぺりかん社、二〇一一年）。

第三節　浮世草子（一七世紀後期―一八世紀中期）

第二文芸としての草子は、井原西鶴の『好色一代男』（八巻八冊、天和二年〈一六八二〉刊）をもって、仮名草子から浮世草子のジャンルへと展開する。井原西鶴と後続の八文字屋《はちもんじや》によって主に著された浮世草子は、一七世紀終わりから一八世紀半ば過ぎにかけて上方を中心に出版された。町人社会を中心とする世相や風俗を現実的な視点から捉え、様々な人間模様を描く西鶴の浮世草子が、当代の儒学思想・漢学の影響下にある啓蒙・文芸からいかに影響を受けているか、以下に述べる。

当代文芸の思想的風潮として、まず談林俳諧における『荘子』注釈書の説に基づく俳諧寓言論があった。岡西惟中《いちゅう》は、『荘子鬳斎口義』を基本理念とし、滑稽な表現や虚（そらごと）を用いて実（まこと）を述べようとする寓言的思考を俳諧の表現方法として用いた。[*10] 篠原進は、この惟中の俳諧寓言論がのちの西鶴浮世草子『新可笑記《しんかしょうき》』（五巻五冊、元禄元年〈一六八八〉刊）において「発憤」の情の表出へと展開したとする。[*11] また谷脇理史《まさちか》は、『河海抄《かかいしょう》』以来の『源氏物語』注釈書にいう『荘子』寓言説が西鶴浮世草子における文芸意識の基本になったとする。[*12]

西鶴の時代には、当代の儒学者による仮名書きの啓蒙書の刊行が行われていた。中村惕斎《なかむらてきさい》

＊10　川平敏文「俳諧寓言説の再検討―特に林註荘子の意義」（『文学』八―三、二〇〇七年）。

＊11　篠原進「二つの笑い―『新可笑記』と寓言―」（『国語と国文学』八五―六、二〇〇八年）。

＊12　谷脇理史「『源氏物語』の受容と西鶴―文芸意識の基底をなすもの―」（『西鶴　研究と批評』若草書房、一九九五年）。

『比売鑑《ひめかがみ》』（三一巻三一冊、宝永六年〈一七〇九〉・正徳二年〈一七一二〉刊）や、藤井懶斎《ふじいらんさい》『本朝孝子伝』（三巻三冊、天和四年〈一六八四〉刊）などの通俗教訓書などがそうした類である。中国の孝子伝『二十四孝』は、日本では平仮名絵入りの体裁の和訳本としてよく読まれた。『本朝孝子伝』はそれの日本版孝子伝である。また浅井了意『日本廿四孝』（二四巻一二冊、寛文五年〈一六六五〉刊）などの刊行などもあり、西鶴の浮世草子『本朝二十不孝』（五巻五冊、貞享三年〈一六八六〉刊）は、こうした孝子伝ブームのもとに成立した。同じく西鶴作『本朝桜陰比事』（五巻五冊、元禄二年〈一六八九〉刊）は、中国宋の桂万栄『棠陰比事《とういんひじ》』の和訳『棠陰比事物語』（五巻五冊、寛永期刊）などの刊行の中で成された。仮名草子が典拠に沿った利用方法であったのに比べると、西鶴作品の場合、典拠は話の構成や筋立てを覆うものではない。西鶴は、主題を大掴みに捉え、当代の社会世相へのまなざしから新たな世界を構築し、そこでの様々な人間模様を描いている。

　さらに、儒学・兵学における武士道論も行われた。山鹿素行『山鹿語類』（正編四三巻、寛文五年〈一六六五〉成）「士道篇」では、泰平の世の武士の職分を人倫の道を天下に実現することとし、日常における心術と道義を説いた。[*13] 前田勉によると、平時において、武士は主君個人への心情的な忠誠ではなく「国家」の機関の一翼として主君へ奉仕することが期待され、そのためには自己の主観的な判断・行動を抑制し、日常生活の些細な行動までも「礼」に従い、威儀を正すことが求められたという。[*14] では、西鶴の浮世草子『武家義理物語』（六巻六冊、

＊13　小澤富夫「武士の思想」、立花均「山鹿語類」（『日本思想史辞典』ぺりかん社、二〇〇一年）四七〇―四七一頁、五四八頁。

＊14　前田勉「兵学と士道論」（＊5同書）六五―六七頁。

貞享五年〈一六八八〉刊）・『武道伝来記』（八巻八冊、貞享四年〈一六八七〉刊）・『新可笑記』（五巻五冊、元禄元年〈一六八八〉刊）等に描かれる武士像に、そうした思想・理念が反映されているかというと、必ずしもそうではない。日野龍夫は、西鶴の描く武士の義理とは公的な価値を持たないもので、意気地を貫く美や自らの気のすむ生き方を求める情熱、打算を度外視した人間の愚かさが描かれているとする。[*15] また谷脇理史は、『武道伝来記』が武士階級を読者の対象としたのではなく町人読者のための作品であるとする。[*16] 両氏の指摘は、西鶴の描く武家物の武士が実社会のそれに思想上求められた像とは異なるとする見方である。これに対し井上泰至は、新井白石『折たく柴の記』（三巻三冊、享保期頃〈一七一六―一七三五〉成）や軍書類に記される理想の武士のイメージや、史学に指摘される武士社会の実態・慣習などから西鶴武家物の虚像を洗い出して読むことを提言する。[*17] 西鶴の浮世草子が当代の思想・啓蒙書や文芸思潮をいかに享受し展開させているかについては、今後検討の余地があると思われる。

第四節　読本（一八世紀中期―一九世紀中期）

一八世紀半ばから幕末まで、上方と江戸で出版され読まれた読本は、浮世草子とは異なり、雅俗融和の文体で、歴史的要素を交えつつ勧善懲悪と因果応報の理念で作品世界を統括する。次に、読本生成の背景について、古文辞学・『荘子』寓言論・白話小説の影響の観点から述べる。

＊15　日野龍夫「西鶴の義理」（『日野龍夫著作集』第三巻「近世文学史」ぺりかん社、二〇〇五年）一三七―一四六頁。

＊16　谷脇理史「『武道伝来記』の読者の問題―その諷喩を受けとめる者―」（『江戸文学研究』新典社、一九九三年）。

＊17　井上泰至「決断をめぐる物語―『武家義理物語』の再評価へ―」（『近世文藝』一〇四、二〇一六年）。

古文辞学

中国明代の古文辞派は、文を秦・漢に、詩を盛唐のものを規範として、その格調を自作に模倣・再生しようという擬古典主義の文学運動であった。日本では荻生徂徠がこれを積極的に受容し、その門下の蘐園《けんえん》派により普及、一八世紀日本の漢詩文界の流行となった。徂徠は、古文辞を儒学経典解釈の方法にも転用し、経典の真意はそこに使用される言葉の古意を体得することで正しく理解されるという古文辞学を主張する。古文辞学のこの方法は国学の形成にも影響し、渡辺蒙庵・服部南郭から賀茂真淵へ、堀景山から本居宣長へと継承される。[*18]

古文辞学派の文章論は、国学者の和歌論にも影響を及ぼした。本居宣長の歌風は、古文辞派の手法を用いて王朝和歌を徹底的に模倣するというものであった。一方、賀茂真淵の孫弟子で歌人でもあった上田秋成の歌風は、宣長のそれとは異なり、規範に拘束されない詠み方で偽りのない心を表現した。精神の自由のもと想像力を自在に発揮する秋成の文芸には、普遍的な人間性を認識しようとする視点が備わっていた。[*19]

古文辞学の文章論は、歴史叙述への志向の要素も備えており、それが読本の歴史観の素地となった。読本では過去に実在した人物が登場し、虚構としての歴史が描かれた。こうした読本の作品世界が成立した背景には、読本作者が歴史の人物に興味を持ち、独自の人間観に基づいた歴史叙述を創作する風潮があったことがある。儒学者による漢文の歴史叙述には、

＊18　揖斐高「古文辞」（『日本古典文学大辞典』第二巻、岩波書店、一九八四年）六六一頁。

＊19　日野龍夫「本居宣長と上田秋成」（『日野龍夫著作集』第二巻「宣長・秋成・蕪村」ぺりかん社、二〇〇五年）二〇八―二一一頁。

早くは林鵞峰に歴史人物評論があり、また伊藤東涯『経史博論』（四巻四冊、元文二年〈一七三七〉刊）に中国史上の人物論があった。享保期頃には、古文辞派の間で記事や擬文（想像の中で他者に移行して書く文章）の文による叙事文の実践が行われるようになる。そこでは、『太平記』等の日本の稗史の一節を漢訳して記事の文を創作し、そこに独自の興味からの主題や史実の改変、歴史解釈、構成の工夫などを施す小説趣味の強い歴史叙述が行われた。こうした古文辞派による論・伝・記事・擬文の歴史叙述は、清田《せいた》儋叟《たんそう》や皆川淇園《きえん》などの上方文人の間にも波及し、やがて上方初期読本へと展開していった。[*20]

古文辞学派の文章論はまた、和文にも影響を与えた。近世中期、国学者の賀茂真淵とその門下により、漢文の文章論に対抗し、和文の作文が実践された。その理論は、古文辞を学び聖人の道を究めようとする古文辞学派の文学観と軌を一にするものであった。もともと中国知識人の人間観に、雅の側に立つ者が並としての俗に優越する意識があり、それが文芸論に転用されていたが、賀茂真淵はこの雅俗意識に基づき、高い精神を保つ者に相応の文体意識を志し、擬古文（中古の物語文に擬した文章）の制作を行った。擬古文は、古代に雅の世界を幻視しそれに近づくための精神運動として機能するものであった。そうした和文の試みから、上田秋成の歌文集『藤簍冊子《つづらぶみ》』（六巻六冊、文化三・四年〈一八〇六・七〉刊）や読本『春雨物語』（一〇巻、文化五年〈一八〇八〉成）が生まれた。秋成は、俗の領域のものとしての歴史（稗史）・時事（巷説）に取材したストーリーを古雅な言語文体の和文で創作し、歴史的場面を虚構し

＊20　日野龍夫「読本前史」（＊3同書）三二四—三五四頁。

た。雅的な表現でよりよい「実」を目指そうとする思潮がそこにはあった。[*21] 長島弘明は、秋成の『藤簍冊子』の和文の特徴として、日本古典とともに漢詩文の語句が功名に和語化されていること、風景事物が古語の持つイメージの喚起力によって古典世界と重層化し虚構性を帯びていること、古語への心的な距離感が幻想性をもたらしていることをあげる。また擬古文による虚構が普遍的な空間・時間世界を創出し、その中で登場人物の描写が行われていること、虚構化の絡繰りの中で空想世界が実体化し、物語が生成されることを指摘する。[*22]

近世中期の文人らの間でも和文の意識は高まっていた。江戸の大田南畝は、『孝義録』（五〇巻五〇冊、寛政期頃〈一七八九―一八〇〇〉刊）の編集のための月次和文会で、達意を旨とした俗文体や修辞に配慮した雅文体、そして雅俗ともに通用する雅俗折衷の文体の制作を志した。京都では、和学者の伴蒿蹊《ばんこうけい》が中古体を基本とする「国文」の修練を主張、雅文の復古としての「国文」体の整備と実践を目指し、漢文体の重視、雅文・俗文・漢文間の「訳文《うつしぶみ》」の習練、雅文・俗文の差異化、擬古文の提唱を行った。村田春海は、漢文体の長所を生かし、雅正な表現、趣意の透徹、修辞の調和する、達意にして議論の展開に耐え得る和文体の形成を目指した。[*23]

『荘子』寓言論

唐話学が流行した享保期頃、江戸では佚斎樗山の談義本『田舎荘子』（正編四冊・外編六冊・

＊21　飯倉洋一「和文の思想―雅俗論の視点―」（『文学』六―三、岩波書店、一九九五年）。

＊22　長島弘明「『藤簍冊子』の和文」（＊21同書）。

＊23　揖斐高「和文体の模索―和漢と雅俗の間で―」（＊21同書）。

図２　『田舎荘子』の挿絵（国文学研究資料館蔵〈ナ四―一三七〉巻上、二二ウ二三オ）

付編三冊、享保一二年〈一七二七〉刊）シリーズが刊行された。そこでは、寓言（そらごと）をもって教訓を述べるという、『荘子』の寓言（比喩・見立・もじり・戯謔）の手法を用いた文芸的表現が行われた。すでに近世前期の談林俳諧や仮名草子にもその手法が使われていたが、『田舎荘子』は、寓言を自覚的・意識的に散文文芸の方法として確立した。

　談義本に続くジャンルである読本にも、この寓言の方法が用いられている。中野三敏は、上田秋成の読本にみえる『荘子』寓言の〈憤り〉の思潮が中国陽明学左派に由来するとする。陽明学左派は、儒教を主とする儒仏老三教一致思想を標榜するもので、日本では京都の儒者清田儋叟や服部蘇門、大坂の懐徳堂学派へと享受され、上方学芸界に陽明学左派的風潮が広がり、その寓言論が談義本での老荘ブームとともに上田秋成の読本へと展開したという。なお上田秋成作品における老荘思想の〈憤り〉による寓言説の性格とは、もともと〈憤り〉の思潮が儒教道徳擁護のための倫理的なものであったのに対し、秋成に至っては作者の個人的心境に終始する内面的感情の放出としてのものであったという。その点に、寓言論を拡大して個性を自由に表現した秋成文芸の新しさを見る。＊24

＊24　中野三敏「寓言論の展開」（『戯作研究』中央公論社、一九八一年）、同「秋成の文学観」（『十八世紀の江戸文芸―雅と俗の成熟―』岩波書店、一九九九年）。

白話小説と読本

江戸時代には中国語を「唐話」と称し、知識人の間では白話小説が語学の書としてよく用いられた。近世初前期の唐話学者には、水戸藩の朱舜水や名古屋藩の陳元贇《ちんげんぴん》、長崎の唐通事、黄檗僧らがいる。通事出身の岡島冠山は、幕臣の柳沢吉保に招かれ、荻生徂徠が冠山を師として「訳社」と称する唐話講習会を開き、唐話学の盛行をもたらした。冠山は『唐話纂要』（五巻五冊、享保元年〈一七一六〉序跋、三年刊）等の語学書を刊行し、唐話学の基礎を築いた。*25

京都でも唐話が流行し、伊藤東涯は中国近世語の字書『名物六帖』（正徳四年〈一七一四〉序）の編纂に備え、白話小説『水滸伝』や『拍案驚奇《はくあんきょうき》』の語彙を集めていた。その後、『水滸伝』や三言二拍《さんげんにはく》（『喩世明言《ゆせいめいげん》』『警世通言《けいせいつうげん》』『醒世恒言《せいせいこうげん》』と『初刻拍案驚奇《しょこくはくあんきょうき》』『二刻拍案驚奇《にこくはくあんきょうき》』）などの白話小説の翻訳が行われ、『忠義水滸伝』（一〇冊うち初集五冊、享保一三年〈一七二八〉刊、二集五冊は宝暦九年〈一七五九〉刊、伝岡島冠山施訓）や儒者岡白駒《おかはっく》の施訓『小説精言』（四巻四冊、寛保三年〈一七四三〉刊）、『小説奇言』（五巻五冊、宝暦三年〈一七五三〉刊）が成され、読本の学問的基礎が築かれた。

寛延二年（一七四九）、都賀庭鐘《つがていしょう》により三言を翻案した読本『古今奇談　英草紙《はなぶさぞうし》』（五巻五冊）が刊行され、読本の嚆矢となる。同『古今奇談　莠句冊《ひつじぐさ》』（五巻五冊、天明六年〈一七八六〉刊）は清朝筆記小説『聊斎志異《りょうさいしい》』の早い摂取例であり、明の徐文長《じょぶんちょう》の戯曲『四声猿《しせいえん》』の翻案でも

---

*25　太田辰夫「唐話」（『日本古典文学大辞典』第四巻、岩波書店、一九九〇年）四四六頁。

ある。また明の類書を利用した『開巻一笑《かいかんいっしょう》』（二巻二冊、宝暦五年〈一七五六〉刊）の俗語の釈義からは、中国の新奇な文芸思潮に注目する庭鐘の姿勢がうかがえる。またこの頃、『水滸伝』翻案小説の嚆矢作『湘中八雄伝』（五巻五冊、明和五年〈一七六八〉刊、北壺游《きたこゆう》著）をはじめ、中国伝奇小説『剪灯新話』の翻案『雨月物語』（五巻五冊、安永五年〈一七七六〉刊、上田秋成《うえだあきなり》著）、『今古奇観』の翻案『通俗赤縄奇縁《せきじょうきえん》』（四巻四冊、宝暦一一年〈一七六一〉刊、西田維則著）、『聊斎志異』の翻案『拍掌奇談　凩草紙《こがらしそうし》』（五巻五冊、寛政四年〈一七九二〉刊、森羅子著）など、中国小説を翻案した読本が輩出する。

元禄期から享保期に、中国白話小説の翻案として刊行された通俗軍談も、読本の成立に関わったジャンルである。『李卓吾先生批評　三国志』全一二〇回（羅貫中編、明建陽呉観明刊本）を原拠とする『通俗三国志』（湖南文山訳、五一巻五一冊、元禄二年〈一六八九〉序）などの初期作は、原本を概ね忠実に翻訳したものであったが、『明清通俗軍談　国姓爺《こくせんや》忠義伝』（二〇巻二〇冊、享保二年〈一七一七〉刊、鵜飼信之著）や『通俗義経蝦夷軍談《えぞぐんだん》』（一一巻一〇冊、滕英勝編、明和五年〈一七六八〉刊）等には、史実と虚構を綯い交ぜにする創作方法がみられ、後世の読本と共通の性格を有していた。

寛政期頃（一七八九―一八〇〇）までの読本は、主に上方で刊行されたので上方読本と称されるが、寛政・享和頃からは江戸で長編読本の刊行が盛んになる。山東京伝の『忠臣水滸伝』（一〇巻一〇冊、寛政一一年〈一七九九〉・享和元年〈一八〇一〉刊）は、世界を浄瑠璃『仮名手本忠臣蔵』にとり、『通俗忠義水滸伝』（五七巻八〇冊、宝暦七―寛政二年〈一七五七―一七九〇〉刊、岡島冠山編訳）を翻案し、江戸読本の先駆となった。

京伝に続き、江戸読本の第一人者となったのは曲亭馬琴である。徳田武によると、馬琴読本の中国白話小説の利用は以下のとおりである。中本型読本『曲亭伝奇花釵児《きょくていでんきはなかんざし》』（二巻一冊、文化元年〈一八〇四〉刊）は李漁《りぎょ》の戯曲『玉掻頭伝奇《ぎょくそうとうでんき》』の翻案である。半紙本型読本『復讐奇談　稚枝鳩《わかえのはと》』（五巻五冊、文化二年〈一八〇五〉刊）は明の天然痴叟《てんねんちそう》編『石点頭《せきてんとう》』に、『源家勲績　四天王剿盗異録《してんのうしょうとういろく》』（一〇巻一〇冊、文化二年刊）・『富士浅間　三国一夜物語』（五巻五冊、文化三年〈一八〇六〉刊）・『雲妙間雨夜月《くものたえまあまよのつき》』（五巻五冊、文化五年〈一八〇八〉刊）・『三七全伝南柯夢《さんしちぜんでんなんかのゆめ》』（六巻七冊、文化五年刊）は清の張応兪《ちょうおうゆ》編『江湖歴覧　杜騙新書《とへんしんしょ》』に拠る。史伝小説『鎮西八郎為朝外伝　椿説弓張月《ちんせつゆみはりづき》』（二八巻二九冊、文化四―文化八年〈一八〇七―一八一一〉刊）の構想には『照世盃《しょうせいはい》』が利用される。長編読本『近世説《きんせせつ》美少年録《びしょうねんろく》』（四輯二〇冊、文政一二―天保五年〈一八二九―一八三四〉刊）には、『檮杌閑評全伝《とうごつかんぴょうぜんでん》』『緑牡丹全伝』『通俗続三国志』の利用がある。馬琴は長編小説の創作のための構成方法として「稗史七法則」を提唱し、小説には

図３　『忠臣水滸伝』の挿絵（国文学研究資料館蔵〈ナ四―八三四〉巻一、一五ウ―一六オ）

中心となる思想を通底させ、前後が照応した構成法の型を論じた。この理論は、清の毛声《もうせい》山《ざん》・宗崗《そうこう》父子の『三国志演義』についての小説論「読三国志法」に基づくものであった。[*26] 馬琴は、読本創作についての理念と方法を構築し、勧善懲悪と因果応報の貫かれた伝奇的世界を描いた。この馬琴読本をもって日本近世小説の完成をみることができる。

以上、日本近世の草子・小説における中国古典（思想・文芸）からの影響について、先行研究をふまえつつ述べた。林羅山の志怪小説の和訳や古文辞学派の擬文、岡白駒の白話小説の施訓、仮名草子・談義本における老荘思想の享受など、この時代の知識人は中国の学問を摂取することに意欲的であった。そうした思潮が浅井了意『伽婢子』や都賀庭鐘の読本などの翻案ものを生み出す素地となった。井原西鶴の浮世草子や上田秋成・曲亭馬琴の読本は、中国学から自国の文芸を生み出そうとする機運の上に成された作品であったといえる。

近世中期以降、知識人の間で享受されていた西欧の学問・文化は、明治期になると中国学に代わり国家レベルで奨励されるようになる。しかし、他国の文化を摂取することで自国のそれを形成するという方法は、近世と近代とで変わることはなかった。いつの時代にも、日本人には異国への飽くなき興味と憧憬があるのかもしれない。

＊26　徳田武「読本と中国小説」（『近世近代小説と中国白話文学』汲古書院、二〇〇四年）四一一六頁。

【参考文献】

前田勉『近世日本の儒学と兵学』（ぺりかん社、一九九六年）
高田衛『新編　江戸幻想文学誌』（ちくま学芸文庫、筑摩書房、二〇〇〇年）
井上泰至・田中康二編著『江戸の文学史と思想史』（ぺりかん社、二〇一一年）
鈴木健一『書を読みて未だ倦まず　林羅山』（ミネルヴァ書房、二〇一二年）
長島弘明編『奇と妙の江戸文学事典』（文学通信、二〇一九年）

第五章　近代文学と中国古典

古田島洋介

第一節　漢学の素養――色濃く残った江戸の遺風

何はともあれ、まず確認しておきたいのは、明治維新後、ただちに漢詩文の勢いが衰えたわけではないということだ。高校生用の『日本文学史』の類には、漢詩文について、にべもなく「近代以降（＝明治維新以後）は全く衰退した」と記す参考書もあるが、[*1] 実は然《しか》らず。維新後の新たな世の中を迎えても、職業漢詩人はもとより、政治家・外交官・実業家・学者・医者など、いわゆる知識人たちは、ほぼ漏れなく幼少期に藩校や私塾で漢籍による薫陶《くんとう》を受けた人々であり、漢詩文を理解するのみならず、折に触れて漢詩の制作に及ぶだけの力量をも持ち合わせていた。乃木希典《のぎまれすけ》（一八四九―一九一二）のような軍人とて例外ではなかったのである。[*2]

明治・大正期、漢学が学問の同義語であった江戸時代の遺風は、なおも色濃く残っていた。江戸時代の学問は、ふつう漢学・国学・洋学（蘭学・英学）の三学鼎立《ていりつ》とイメージされているが、

＊1　中村菊一・岩壁清吉『基礎からわかる日本文学史』（日栄社、一九八二年）一二二頁下欄。当書は、二〇〇四年の時点で、すでに九一版を数えている。日本文学史の簡便・安価な参考書として、一定の影響力を見込んでよいだろう。

＊2　乃木には、たとえば「凱《がい》旋《せん》感《かん》有《あ》り」（凱旋有リレ感）と題する七言絶句がある。次頁の資料を参照。

この図式はいささか怪しい。国学者平田篤胤《ひらたあつたね》（一七七六―一八四三）は、『入学問答』（一八一三年）で、当時の学問を大きく国学・漢学・仏学の三種に分けている。蘭学については「近頃始まり候《さうらふ》蘭学」と記しただけだった。*3 また、福沢諭吉《ふくざわゆきち》（一八三四―一九〇一）は、漢籍を学んだ後に蘭学を修め、さらに英学へと転身を遂げたが、『福翁自伝』（一八九九年）のなかで、少年時代を「当時世間一般の事であるが、学問と云《い》へば漢学ばかり」と述懐し、「日本国中悉《ことごと》く漢学の世の中で、西洋流など云《い》ふことは仮初《かりそめ》にも通用しない*4」とも言っている。今日とは、まったく異なる情況だったのだ。

王師百万征二強虜一
野戦攻城屍作レ山
愧我何顔看二父老一
凱歌今日幾人還

王師《わうし》百万《ひやくまん》強虜《きやうりよ》を征《せい》し
野戦《やせん》攻城《こうじやう》屍《しかばね》山《やま》を作《な》す
愧《は》づ我《われ》何《なん》の顔《かんばせ》ありてか父老《ふらう》を看《み》ん
凱歌《がいか》今日《こんにち》幾人《いくにん》か還《かへ》る

資料　乃木希典 七言絶句「凱旋有感」

そのような雰囲気が濃厚に残る明治・大正期には、漢学の素養を持つ作家たちが活躍した。森鷗外《もりおうがい》（一八六二―一九二二）が一〇歳までに四書五経・左国史漢*5を学んでいたことは、今さら言うまでもなかろう。夏目漱石《なつめそうせき》（一八六七―一九一六）も、少年時代、漢学塾たる二松学舎《にしょうがくしゃ》（現、二松学舎大学の前身）に通《かよ》った。二人とも生涯に二〇〇首以上の漢詩を詠じている。幸田露伴《こうだろはん》（一八六七―一九四七）は、一般の漢文訓読はもちろんの

*3　『新修 平田篤胤全集』第一五巻（名著出版、二〇〇一年）一〇〇頁下―一〇一頁上。篤胤は、国学を「皇国の学問」「古学」などと呼び、学問の筆頭に置いている。

*4　『福沢諭吉全集』第七巻（岩波書店、一九五九年）一六、四三頁。

*5　四書五経は『大学』『中庸《ちゅうよう》』『論語』『孟子』および『詩経』『書経』『易経《えききょう》』『春秋』『礼記《らいき》』を、左国史漢は『春秋左氏伝』『国語』『史記』『漢書』を指す。それぞれ漢学における儒学・史学の重要な古典。

こと、白話《はくわ》訓読*6をも手中の物とし、『水滸伝』を訓読してみせた。*7花柳《かりゅう》小説のイメージが強い永井荷風《ながいかふう》（一八七九―一九五九）も、やはり小学生のころ『大学』『中庸』の素読を経験した*8作家であり、三〇余首の漢詩を遺《のこ》している。鷗外のドイツ語、漱石の英語、荷風のフランス語は、すべて漢学の素養の上に成り立っていたのである。

　漱石が『草枕《くさまくら》』（一九〇六年）の一で〔東晋〕陶淵明《とうえんめい》・〔唐〕王維《おうい》の詩句を引いていることなど、もはや旧聞に属するだろう。ここでは、鷗外が〔唐〕寒山《かんざん》・拾得《じっとく》の伝説を小説に仕立てた短篇『寒山拾得』（一九一六年）について、漢学の素養がどのように発揮されたかを見ておきたい。『寒山拾得』に左のような一節がある。主人公の閭丘胤《りょきゅういん》が頭痛に悩んでいたところ、おりしも訪ねてきた仏僧が一杯の水で頭痛を治せると言うので、小女に水を持ってこさせる場面だ。

> 閭《りよ》は小女《こをんな》を呼《よ》んで、汲立《くみたて》の水《みづ》を鉢《はち》に入《い》れて来《こ》いと命《めい》じた。水《みづ》が来《き》た。僧《そう》はそれを受《う》け取《と》つて、胸《むね》に捧《さ》げて、ぢつと閭《りよ》を見詰《みつ》めた。清浄《しやうじやう》な水《みづ》でも好《よ》ければ、不潔《ふけつ》な水《みづ》でも好《い》い、湯《ゆ》でも茶《ちや》でも好《い》いのである。不潔《ふけつ》な水《みづ》でなかつたのは、閭《りよ》がためには勿怪《もつけ》の幸《さいはひ》であつた。暫《しばら》く見詰《みつ》めてゐるうちに、閭《りよ》は覚《おぼ》えず精神《せいしん》を僧《そう》の捧《さ》げてゐる水《みづ》に集注《しふちゆう》した。*9

　注目すべきは「水が来た」である。このわずか四字の一文は、漢学の素養に成る簡勁《かんけい》そのものの筆運びだ。水汲みを命じられた小女がどんな表情でどんな返事をしたのか、小走りで

---

*6　いわゆる漢文すなわち文《ぶん》言《げん》文（文語体）の訓読に対し、白話《はく》文《わ》（口語体）の訓読をいう。「怎生」を「怎生《いか》にして」、「在二這裏一」を「這裏《ここ》に在《あ》り」と読む類。

*7　『国訳漢文大成』文学部（国民文庫刊行会、一九二四年）に幸田露伴［訳注］『水滸伝』が収められている。「国訳」は、訓読《くんどく》による書き下し文の意。

*8　『荷風全集』第一五巻（一九九三年、岩波書店）『葷斎《くんさい》漫筆《まんぴつ》』四五〇頁。

*9　『鷗外全集』第一六巻（岩波書店、一九七三年）二四三―二四四頁。

汲みに行ったのか、いかなる後ろ姿だったのか、すぐにもどってきたのか、それとも、なかなかもどってこなかったのか、もどってきたとき鉢をどのような手つきで掲げていたのか――一切の些事《さじ》が省かれている。鷗外が『寒山拾得』の執筆に当たって用いた原典と称すべき〔江戸〕白隠《はくいん》『寒山詩闡提紀聞《せんだいきもん》』（一七四六年）の閭丘胤〔序〕を見ても、「水が来た」に該当する字句はない。この四字は、鷗外が独自に加えた一文である。

三島由紀夫《みしまゆきお》（一九二五―一九七五）は、『文章読本』（一九五九年）で、右の一節を短篇小説の手本として挙げ、次のごとく讃嘆を吝《お》しまない。

この文章はまつたく漢文的教養の上に成り立つた、簡潔で清浄な文章でなんの修飾もありません。私がなかんづく感心するのが、「水が来た」といふ一句であります。この「水が来た」といふ一句は、全く漢文と同じ手法で、「水来《きた》ル」といふやうな表現と同じことである。〔中略〕この「水が来た」といふたつた一句には、文章の極意がこもつてゐる〔中略〕ただ鷗外がなんの描写もせずに、「水が来た」と言ふときには、そこには古い物語のもつ強さと、一種の明朗さがくつきりと現はれます。さういふ漢文的な直截《ちよくせつ》な表現を通して、われわれはその物語の語つてゐる世界に、かへつてぢかに膚《はだ》を接する思ひがするのであります。*10

＊10　『決定版 三島由紀夫全集』31（新潮社、二〇〇三年）、四五―四七頁。

漢学の素養と聞けば、一般には、自らも漢詩や漢文を綴《つづ》り、漢詩文の字句を思いのまま脳裡から引き出して、まさに博引旁証《はくいんぼうしょう》、中国古典に精通しているイメージが浮かぶだろう。しかし、それは、あくまで漢詩文の知識にすぎず、素養全体から見れば、単なる表層部にとどまるに違いない。素養の深層部とは、漢籍の素読その他で培《つちか》われた音感・語感・修辞感覚・文章感覚・論理感覚および倫理感覚・道徳感覚・歴史感覚・思想感覚など、諸々の感覚がそれぞれ人によって強弱・濃淡の差を伴いつつ渾然《こんぜん》一体となった曰《いわ》く言《い》い難《がた》しの集合体である。鷗外の「水が来た」は、その文章感覚の一角を占める律動感《リズム》があからさまに字句として浮かび出た例にほかなるまい。こうした語気文勢こそ、なるほど真の意味で「漢文的な直截な表現」と呼ぶにふさわしいだろう。

第二節　『日本文学史』の登場――漢詩文の排斥

なおも種々の漢詩文が制作されていた明治期、一つの大きな事件があった。それは、本邦初の日本文学史として、三上参次《みかみさんじ》・高津鍬三郎《たかつくわさぶろう》『日本文学史』（一八九〇年）が登場したことである。上巻・下巻それぞれに冠せられた「緒言」（いずれも同文）の一条で、次のような方針が明示された。

本書は、本書の総論に述べたる、文学の定義に従ひ、漢文は凡《すべ》て之《これ》を採らず。但《ただ》し其《その》国文学と関係せるところは、固《もと》より之《これ》を明《あきら》かにせり。[*11]

漢文は「本書の総論に述べたる、文学の定義」から外《はず》れるので、この『日本文学史』では原則として扱わないとの宣言だ。そこで「総論」を見ると、「醇乎《じゅんこ》たる純文学《ピューアリテラチューア》の定義」が、「文学とは、或《あ》る文体を以て、巧みに人の思想、感情、想像を表はしたる者にして、実用と快楽とを兼ぬるを目的とし、大多数の人に、大体の智識《ちしき》を伝ふる者を云《い》ふ」[*12]と記されている。こうした定義ならば、日本人の漢詩や漢文にも当てはまる作品が少なからずありそうだが、どうやら三上・高津は、漢学をかなり狭い意味に解していたらしく、文学を定義するに先立ち、左のごとく述べている。

図1　本邦初の『日本文学史』上巻・扉

我邦にて、徳川幕府の世の末葉《まつえふ》までは、学問といへばまづ漢学の事にて、学者と云《い》へば漢字を読む人、と思ふほどなりしかば、経学《けいがく》即《すなは》ち聖人の道を講習する外《ほか》には、別に学問と云《い》はるべき者無くして、文章詩歌のごときも、或《あるい》は末技《まつぎ》として賤《いやし》められたり。[*13]

＊11『明治大正文学史集成』1（日本図書センター、一九八二年／原書＝金港堂、一八九〇年）「緒言」一一―一二頁。変体仮名を現行の字体に改めた。以下、同じ。なお、図1は同書より転載。

＊12　＊11同書、一三頁。

＊13　＊11同書、一一頁。

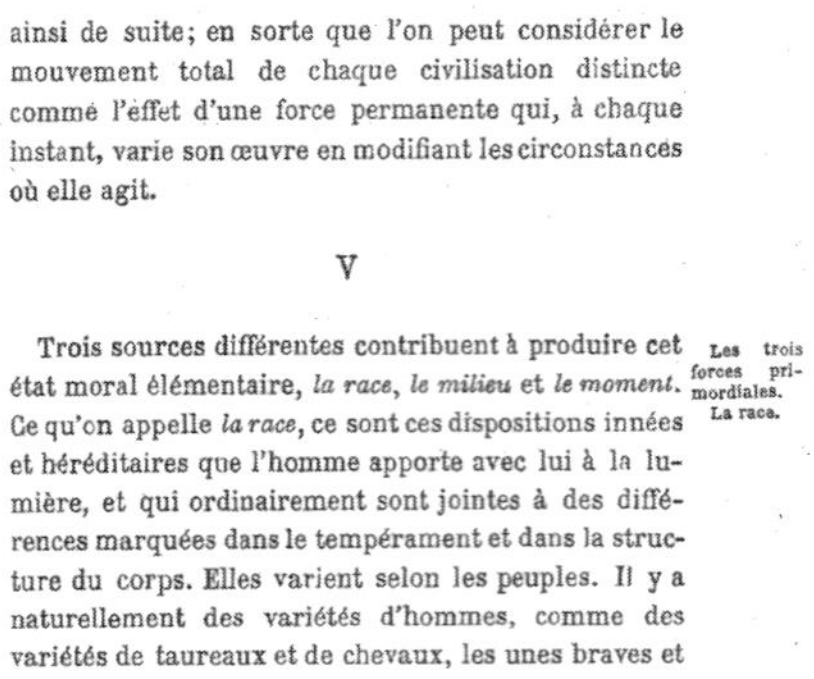
ainsi de suite; en sorte que l'on peut considérer le mouvement total de chaque civilisation distincte comme l'effet d'une force permanente qui, à chaque instant, varie son œuvre en modifiant les circonstances où elle agit.

V

Trois sources différentes contribuent à produire cet état moral élémentaire, *la race*, *le milieu* et *le moment*. Ce qu'on appelle *la race*, ce sont ces dispositions innées et héréditaires que l'homme apporte avec lui à la lumière, et qui ordinairement sont jointes à des différences marquées dans le tempérament et dans la structure du corps. Elles varient selon les peuples. Il y a naturellement des variétés d'hommes, comme des variétés de taureaux et de chevaux, les unes braves et

Les trois forces primordiales. La race.

図2　テーヌ『イギリス文学史』序論 V, l.2 に「最も重要な三つの力」として *la race, le milieu* et *le moment*（民族・環境・時代）が見える。

三上・高津の念頭には、〈漢学＝経学〉という等式があったようだ。後文では、「蓋《けだ》し、文学は、経学の如くに、純《もっぱ》ら名教《めいけう》〔＝儒教が重んずる名分論〕のためにするにあらず」*14とも記している。結局のところ、「一国の文学といふものは、一国民が、其国《そのくに》語によりて、その特有の思想、感情、想像を書きあらはしたる者なり」*15となるのであった。日本人の漢詩文は、訓読《くんどく》を前提としている以上、日本語の一種でもあるはずなのだが。

三上・高津の文学史観に直接的な影響をもたらしたのは、フランスの哲学者・歴史家にして文芸批評家のイポリット・テーヌ（一八二八―一八九三）が著した大部の『イギリス文学史』（一八六三―六四年）*16である。これは、文学史と題する世界初の書物であり、質・量ともに重厚さを誇る初の体系的な文学史でもあった。テーヌは、本書の序論で独自の文学観・歴史観を開陳し、文学作品などの創造的営為に与《あずか》る人間の「基本的な精神状態は、三つの異なる原因すなわち〈民族・環境・時代〉によって生み出される」*17と述べている。三上・高津も、テーヌの所説をほぼそのまま採用して、「文学に対して、影響を及ぼし、以《もっ》て各種の国文学を搆《こう》

*14　*11同書、一九頁。

*15　*11同書、二九頁。

*16　Hippolyte A. Taine, *Histoire de la littérature anglaise*, 4 tomes, Librairie Hachette et Cie, Paris, 1863-64. 筆者が実見したのは、第十一版 onzième édition, 5 tomes, 1903. である。

*17　*Ibid.* 1er tome, Introduction, V, p.23:《Trois sources différentes contribuent à produire cet état moral élémentaire, *la race, le milieu* et *le moment*.》の拙訳である。

成《せい》する個条《エゼント》を、大別して三つとなす[18]」と記し、「国民固有の特性」「身外の現像」「時運」の三者を挙げる。[19] このように国家意識や国民性が強く打ち出されるなかで、そもそも漢詩文は中国から借用した文学にすぎず、日本人固有の文学とは言えないため、「漢文は凡《すべ》て之《これ》を採らず」の措置が講じられたわけだ。

一九世紀後半は、ヨーロッパで国家主義《ナショナリズム》が最盛を迎えた時期だった。テーヌ『イギリス文学史』を皮切りとして各国で執筆された文学史は、それぞれ固有の言語で書かれた作品のみを対象とし、中世以来の分厚い伝統を有していたラテン語による文学は、ほとんど等閑視された。日本でも、三上・高津の『日本文学史』が刊行された明治二三年（一八九〇）は、「大日本帝国憲法」施行の年であり、教育勅語すなわち「教育ニ関スル勅語」が発布され、第一回帝国議会が開かれた年にも当たる。時《とき》あたかも日本が近代国家として本格的に世界へ船出しようとする時期だった。二人による『日本文学史』が漢詩文を排斥したのは、まさしく「時運」の然《しか》らしめたところでもあろう。

戸田浩暁『日本漢文学通史』（武蔵野書院、一九五七年）は、「世には〔明治期に入って〕漢文学は全く衰退してしまつたかの如く考へてゐる者が多い。しかし一千数百年の長きに亙《わた》つてこの国土に培《つちか》はれて来た漢文学が、どうして一朝にして消滅し去るであらう」（一三五頁）と記しているが、皮肉にも戸田の当該書そのものが漢文学の置かれた立場を表している。一般の『日本文学史』という母屋《おもや》から締め出された結果、漢文学は『日本漢文学史』と称する

＊18　「個条」のルビ「エゼント」は、原書ママ。その「エゼント」agent（二六頁）およびテーヌ Taine の名の表記「テイン」（二八頁）から見て、三上・高津が参照したのは、テーヌ『イギリス文学史』の英訳であった可能性が高いかと推される。ただし、英訳 *History of English Literature*, 2 vols., trans. by Henri Van Laun, Holt & Williams, New York, 1871; vol.1, p.10 を検するかぎり、＊17同処の訳文は"Three different sources contribute..."となっており、〈agent(s)〉の語は見当たらない。何らかの英語によるテーヌ書の解説を参照し、そこで用いられていた〈agent〉（動因・作用因の意）を、意訳のごとく「個条」に当てたものか。

＊19　＊11同書、二六―二七頁。

類の別棟《べつむね》を陽当たりの乏しい裏手に建てるしかなくなったのである。

第三節　出典としての中国古典——素養から素材へ

大正期から昭和初期にかけて、〔清〕蒲松齢《ほしょうれい》『聊斎志異《りょうさいしい》』（一七六六年）に材を取った小説が目立つようになる。この怪奇談四百三十一篇を集めた書は、遅くとも一八世紀末、江戸時代の寛政年間（一七八九—一八〇一年）には伝来していたが、大賀順治〔編〕『支那《しな》奇談集』第一—三編（近事画報社、一九〇六年）に『聊斎志異』の翻訳が数多く収められたことから、広く世に知られる書物となった。その後も、田中貢太郎〔訳〕・公田連太郎〔注〕『聊斎志異』（北隆堂、一九二九年）など、数種の翻訳が刊行されている。

『聊斎志異』の話を作品に仕立てた代表的な作家としては、ともに自殺で最期を遂げた芥《あくた》川龍之介《がわりゅうのすけ》（一八九二—一九二七）と太宰治《だざいおさむ》（一九〇九—一九四八）が挙げられよう。二人の小説とその出典たる『聊斎志異』の話とを一覧にまとめれば、左のようになる。上段の「大」は大正、「昭」は昭和の略で、作品の発表年を示し、下段が『聊斎志異』（「異史」抄本）六巻本の巻数と表題である。

○芥川龍之介

大四（一九一五年）『仙人』　巻四「鼠戯」＋巻四「雨銭」
大五（一九一六年）『酒虫』　巻四「酒虫」
大六（一九一七年）『首が落ちた話』　巻四「諸城某甲」
大一〇（一九二一年）『仙人』　巻一「労山道士」

○太宰治
昭一六（一九四一年）『清貧譚』　巻三「黄英」
昭二〇（一九四五年）『竹青』　巻三「竹青」＋巻二「蓮香」

右のほか、二人には、やはり中国古典を取材源とする次のごとき作品がある。下段は出典となった中国古典作品であるが、当該作品を収めた叢書の類については省略に従う。

○芥川龍之介
大六（一九一七年）『黄粱夢』　〔唐〕沈既済《しんきさい》『枕中記《ちんちゅうき》』
大九（一九二〇年）『尾生《びせい》の信《しん》』　『荘子』盗跖《とうせき》篇ほか
同　右　年『杜子春《とししゅん》』　〔唐〕鄭還古《ていかんこ》『杜子春伝』

○太宰治
昭八（一九三三年）『魚服記《ぎょふくき》』　〔唐〕李復言『続玄怪録』所収「魚服記」[＊20]

＊20　以上、『聊斎志異』を始めとする中国古典に取材した芥川・太宰の作品については、近藤春雄『日本漢文学大事典』（明治書院、一九八五年）の「芥川龍之介と漢文学」（七頁）・「魚服記と国文学」（一八〇頁）・「太宰治と漢文学」（三九二頁）・「唐代伝奇小説と国文学」（四五九頁）・「杜子春と杜子春伝」（四七二頁）・「聊斎志異と国文学」（七二〇頁）などの項目を参照のこと。

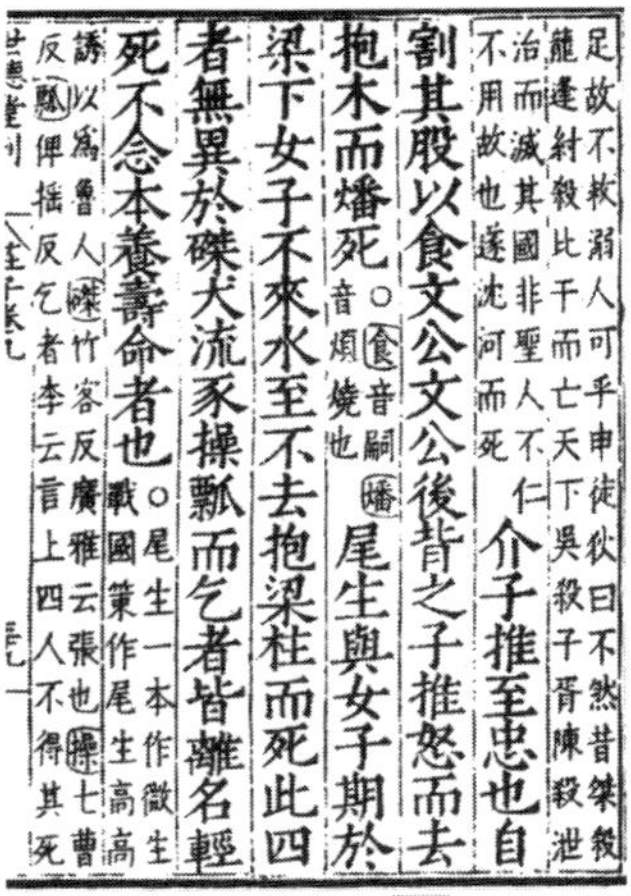
足故不救溺人可乎申徒狄曰不然昔桀殺
龍逢紂殺比干而亡天下吳殺子胥陳殺泄
治而滅其國非聖人不仁
不用故也遂沈河而死　介子推至忠也自
割其股以食文公文公後背之子推怒而去
抱木而燔死○（食）音嗣（燔）音煩燒也　尾生與女子期於
梁下女子不來水至不去抱梁柱而死此四
者無異於磔犬流豕操瓢而乞者皆離名輕
死不念本養壽命者也○尾生一本作微生戰國策作尾生高高
誘以爲魯人（磔）竹客反廣雅云張也（操）七曹
反（瓢）婢摇反乞者李云言上四人不得其死

図３　『荘子』盗跖篇「尾生之信」／《四部叢刊》

まず芥川について、『尾生の信』（一九二〇年）を取り上げてみよう。この題名そのものは、『淮南子《えなんじ》』説林訓に「尾生之信」とある。故事は『史記』蘇秦《そしん》伝・『戦国策』燕策一などにも見えるが、最もすっきりした『荘子』盗跖篇の字句を左に書き下し文で録す。

尾生《びせい》、女子《ぢよし》と梁下《りやうか》に期《き》す。女子《ぢよし》、来《き》たらず。水至《みづいた》れども去《さ》らず。梁柱《りやうちゆう》を抱《いだ》きて死《し》す。＊21

尾生という男が、ある女と橋の下で会おうと約束した。女は来ない。水かさが増してきたが、尾生は立ち去ろうとしなかった。尾生は、橋脚にしがみついたまま溺れ死んだ――原文わずか二二字の甚だ簡潔な話である。「女子、来たらず。水至れども去らず」のあたりは、「来」「水」の二字が共通することからも、例の鷗外「水が来た」の語気文勢を想い起こさせるだろう。前掲『支那奇談集』第二編に「尾生の信」が見える。

芥川は、この故事を得意の短篇小説に仕立てた。暮れ方、橋の下で恋人の女を待つ尾生が、たたずみ、水際に行き、洲《す》の上を歩き回り、やがて足早に歩き、ついには立ちすくみ、その

＊21　訓読文「尾生与《と》二女子一期二ス於《φ》梁下一二。女子不レ来タラ。水至レドモ不レ去ラ。抱キテ二梁柱一ヲ而《φ》死ス」（右傍のφ《ファイ》は置き字を示す）。

まま宵闇《よいやみ》のなかで溺れてしまう姿を描きつつ、視覚を中心に聴覚・嗅覚・触覚をも動員して橋の下の情景を写し出し、「が、女は未《いま》だに来ない」を段落の末尾で七回も繰り返す。全篇を詩的に仕上げるrefrain《リフレイン》の手法だ。原文のうち、小説に反映されていないのは、唯一「梁柱を抱きて」だけである。これは、静寂を基調とする一篇のなかで、生に執着する尾生の見苦しい動きを消し去る意図があったからだろう。

芥川の想像力は、さらに結尾を附け加えた。溺死した尾生の屍骸《しがい》から魂が抜け出し、「ほのかに明るんだ空の向《むか》うへ〔中略〕うらうらと高く昇つてしまつた」。そして、次のように掌篇を結ぶのである。

それから幾千年かを隔てた後、この魂は無数の流転《るてん》を閲《けみ》して、又生《せい》を人間に托《たく》さなければならなくなつた。それがかう云《い》ふ私に宿つてゐる魂なのである。だから私は現代に生れはしたが、何一つ意味のある仕事が出来ない。昼も夜も漫然と夢みがちな生活を送りながら、唯《ただ》、何か来《きた》るべき不可思議なものばかりを待つてゐる、丁度《ちやうど》あの尾生が薄暮の橋の下で、永久に来ない恋人を何時《いつ》までも待ち暮したやうに。*22

ここまで来れば、もはや再話・翻案の領域を超えた完全な創作である。中国古典に材を取ったとはいえ、それは文字どおりの素材にすぎず、仕上がった小説は、芥川の手に成る近代的

*22　『芥川龍之介全集』第五巻（岩波書店、一九九六年）二六三―二六四頁。

な料理であった。

もっとも、余りに技巧が目立ちすぎ、右の結末もどこかしらわざとらしい臭いがするのはたしかだろう。原典たる漢文とのあいだに隙間風《すきまかぜ》が吹くのを見逃すわけにはゆくまい。実際、芥川は、『漢文漢詩の面白味』（一九二〇年）で左のごとく述べている。

> 漢詩漢文を読んで利益があるかどうか？　私は利益があると思ふ。〔中略〕ぢや漢詩漢文を読んでどんな利益があるかと云《い》ふと、これははつきりと答へ悪《にく》い。何しろ漢詩漢文と云へば、支那《しな》文学と云ふのも同様だから、つまり英吉利《イギリス》文学或《あるい》は仏蘭西《フランス》文学を読んでどんな利益があるかと云ふのと、同じやうに茫漠とした、つかまへ処《どころ》のない問題になつてしまふ。*23

漢詩文に対するそれなりの思い入れこそ感じられるものの、あくまで漢詩文は自身の外にある物、こう言ってよければ、よそよそしい存在にすぎず、それを小説の素材に用いるのは、どこまでも自らの選択による結果だとの言明に聞こえる。芥川にとって、漢詩文とは、イギリス文学・フランス文学などと並置される中国《シナ》文学でしかなかったのだ。

幼いころから藩校や私塾で素読などを通じて専一に叩き込まれた漢籍の素養は、ほとんど生得に近い所与の物と呼ぶべき存在であったことだろう。言うなれば、その素養とは、自己

＊23　『芥川龍之介全集』第七巻（岩波書店、一九九六年）八九頁。

に内在し、血肉化した存在だ。しかし、学校制度のなかで学んだり、独り机に向かって黙読したりして得た漢籍の知識は、それとは異なる。結局のところ、自らにとって外在の物であり、選択肢の一つとして選び取るべき存在なのである。むろん、これは芥川を貶《おと》しめる謂《いい》ではない。日本の知識人の教養の在り方が変わったという厳然たる事実を指摘せんがための言辞である。

では、太宰についてはどうか。筆者は、太宰作品のファンである。けれども、太宰の中国古典に関する態度には、以前から疑念を抱いてきた。それは、前《さき》に掲げたような中国古典を小説に加工する太宰の技量に対しての疑いではない。そもそも太宰は中国古典をきちんと読んでいるのかという素朴な疑問である。事がわずか一字に関わるため、つまらぬ揚げ足取りに映るかもしれないが、長年の疑問を率直に記してみよう。

太宰が日記体で綴った『正義と微笑』（一九四二年）の第二年目「四月二十六日。水曜日」条に、次のような字句がある。

けふの漢文の講義は少し面白かつた。中学校の時の教科書とあまり変りが無かつたので、また同じ事を繰り返すのかと、うんざりしてゐたら、講義の内容がさすがに違つてゐた。「友あり遠方より来《きた》る。また楽しからずや。」といふ一句の解釈だけに一時間たつぷりかかつたのには感心した。〔中略〕けふの矢部一太氏の講義に依《よ》れば、この句は〔中

子曰學而時習之不亦說乎馬曰子者男子之通稱謂孔子也王曰時者學者以時誦習之誦習以時學無廢業所以爲說懌有朋自遠方來不亦樂乎包曰同門曰朋人不知而不慍不亦君子乎慍怒也凡人有所不知君子不怒

図４　『論語』学而篇「有朋自遠方来」／《十三経注疏》

略〕わが思想ただちに世に容《い》れられずとも、思ひもかけぬ遠方の人より支持の声を聞く、また楽しからずや、といふやうな意味なんださうだ。*24

何やら字面《じづら》に違和感が走るのではないか。確認も兼ねて、もう一つ太宰の作品を引く。『朝』（一九四七年）の冒頭である。

　私は遊ぶ事が何よりも好きなので、家で仕事をしてゐながらも、友あり遠方より来《きた》るのをいつもひそかに心待ちにしてゐる〔後略〕*25

もうお気づきだろう、太宰は『論語』学而《がくじ》篇の有名な一句「朋あり遠方より来る」（有レリ朋自《よ》二リ遠方一来ル）を繰り返し「友あり遠方より来る」と書いているのだ。同訓「とも」とはいえ、「朋」を「友」に書き換える余地はない。これを太宰による意図的な改変と解するのは無理だろう。少なくとも『正義と微笑』の当該部分は大学における漢文の講義について記した一節であり、「思ひもかけぬ遠方の人」との釈義を書きつけている以上、「とも」が単なる友人

＊24　『太宰治全集』6（筑摩書房、一九九八年）一三一―一三二頁。

＊25　『太宰治全集』10（筑摩書房、一九九九年）九九頁。

としての「友」でないことは十分に承知していたはずなのだから。

太宰は、『竹青』（一九四五年）で『論語』の字句を種々に活用している。しかし、「友あり遠方より来る」を見るとき、その中国古典に対する姿勢については、疑念が湧くのを禁じ得ない。やはり太宰にとっても、漢詩文はどこかしらよそよそしい外なる存在だったのではなかろうか。

おそらく、漢籍の素養について信頼を寄せつつ閲読できるのは、中島敦《なかじまあつし》（一九〇九―一九四二）の作品群、すなわち『山月記』『名人伝』（一九四二年）や『弟子』『李陵』（一九四三年）などが最後であろう。*26 私見によれば、殊に『弟子』*27は出色の一篇で、そこに描き出された師たる孔子《こうし》と弟子たる子路《しろ》の人物造型は、その師弟関係の限りにおいて、いかなる『論語』解釈をも凌駕《りょうが》しているように思われる。

江戸時代の残影を色濃く留めた明治・大正期を経て、ついに昭和期に入ってから、漢学者を祖父に、漢文教員に父を持つ中島敦を掉尾《とうび》の光芒《こうぼう》として、中国古典は、内なる存在から外なる存在へ、素養から素材へと変わり、所与の物から選択する物へと変容したのではないか。中島の作品に接するとき、〔唐〕李商隠《りしょういん》「楽遊原」詩が詠ずる「夕陽無限《せきやうむげん》に好《よ》し、只《た》だ是《こ》れ黄昏《たそがれ》に近《ちか》し」（夕陽無限ニ好シ、只ダ是レ近シ二黄昏ニ一）の感を否めないのである。

＊26　中国古典に基づく中島の作品については、＊20同書「山月記」（二七一頁）・「中島敦」（四八七頁）・「李陵」（七二一頁）などの項目を参照のこと。

＊27　この作品の題名は、通常の日本語と同じく、慣用音で『弟子《でし》』と読んで索引などに掲げる書物も見受けるが、中島自身は、漢文訓読の通例に従い、漢音で『弟子《ていし》』と読んでいた可能性が高いだろう。

＊本稿の漢字は、常用字体を原則とした。

【参考文献】

齋藤希史『漢文脈の近代――幕末＝明治の文学圏』（名古屋大学出版会、二〇〇五年）
石毛慎一『日本近代漢文教育の系譜』（湘南社、二〇〇九年）
合山林太郎『幕末・明治期における日本漢詩文の研究』（和泉書院、二〇一四年）
前田雅之・青山英正・上原麻有子［編］『幕末明治 移行期の思想と文化』（勉誠出版、二〇一六年）
滝川幸司・中本大・福島理子・合山林太郎［編］『文化装置としての日本漢文学』（勉誠出版、二〇一九年）

研究の窓

白話小説になった日本文学

――漢訳「忠臣蔵」をめぐって

奥村佳代子

中国語の口語体書面語で書かれた白話小説は、江戸時代の唐船貿易を通じて日本に輸入された。当時の日本人は、中国からもたらされたこの文学を大変に面白いと感じ、白話小説《はくわしょうせつ》人気は、ついには「読本《よみほん》」という新しい文学の誕生を促した。

「読本」は、白話小説を日本文学の内に咀嚼し取り入れようとした、白話小説受容の究極の形ともいえるが、それとは異なるアプローチで、白話小説を受容しようとした作品もある。

白話小説と唐話

江戸時代に一番の人気を誇った白話小説といえば、『水滸伝』である。『水滸伝』は原文に訓点を施して訓訳されたり、和文に翻訳されもしたが、それだけでなく訳解や語釈類も出版されていることからは、『水滸伝』を読みたいという欲求と、そう簡単には読めなかった現実とを読みとることができる。同じ中国語であっても、文言と白話とは異質であり、日本人が文言に用いる訓読という手法が、白話には通用しない。そこで注目されたのが、「唐話《とうわ》」であった。

唐話は、長崎の唐通事《とうつうじ》が自らの話す中国語に対して用いた呼称である。唐通事は、中国との貿易業務全般を担い、中国人との直接の交渉がすべて委ねられていたため、中国語による高度な意思疎通能力が求められていた。中国語会話に必要な、「当時における現代口頭中国語」の知識を備えていることは、唐通事の特長であったが、やがて唐話は唐通事ではない日本人にも学ばれるようになる。

中国語学習の代表的な存在として荻生徂徠《おぎゅうそらい》率いる「訳社」という中国語学習会があった。訳社では唐話に長けた人物を講師に招き、中国語を学習したそうだが、白話小説が教材として用いられていた。

唐話と白話とは、そもそも異なるものを指す呼称だが、白話小説を教材に唐話のできる人物から中国語を教わったということは、唐話の知識が、白話小説の読解に役立ったということを物語っている。現に、唐話の腕前を買われて、訳社の講師を務めた岡島冠山《おかじまかんざん》は、『水滸伝』の訓訳や翻訳に携わった人物でもあった。

唐話の知識は、『水滸伝』だけではなく、『三国志演義』『西遊記』などの長編白話小説、三言二拍《さんげんにはく》と総称される短編小説集（『喩世明言《ゆせいめいげん》』『警世通言《けいせいつうげん》』『醒世恒言《せいせいこうげん》』の三言と、『初刻拍案驚奇《しょこくはくあんきょうき》』『二刻拍案驚奇《にこくはくあんきょうき》』の二拍を指す）などの翻訳にも生かされた。こうした日本語翻訳作品は「通俗」と称され、一般の日本人にも白話小説に触れることが可能となった。白話小説に影響を受けた作家は、読本と称されるスタイルの日本語文学作品を著すようになり、上田秋成《うえだあきなり》の『雨月物語』や滝沢馬琴の『南総里見八犬伝』などが人気を博した。

中国語版「忠臣蔵」

いっぽうで、白話小説は、日本語に翻訳されて読まれたり、日本文学に取り入れられたりしただけでなく、自ら白話小説を書こうとする日本人の誕生をも促した。

日本人にとって中国語を書くということは、伝統的な文言文を書くということであった。白話文は、書面語ではあるが、伝統的な文言文とは異なる語彙が用いられており、その読解に唐通事の口頭中国語の知識が役立てられたことは先に述べたとおりだが、白話を作文することにおいても、その知識が必要であると認識されていた。

『仮名手本忠臣蔵』は、赤穂義士事件すなわち元禄一四年（一七〇一）三月一四日に江戸城大廊下で起きた播州赤穂藩主浅野内匠頭長矩《たくみのかみながのり》の吉良上野介義央《こうづけのすけよしひさ》に対する刃傷事件と、翌元禄一五年の浅野家遺臣による吉良邸討ち入り事件とを題材とした浄瑠璃作品であり、寛延元年（一七四八）に大坂竹本座で初演されて以来、現代に至るまで人気演目のひとつである。

『仮名手本忠臣蔵』は江戸時代に中国語に訳され、題名を変えて何度か出版された。文化一二年（一八一五）に江戸で初版の『忠臣庫』が出版され、文政三年（一八二〇）の『海外奇談』、文政八年（一八二五）の『日本忠臣庫』等、繰り返し出版された。初版以外は、書名に「海外」や「日本」という言葉が冠せられている理由は、これらの中国語版の由来による。

中国語版は、清人の鴻蒙陳人《こうもうちんじん》による重訳である、とされる。各版本には、重訳に至った経緯が述べられている。

初版の鴻蒙陳人による題辞には、「偶然見つけた「忠臣庫」という奇書には海外の復讐譚が記されており、好事家が外国の戯曲を訳したものであるという。惜しむらくはその中国語が野鄙で拙く読むに耐えないものなので、水滸伝に倣って潤色、加筆修正した。宴席での話の種にでもなればと思う次第である」とあり、その後、一八二〇年版『海外奇談』以降に付された表紙見返りには、「清人が翻訳した我が国の戯曲が舶載されました。この珍しい書物に訓点を施し出版します」という内容の宣伝文句が記され、同じく一八二〇年版『海外奇談』以降に付された亀田鵬斎《かめだぼうさい》の序文は、初版の鴻蒙陳人の題辞を踏まえてはいるが、「ある学生が我が国の復讐譚を水滸伝に真似て翻訳した。清の国の人が感動し国へ持ち帰り、鴻蒙陳人という人物が加筆修正し、海外奇談と名付けた」とある。

いずれの記述も、『仮名手本忠臣蔵』には中国語訳がふたつあり、ふたつ目の中国語訳が鴻蒙陳人によって翻訳されたものだという点は一致しているが、題辞では、鴻蒙陳人が『水滸伝』をお手本に翻訳し直したと説明しているのに対し、序文では、『水滸伝』を模倣して翻訳された最初の中国語訳を、鴻蒙陳人が翻訳し直したと述べており、この点は一致していない。後から付された序文によって、『水滸伝』のように訳そうとした人物はいったい誰だったのかが、かえって明確ではなくなっている。さらにいえば、日本の復讐譚が清に持ち出されたのかどうかも定かではない。

ふたつの中国語訳

『仮名手本忠臣蔵』を、『水滸伝』のように翻訳しようとしたのは、いったい誰だったのだろうか。

　ここで少し、『仮名手本忠臣蔵』の中国語版翻訳者をめぐる研究史を繙いてみよう。

　最初に翻訳者問題に言及したのは、『近世日本に於ける支那俗語文学史』（一九四〇年刊）の著者である石崎又造氏である。石崎氏は、序文を書いた亀田鵬斎が真の翻訳者だろう、と述べているが、そのように判断する根拠は示されなかった。

　また、『海外奇談』（ここでは出版された中国語版『仮名手本忠臣蔵』を、この書名で呼ぶことにする）を読んでみると、日本人の名前や日本の地名などが随所に出て来るため、白話小説とはずいぶん違った印象を受けるが、そうした「違和感」はただそれだけが原因ではなく、訳語として使用されている語や語句に問題があるのではないかという指摘をしたのが、中国語学者の香坂順一氏であった。香坂氏も、鴻蒙陳人とはすなわち亀田鵬斎である、と結論づけられた。いっぽう、歴史学者の杉村英治氏は、『忠臣蔵演義』という書物の存在を挙げ、亀田鵬斎翻訳者説に一石を投じられた。

　『忠臣蔵演義』も、『仮名手本忠臣蔵』の中国語訳だが、出版はされなかった。この書物は、『早稲田大学漢籍総合目録』（一九三一年刊）に「忠臣庫ノ原本」との解題があり、実は早くから『忠臣蔵演義』と『忠臣庫』（『海外奇談』『日本忠臣庫』も含む）との関係は明かされていたのであった。

中国語版「忠臣蔵」二種の違い

では、『忠臣蔵演義』から『海外奇談』へ、どのように訳し直されているのだろうか。一例を、原文の『仮名手本忠臣蔵』（岩波書店『浄瑠璃集』所収）、『忠臣蔵演義』『海外奇談』の順番に並べるので、見てほしい。

コリャきついは。下に置かれぬ二階座敷。灯をともせ仲居共。
お盃お煙草盆と。（第七）
阿呀。好言趣話。官人請上樓去。（『忠臣蔵演義』第七回）
阿呀。好言高趣。不可下坐。請官人上樓去。嫣兒們你點火。安排酒杯。（『海外奇談』第七回）

この部分では、原文の「下に置かれぬ」「灯をともせ仲居共」「お盃お煙草盆と」を、『忠臣蔵演義』では訳しておらず、『海外奇談』では、それぞれ「不可下坐」「嫣兒們你點火」、部分訳ではあるが「安排酒杯」と訳している。

もう一例見てみよう。

朝夕に見ればこそあれ住吉の。岸の向ひの淡路嶋山といふ事知らぬか。自慢の庭でも内の酒は呑ぬ呑ぬ。（第九）
由良助道。早晩看算無有興。你們看住吉山對著粟島江。真个靠山枕滾。有這般好景致。尚且不要在家吃酒。（『忠臣蔵演義』第八回）
由良助道。你們染孫児。不諳詩情。我今誦一首好詩。教你聽見
住吉江邊水岸平　也看淡島接朝明
兩山光景都如是　朝望暮臨無片情
真箇山水。有這般好景致。還朝暮看見。都沒餘情。尚且小園中的假山盆水。有些趣、也不好的喫酒。
（『海外奇談』第八回）

この部分の原文は、弘和三年（永徳三年、一三八三）成立の『新後拾遺和歌集』第一六雑歌上に収められて

いる津守国冬《つもりのくにふゆ》の「朝夕に見ればこそあれ住吉の浦よりをちの淡路島山」という和歌に拠るが、『忠臣蔵演義』には和歌を訳そうとする痕跡は見当たらない。

対して『海外奇談』では詩情を七言絶句の詩に載せて表現しようとしており、総じて原文の語句を漏らさず、可能なかぎりすべてを訳出しようとしていると言えるだろう。場合によっては原文を補うかのように言葉を付け加えてさえいる。『海外奇談』で用いられている「染孫児」という語は、『海外奇談』の初版が出版される二四年前に出版された『小説字彙』（一七九一年刊）という辞書に収録されており、それによると「ブスイ者ナリ」と説明されている。原文の「（和歌に詠まれている）～といふ事知らぬか」の部分を、詩情を解さない野暮な人物だとして、「染孫児」という語で表現したと考えられるだろう。

白話小説を「書いた」人々

例に挙げたように、『海外奇談』には『忠臣蔵演義』とは訳文の異なる箇所や、『忠臣蔵演義』にはない語が多く含まれており、その中には『小説字彙』に収録されている語句も散見される。つまり、『海外奇談』は、『忠臣蔵演義』を骨格に持ち、そこに肉付けが施されたような姿をしているのである。その肉付けは、『仮名手本忠臣蔵』を十分に理解したうえで行われ、『小説字彙』のような辞書類から持って来た語句を付け加えた部分もあれば、訳者によってオリジナルに作文された部分もあったと考えられるだろう。そうであるならば、『忠臣蔵演義』が『海外奇談』として完成されるには、『仮名手本忠臣蔵』に精通し、白話小説の言葉らしく作文することの出来る人物が関わっていたはずだ、と考えざるを得ない。日本語の原作に忠実であり、日本で出版された辞書が関係しているとなれば、『海外奇談』はやはり日本人によって仕上げられた作品であると見た方が良いだろう。

ただし、『海外奇談』の作者を特定の個人に帰することはできない。というのも、『海外奇談』の原本であり、骨組みである『忠臣蔵演義』は、また別の人物による翻訳だからである。『忠臣蔵演義』の翻訳は、『仮名手本忠臣蔵』の描くところを余すことなく訳そうというものではなく、物語を読みやすくシンプルに訳している。この話し言葉らしい中国語の翻訳者は、一八世紀後半から一九世紀初頭にかけて活躍した長崎の唐通事、周文次右衛門であった。『海外奇談』の誕生には、『忠臣蔵演義』を翻訳した唐通事の存在が欠かせなかったと言えるだろう。『海外奇談』は、中国人鴻蒙陳人に仮託して出版するには、それなりの中国語で書かれている必要があった。その中核を担ったのが唐通事であり、『仮名手本忠臣蔵』の中国語訳に、その唐話の知識が発揮されたのである。目標とすべき『水滸伝』の白話が、口語を単に模したものではなく、文章語として高度に練られた芸術の言葉であったため、さらに別人によって手が加えられ、『海外奇談』として出版されたのだろう。

近代における中国語版「忠臣蔵」

『海外奇談』は、明治時代に入ってもなお息が続いて、『支那小説訳解』（一八九八年刊）に『遊仙窟』『水滸伝』『西遊記』『西廂記』などと共に収録され、「海外奇談は、清の鴻蒙陳人と号する者、我邦の院本、仮名手本忠臣蔵を漢譯したる者なり」と紹介されている。さらには海を越え、日本統治時代の台湾で『台湾日日新報』「漢文欄」の文芸欄「説苑」に明治三二年（一八九九）の八月から一二月まで連載され、ついに日本以外の土地で読まれることとなる。

日本の人気浄瑠璃作品は、白話小説になったことによって、より多くの読者を得たといえるかもしれない。

【参考文献】

武藤長平『西南文運史論』（岡書院、一九二六年）
石崎又造『近世日本に於ける支那俗語文学史』（弘文堂書房、一九四〇年）
香坂順一「『海外奇談』の訳者―唐話の性格」（『人文研究』一四巻七号、一九六三年）、『白話語彙の研究』（光生館、一九八三年）所収
杉村英治「海外奇談―漢訳仮名手本忠臣蔵」（『亀田鵬斎の世界』〈三樹書房、一九八五年〉所収）
宮田安『唐通事家系論攷』（長崎文献社、一九七九年）
斎藤希史「同文のポリティクス」（『文学』一〇巻六号、二〇〇九年）
奥村佳代子『近世東アジアにおける口語中国語文の研究―中国・朝鮮・日本』（関西大学出版部、二〇一九年）

第Ⅲ部　日本漢学をめぐる諸問題

第一章　近代文学と漢文小説
――依田学海の作品から考える

楊　爽

第一節　漢字文化圏と漢文小説

近年、日本・韓国・ベトナムを中心とした漢字文化圏における漢文小説の研究が注目を集めている。漢文小説は創作者の漢文素養に基づくものであり、それを検証することは、漢文学研究にとっても不可欠な一部分である。

日本における漢文小説は、江戸時代に流行したものだ。中国由来の漢学自体は、日本文学（文化）の基盤とも言えるほどに大きな影響を与えてきたことは周知だが、明治期になって衰微していく。しかし、明治期には名望のある漢学者の提唱や、日中両国における友好交流といった国際情勢などが影響した結果、短くはあるが、漢文がブームとなった時期がある。漢文の復興ともいえる状況に伴い、この時期には漢文小説の創作も少なからず行われた。この時代の漢文小説は江戸時代とは異なり、漢文の作文指導書の役割以外に、修身や道徳教育にも関わることが注目される。

一方で、漢文小説が創作されるのと同時期には、新しい「知」である西洋文学に強く影響された近代文学（近代小説）がその黎明期を迎えている。今日までの文学史では、こちらに重きが置かれてきたことも周知であり、これまでの枠組みでは漢文小説に対する評価は過少であったと言わざるをえない。しかし、本稿でみていくように、この新旧の交代、あるいは過渡期にこそ注目し、とりわけ漢学（そこにはもちろん漢文小説が含まれる）という視座から丁寧な検討をほどこすことは、近年注目されている、漢字文化圏を視野に収めた研究においても有意義である。

本章では以上の見通しのもと、新旧交代の過渡期における漢文の実相について、漢文小説というジャンルからの把握を試みたい。特に、『譚海《たんかい》』（明治一七・一八年〈一八八四・八五〉）という明治期に広く流布した漢文小説の書き手である依田《よだ》学海《がっかい》（一八三三―一九〇九）の作品を中心に、近代小説が芽生える時期の漢文小説の状況を概観した上で、近代文学と漢文小説の関係性、ひいては漢文の近代性について論じてみたい。

譚海卷之一
東京　依田百川學海著
美濃　杉山令三郎
北總　依田貞鑑耕雨　合評
巨盃
井伊直孝爲德川氏勳臣好飲一斗不
亂諸將迎宴必作巨觴進之直孝大喜内藤忠興請
直孝其筆亦以一巨觴容一斗者進之直孝喜曰請
主人先飲直孝雖一百觴可也忠興辭曰某無涓滴
之量敢辭直孝笑曰主人不能請陪

図１　譚海（国立国会図書館蔵）

第二節　漢文小説とその研究状況について

漢文小説とは、文字通り漢文で創作した小説のことである。日本人による漢文小説の創作は、奈良時代の『浦島子伝《うらしまこのでん》』に遡ることができる。特に、漢文学の全盛期である江戸時代には、長崎を通じて輸入された小説が日本の知識人に愛読され、作品の翻案や翻刻も盛んとなった。さらに、中国小説の影響の下で、日本漢文小説の創作もこの時代には広く行われた。表現形式も、最初期の記紀文学から志人志怪、雑説異聞、筆記叢談など、時代がくだるごとに多様化していく。無論、ここで論じる漢文とは中国語の意味ではなく、漢文学も中国文学を意味するものではない。同じく、漢文小説も中国小説とイコールではない。

さて、明治二〇年代、知識人のあいだに国粋主義が高揚していた頃に、依田学海（以下、学海）は萬代軒で開かれた文学会で「日本の詩文は漢土の詩文に非ずといへる」と題した文章を書いたことがある。[*1] 学海はその後、明治二四年（一八九一）四月三日、神田小川町の道徳館春季同窓会で「日本文学士は詩を学ばざる可らず」[*2]という講演を行う。ここでの「日本の詩文」つまり「詩」は、日本の漢詩文すなわち漢詩を指す。

詩と云ふば漢詩の事で、詩は御承知の通り、日本に古くから伝つて、此の如く西洋学の盛んならざる前は、学者と云ふば必ず詩を作るに限つて居る。日本人の脳髄には詩と云

＊1　『学海日録』（第七巻、学海日録研究会、一九九〇年）明治二一年一二月八日の記事による。原文は次の通り。「萬代軒にて開く文学会に赴く。けふは客員とありて、諸氏の演説講談あり。余も日本の詩文は漢土の詩文に非ずといへる題にて、一篇の文章を艸せり」。

＊2　講演の内容は二つに分けられ、『読売新聞』一八九一年四月九日、同月一〇日に掲載されている。

ふものが染み込んで居る。（略）[*3]

右の引用文では、漢詩は長い時期にわたり知識人の象徴と認識されているほか、日本の古典だという学海の認識が読み取れる。

たとえば、『懐風藻《かいふうそう》』の漢詩は六朝から初唐の詩風をならうことが一般的に知られるが、題材そのものは日本の風土文物からとられている。そのため、漢字はただの媒介にすぎず、日本人が作った漢詩は中国の詩とは別物であると言えよう。そのことは、漢詩よりも一段と高い漢文造詣が必要とされる漢文にしても同じである。つまり、日本の漢文小説を研究する際にも、中国からの影響はもちろん考慮する必要はあるが、日本文学としての独自性も重視すべきであろう。特に、近世から近代への転換期、換言すれば新旧の知が入り混じる時期に発生した明治期の漢文小説は、過渡期にこそ生じた意義を検討するときに重要である。

ところで、中国における日本の漢文小説研究者として著名な王国良《おうこくりょう》は、「試析日本漢文小説整理研究之進路与成績―以非宗教性作品為例」（『天津師範大学学報』二〇一三年一月）において、論文発表時期までに復刊・刊行された日本漢文小説の整理と、その研究の状況とを詳しく紹介している。それによれば、一九八〇年代までに復刊された代表的な漢文小説は以下のようになる。

武藤禎夫

『漢文体笑話書六種』（近世風俗研究会、一九七二年）

＊3　依田学海「日本文学士は詩を学ばざる可らず」（『読売新聞』一八九一年四月九日）に拠り、適宜に濁音、句読点を施した。

『嘶本大系』（東京堂、一九七九年）

浅川征一郎

『鴨東新話』（至文堂、一九七三年）

『大東閨語・春風貼』（日輪閣、一九八〇年）

『春夢瑣言』（太平書屋、一九九〇年）

山敷和男

『第二世夢想兵衛蝴蝶物語』（現代思潮社、一九八五年）

日野龍夫

『江戸繁昌記・柳橋新誌』（岩波書店、一九八九年）

そのほか、『新日本古典文学大系（明治篇）』（岩波書店、二〇〇五年）の中には、池澤一郎・宮崎修多・徳田武が校注した『漢文小説集』が収録されている。

目を台湾に転じれば、陳慶浩・王秋桂が編集した『東方艶情小説珍本』（台湾大英百科公司、一九九七年）の中にも日本漢文小説が収録され、『日本漢文小説叢刊』第一輯五冊（台北学生書局、二〇〇三年）の中には漢文小説三六部が収録されている。

また、日本漢文小説の研究者については、前田愛、徳田武、山敷和男、中野三敏、日野龍夫、内山知也、王三慶、李進益の数人を並べている。あわせて中国での研究状況について簡単に紹介し、朱眉叔、嚴紹盪、陳熙中、孫遜、楊彬、孫虎堂などの研究者を挙げている。このうち、孫虎堂は『日本漢文小説叢刊』第一輯に収録された作品を対象に、『日本漢文小説研究』（上海古籍出版社、二〇一〇年）として研究成果を出版している。また、先の王論文では触れられていないが、孫菊園、孫遜は学海の『譚海』を校注し、『東洋聊斎』（湖南文藝出版社、一九九〇年）として出版した。このように漢文小説に対する研究は、資料類の整理に伴って、日本国内だけではなく、漢字文化圏の近隣諸国においても注目されてきている。

先の王論文が発表されてからすでに六年ほど経つが、その間に漢文小説の研究範囲も拡大し、研究者及び研究成果も増加している状況にある。しかし、明治における漢文は衰える一方であったとの認識が固定観念化しているためか、漢文小説と近代文学とを視野にいれて論じるものは少ない。だが、文学をも含めた文化とは、過去からの遺産を伝えながら進展するものでもある。日本で長い歴史を有してきた漢文は、近代になり、表舞台からは退けられていくが完全に消えたわけではない。同じく、ある時代の当代文学は前代文学を摂取、または否定するにせよ、基礎に発生しているように、漢文小説も近代文学に対して少なくはない影響を与えている。そのため、近代文学あるいは近代文学史を考えていく上で、漢文に触れない訳にはいかない。漢文体の一種である漢文小説が、研究の視点から遠ざけられている状況それ自体を対象化する必要がある。

第三節　漢文小説の近代化——依田学海の作品から考える

『譚海』にみる漢訳の特徴

本節からは、依田学海の作品を事例に、明治漢文小説にみられる近代性について触れたい。学海は、「文壇の大老君文章家の泰斗」[*4]といわれるほど文章に長じていた。小説を好み、和漢洋の作品を広く読みあさった学海による小説は、「馬琴にして馬琴にあらず蘭山にして蘭山にあらず、実に一種いふべからざる高尚優美の雅調にして、之を貴族的小説の文章といふ、我れ甚だ此流の文章を好む、世間居士の小説を読むもの須らく先ずその文章を三誦すべし」[*5]と、同時代には評価されていた。彼の代表的な漢文作品が『譚海』であり、菊池《きくち》三渓《さんけい》はその序文で、『譚海』は学海が消夏の暇つぶしで「修史之料」にも「作文之標準」にもなるべき作品であると述べる。[*6]作品の題材についても、三渓は同序文で「近古文豪武傑佳人吉士之伝」及び「俳優名妓侠客武夫之事行」とまとめている。

明治期に漢文で記された人物伝記については、「近世中・後期から明治期にかけて盛行したのは、清朝筆記小説（文人が文言を用いて説話を筆記したり創作したりした小説）であった」[*7]と指摘される。そして、日本の漢文学者は筆記小説から「正史に見えない人物の行状を描く行き方」を学び、「市井の人物の伝を小説風に立てたりした」[*8]と徳田《とくだ》武《たけし》は述べる。ここで検

＊4　北郵散士「依田先生の「流転」の批評を読む」（『国民之友』第六七号、一八八九年）。

＊5　吉田香雨「学海居士　依田百川君」（『当世作者評判記』、大華堂、一八九一年）。句読点は筆者による。

＊6　依田学海『譚海』第一巻（鳳文館、一八八四年）。

＊7　徳田武「邦人作漢文小説俯瞰」（『新日本古典文学大系　漢文小説集』岩波書店、二〇〇五年）。

＊8　＊7論文。

＊9　前田愛「艶史・伝奇の残照」（諏訪春雄、日野龍夫編『江戸文学と中国』毎日新聞社、一九七七年二月）。

＊10　宮崎修多「漢訳文と明治

討対象とする『譚海』も、文言体の漢文で書かれ、庶民の人物伝を中心に小説風に記述した、短い筆記小説の形式をとっている。また、同作は前田愛が指摘していたように、「一部が聞見にかかるところ、大半は近世の随筆雑著の類に粉本を仰いで[9]」もいる。その後、宮崎修多は『譚海』の第一巻に収録された三〇篇の文章のうち一八篇の典拠を明らかにした[10]。その底本は、みな前田がいう近世の随筆雑著に属している。

そのほかの取材源については、筆者が知る限りでは、岳亭五岳《がくていごがく》（生没年不詳[11]）の『百家琦行伝《ひゃっかきこうでん》』から一七篇の作品を選び、それを一二篇の作品に編み直し、漢文訳をしている。また、山崎美成《やまざきよししげ》（一七九六—一八五八）の『名家略伝』から一七篇を取り、漢文に訳していた。肥塚貴正《こいづかたかまさ》（生没年不詳）の編『蝦夷風俗彙纂《えぞふうぞくいさん》』からは五篇を選んで漢文訳し、「蝦夷三孝子二貞婦《えぞさんこうしにていふ》」として一つの作品にまとめている。そして、「孝義復仇《こうぎふくしゅう》」という作品は竹内揚園《たけうちようえん》（一八二八—没年不詳）の『東毛復讐始末《とうもうふくしゅうしまつ》』によっている。

このように、漢文小説の素材が多く人物伝記によっていることは徳田の指摘する通りである。また、取材源に対して漢訳を行なうという手法は、宮崎の述べる「明治の紀事伝記は、単に典拠に材を採るだけではなく[12]」、その「多くは訳文であった可能性[13]」があるという論説にも当てはまる。

以上を踏まえ、筆者は前田や宮崎の論点を視野に入れつつ、学海の漢訳に際した姿勢を論じたことがある[14]。そこでは、人物伝記の本筋としてはおそらく事実ではなく、奇行や奇事の

の紀事文」（岩波書店文学編集部『明治文学の雅と俗』岩波書店、二〇〇一年一〇月）。

＊11　岳亭五岳の生没年は未詳である。二代目岳亭の存在を認めるかどうかによって、岳亭の履歴は大きく異なることになり諸説がある。康志賢は「初代と二代目岳亭の関係を通してみる二代目岳亭小攷」（『日本学報』第九七輯、二〇一三年一一月）で、二代目岳亭の存在を前提として、「嘉永初年没、明治二年以降没、万延二年一月を少々遡る頃没、安政三年以前没」と、初代岳亭の没年の諸説をまとめている。

＊12　＊10論文。

＊13　＊10論文。

＊14　楊爽「評伝から漢文小説へ—依田学海『譚海』にみる『名家略伝』の翻案方法」（『二松』第三一集、二松学舎大学、二〇一七年三月）。

強調であったため、それと関係が薄いと考え、史実的な情報を学海は削除したと結論づけた。学海は典拠を用いる際に、そのまま漢訳するだけではなく、人物の特徴や主題を強調するため、細部においては省略や加筆などを施している。作品中の人物像を際立たせるために、事実よりも「奇」を強調し、それと関係の薄い出来事が削除されることで、簡潔な作品を作り上げていく。ただし、典拠に手を入れる際に人物の特徴にのみ関心を向けたがゆえに、作品の構成が行き届いていない箇所も認められる。

しかしこういった人物を強調する手法は、例えば同時代における文学観とも呼応する面がある。例えば、石橋忍月《いしばしにんげつ》（一八六五—一九二六）が述べた「小説の元素材料は人に在り、小説の目的物は人に在り、小説の趣向は自然に人物の性より湧出せざるべからず」[*15]との評価軸には、人間に中心が置かれた文学観が認められる。

このように、従来の評伝に対して工夫を凝らし、人物中心の漢文体小説に仕立て上げていった学海の漢訳に対する記述姿勢は、明治一〇年代の漢訳、ひいては漢文の意味—つまりはそこに含まれる近代性—を再考する上でも有力な手がかりを与えてくれる。

「蝦夷三孝子二貞婦」と「噉蛇翁」の場合

それでは具体的に、学海の創作についてみてみよう。筆者はかつて、近世随筆類以外からの『譚海』の取材源と、その扱い方について論じたことがある。[*16]

---

*15　石橋忍月「報知異聞」（『国民之友』、一八九〇年四月三日）。

*16　楊爽「依田学海の『蝦夷風俗彙纂』受容—「蝦夷三孝子二貞婦」の典拠を中心に—」（『二松学舎大学東アジア学術総合研究所集刊』第四七集、二松学舎大学東アジア学術総合研究所、二〇一七年三月）。

まず、そもそも学海は『読売新聞』に掲載された「「落葉」の評」において、「小説家がその文章に「創見異聞」を載せ、読者の見識を広めることに工夫すべきである」[*17]との認識を述べている。しかも、「「創見異聞」の記述があるため、時代が変わっても、後世の人々は小説を通じて、当時の「風俗の一斑」をうかがえる」[*18]ような記述なのである。

学海のこのような小説観は「蝦夷三孝子二貞婦」によく現れており、原作の内容をよく把握したうえで、叙述順序の変更、ならびに省略・加筆によって、作品に新しい風味を与えている。また、原作に対する大幅な改変の結果、原作の持つ政治的色彩が薄くなり、元来の趣意を換骨奪胎することで作品の主筋が明確となり、人物中心の小説的な要素が色濃くなっている。

ところで、『譚海』のもう一つの主な取材源である『百家琦行伝』では、作者の岳亭五岳が序文で「癖」というキーワードを強調しつつ、「擧二奇傳數人一目為二百癖談一」と述べている。商業の発達にともなう個性の自覚、いわば「狂者」[*19]意識のもとで描かれる畸人伝類は、近世期にまま認められる。

天保六年（一八三五）に成立した『百家琦行伝』は、著者の岳亭五岳が四九人の伝記を五冊に収めた作品である。取り上げられる人物は、遊女、孝子以外に、医者、商人、俳人、狂歌作者など、その広がりは江戸社会の多層性を象徴していると言ってよい。学海はこの素材を用いる際に、作者が序文であらわした「癖」を念頭に入れ、『史記』の叙述様式の一種で

＊17　依田学海「『落葉』の評」（『読売新聞』一八九二年二月五日）。

＊18　＊16論文。

＊19　中野三敏「狂者論―雅俗・文人・狂者」（『江戸狂者傳』、中央公論社、二〇〇七年三月）。

ある「合伝《ごうでん》」方法を活用しながら、類似した人物を一つの伝記に収める。また表現を工夫したことによって、原作以上の文学性を備えた作品となっている。ここでは、その具体例を一つだけ挙げてみよう。

まず、『譚海』に収録される「噉蛇翁」、およびその典拠である「蛇隠居」を、①典拠②『譚海』の順に掲げる。

①外人は、釣竿をかけて、川狩にゆくなかに、這の老人のみは、野山を經めぐりて、蛇を數隻とり來り、是を按排して、酒のみて楽みける。這の人、俗やう御家流の美筆にて、壮き頃は、弟子そこばく有りしが、斯る奇癖ある人なれば、竟に弟子もみな來らず。「奈何なれば、然やうに虫を好み給ふぞ」と問ひければ、老人答へて、「世人獣の肉をさへ食する者あり。夫に合しては、虫は大いに上品の者なり」と云ひけり。（『百家琦行伝』「蛇隠居」）

②凡人皆釣レ於レ水、翁獨獵二於野一。人之所レ獲則魚蝦、翁之所レ網則蛇蝎。不二亦異一乎。翁善レ書、得意揮寫、龍蛇飛動、又好レ酒如三八頭蛇之飲二盡八瓮一也。或問人所レ嗜各異、然未レ有二如レ翁者一、何也。翁笑曰、鋭牙傷レ人、貪暴害レ物、非三狼與二猪一乎。人則食レ之、不二以為一レ恠、而異三予之食二小蟲一、吾所レ不レ解也。（『譚海』「噉蛇翁」）

右の①②を比べると、人々は釣竿を持って「川」に行き、老翁は「野山」に行って蛇を捕まえるという対比的な場面が導入部で述べられる点は両作とも一致するが、その表現方法は異なっている。学海②においては、「川（水）」と「野山」の対比以外に、収穫においても「魚蝦」／「蛇蝎」と明確に記述することで、「川（水）」と「野山」との照応性を強調している。これは、場面表現における学海の工夫と捉えることができよう。また、その二重の比較のもとで「不二亦異一乎」と記し、翁が人と「異」なることを学海は強調している。

さらに、典拠①は翁が蛇をとり肴にしていることを、ただ「酒のみて楽みける」と記すのに対して、学海②は修飾をほどこして「酒を好むこと、八頭蛇の尽く八瓮を飲むが如きなり」（好レ酒如三八頭蛇之飲二尽八瓮一也）と誇張している。また、典拠①にある「這の人、俗やう御家流の美筆にて」を、学海②はさらに詳しく表現し、御家流書体の特徴にまで触れて「翁善レ書、得意揮写、龍蛇飛動」と表現する。

そして、典拠①では人が蛇を食べる理由を尋ねた際に、翁は「世人獣の肉をさへ食する者あり。夫に合しては、虫は大いに上品の者なり」と返事をする。翁は、人々は獣さえ食べているのに、虫（蛇）ぐらいは大したことではないと主張しているのだが、獣と虫（蛇）とを同列に捉える理由についてては触れられていない。対して学海②では、作者の意図を読み取ったうえで、「鋭牙傷レ人、貪暴害レ物、非三狼與二猪一乎。」と述べ、具体的に狼と猪を獣の例として取り上げながら、狼や猪のような獰猛な動物さえ食べる人々が、「予の小虫を食するを異とするは、吾の解せざる所なり」（異三予之食二小蟲一、吾所レ不レ解也）と、翁にその心中を吐露させている。

以上の分析から典拠を漢訳する際、学海が作者の意図、あるいは筋を十分に汲み取ったうえで、さらに一歩踏み込んだ説明として、人物の胸中を描いていることが判るだろう。取捨選択以外にも、表現を工夫し、誇張などの修辞方法を用いることによって、学海の作品は典拠以上の文学性を備えたものとなっているのだ。

『東毛復讐始末』の場合

右にみてきた点は、学海が漢文小説集『譚海』を創作する際に、取材源を漢訳しながら工夫を施したことで生じた作品の変化を跡づけたものだった。検討した作品以外についても、それぞれが多様な材源を持つものの、学海の措置によって素材は新しい風味を備えるようになった点は共通している。

さて、先に触れた「孝義復仇」という作品も、典拠である竹内揚園の『東毛復讐始末』（嘉永四年〈一八五一〉）が、もともと漢文で書かれた作品のため、ここでふれないわけにはいかない。『東毛復讐始末』の作品自体はそれほど複雑なストーリーではない。石丸和雄はその筋を、次のように簡潔にまとめている。

事件は、粟谷村の金井仙右衛門というものが、石灰採掘の利権問題によって、同村の金井隼人に殺されたことに端を発し、仙右衛門の遺児でその時一二歳の金井仙太郎が、家の使用人広瀬寅五郎、奥州から来た剣客久保克明の援助によって、一一年後の一八五〇年（嘉永三）に復讐を遂げたという一件である。[*20]

作品タイトルの「始末」が示すように仇討を主軸としながら、事件の経緯を時間順に沿って記す点が特徴である。まず、仙右と直記・隼人との衝突から詳しく記述し、事件の背景ときっかけを述べ、復讐および復讐後の三人に対する裁判の段取りを、期日まで適切に説明した実録物となっている。

『東毛復讐始末』の利用方法について、学海は自ら「孝義復仇」の最後に付されている「百川曰」の部分で、「艾繁除蕪」の四文字を提示している。たとえば、石灰山をめぐって起こった仙右と直記および隼人の紛争について、典拠では、仙右の父親の借金というきっかけから事件の発展を追いつつ、詳細を惜しまずに叙述する。それに対し、学海は作品で「直記垂二涎灰山一窃謀レ奪レ之。隼人陰計居レ間、収二鷸蚌之利一、遂與二仙右一有レ隙、直記隼人遂摘二仙右過失一訴二於官一。」というふうに略述し、作品叙述の重点を、仇討側の仙太とその復讐に置いた。また、典拠にある仙太の祖母に関する話、すなわち一八日から二二日仇討ち当日までの準備および数回の失敗の話も省かれている。このような略述は、恐らく学海にとっては以上の内容が仇討の主筋と関係が薄い「繁」「蕪」の部分であり、人物像の表現にも特に役に立たないと判断されたためであろう。

また、先に記したように実録である『東毛復讐始末』は、時間軸を明確にしながら事件や出来事を詳細に記録する。しかし、学海の「孝義復仇」では典拠の筋だけを取り、大幅な省

*20　石丸和雄「竹内楊園について（上）」（『伊豫史談』二八八号、伊予史談会、一九九三年一月）。

略を加えた結果、作品の時間軸に典拠と大きな食い違いが生じてしまい、典拠のもつ実録性を喪失した文芸作品となっている。さらに、竹内安素の『東毛復讐始末』の序文・跋文によると、「稀なることで記録すべき」ということを記している。作品中でも「奇変」のような表現がみられ、「奇」はこの作品を作る動機を示しており、一つのキーワードとして挙げられている。翻って学海が注目したのは人物そのものに対してであり、「孝」や「義」の特色を表すことを趣旨としていた。この点を言い換えれば、『東毛復讐始末』での「奇」は「出来事」として注目されており、「人間・人物」に目を向けた学海は、人のなかの「奇（あるいは品行）」を描いたのだと言えよう。なお、人物の優れた品行は、もう一つの意味での「奇」として理解できる。

ここまでは、学海は『譚海』を創作する際にさまざまな工夫を施し、それは近世の評伝に新しい可能性を与えた試みであることを検討してきた。明治期は日本文学の過渡期と言われるが、この時期の文壇は、江戸期の名残を継承しつつも近代化に向かっている。漢文小説というジャンルも、学海の工夫によって、従来の「文」[*21]とは異なる独自性を持つに至るのである。本節で取り上げた学海の創作に引きつけて述べれば、出来事を中心に記述する近世の表現形式に足を据えながらも、人物あるいはその内面を描こうとする新しい表現（あるいは文体）で語ることは、漢文学者の学海が新しい時代のなかで示した自己革新の意識、つまりは近代性として、評価すべきであろう。

＊21　「文」とは、中国古典の形式を踏襲する創作（文章）意識として用いている。「文」と「文学」の概念に対する相違は近年注目されているが、ここではさしあたり次の論文を参考にあげておく。牧角悦子「「文」から「文学」への展開―古代変質の指標として」（『二松』三〇、二松学舎大学、二〇一六年三月）。

なお、補足ではあるが、文言体の漢文小説以外に、学海は「秋風道人」の号を用いた白話《はくわ》体の漢文作品を発表したこともある。*22 それは成島《なるしま》柳北《りゅうほく》（一八三七―一八八四）が主宰する『花月新誌』に掲載された「新橋佳話《しんきょうかわ》」（明治一〇・一一年〈一八七七・七八〉）、「七湯清話《しちとうしんわ》」（明治一一年〈一八七八〉）であり、また、学海が自らの妻の名前（藤井淑《ふじいよし》）で刊行した、白話体作品を多く収録する『当世新話』（明治八年〈一八七五〉）である。特に、維新後の新しい世相を反映する「新橋佳話」には、時事への風刺以外に、明治期の演劇改良にも力を入れた学海の演劇観もうかがえるのだが、従来の研究では見落とされてきた。『譚海』などの硬質の漢文で『史記』風の人物伝記を書いた学海が、白話体の漢文小説まで手がけていたことの持つ意味は大きい。時期から考えれば、これら世相に関心を寄せた白話作品の創作は、学海が明治七年（一八七四）に報知新聞社に入社したことと関係があると考えられる。

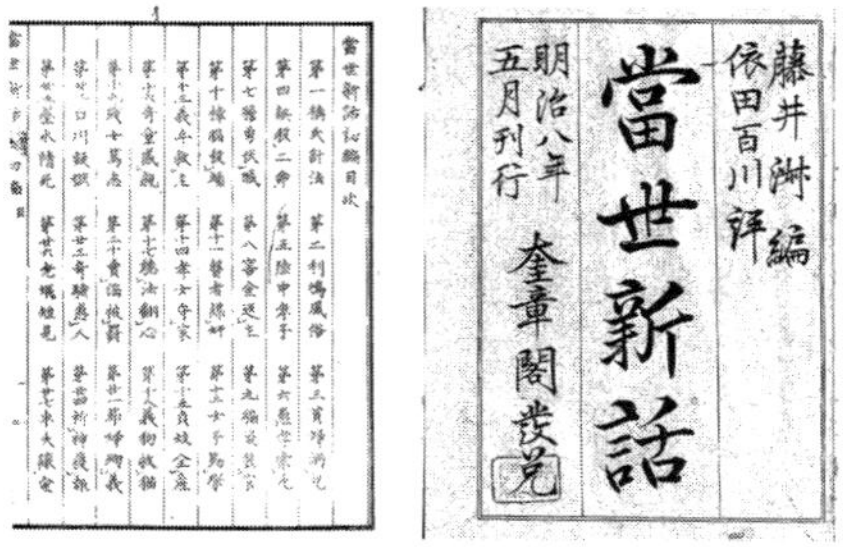

上：図２　当世新話
下：図３　依田学海と妻淑子（『帝国画報』第２年（6）、1906 年）（ともに国立国会図書館蔵）

第四節　漢文小説と近代性

本章では、依田学海の作品を事例

*22　楊爽「漢文白話体小説の書き手「秋風道人」とは誰か―依田学海の創作活動の一面―」（『人文論叢』、第九九輯、二松学舎大学、二〇一七年）。

に、漢文小説で志向された近代性について概観してきた。越智治雄は「新文学胎動期の依田学海」[*23]において、「学海が文学史になお記憶されるに足るのは、主として明治二十年代における創作、批評によるのだ」と述べている。越智が重視する期間は、明治一八年（一八八五）に学海が文部省を退官して創作に集中する時期であり、本章で検討した漢文体の作品はすべて明治一八年以前のものだが、それらは学海の「小道可観」[*24]という小説観を反映してもいる。学海のこの小説観は同時代の国文学者に批判され、保守や時代遅れとさえ言われたが、事後的な観点から評価する前に、同時代における作品の独自性を検討すべきでもあろう。

無論、今日からみれば、明治の漢文小説は勧懲や寓意といった古臭さを感じさせる点もあるだろう。しかし、明治期の漢文小説は、近世から続く漢文体文章による創作の蓄積の上に開花したものであり、特有の魅力を持っている。

最後に、新世代の文学者が西洋の小説を翻訳している時期に、学海は漢文の特長を活かし、中国の古典を翻訳しながら、新しい文学要素の組み込みを試みていたことも指摘しておこう。[*25]学海の活動は、小金井《おがねい》喜美子《きみこ》（一八七〇―一九五六）のような漢文の素養を備える新世代の文学者にも影響を与えていた。

新しい時代における漢文小説の創作や、翻訳・翻案活動から新しい形式をとった小説に対するその「保守」[*26]的な評論活動にいたるまで、幅広い活動を行った学海における自己革新の意識は、今日あらためて注目する意義がある。学海のように、紀伝などの伝統的な文体（文

＊23　越智治雄「新文学胎動期の依田学海」（『文学』第三三巻第一〇号、岩波書店、一九六五年）。

＊24　菊池三渓『本朝虞初新志』（吉川半七、一八八三年）に収録されている「俳優尾上多見蔵伝」の最後に付する「学海曰」による。そもそも「小説」については、早くは班固が『漢書』に、「小説家者流、蓋出於稗官。街談巷語、道聴塗説者之所造也」と述べ、「小説」を委巷常談や、道聴塗説などと認識していたことが知られる。一方で日本においても、中国の「小説」概念の影響を受け、街談巷語のような暇つぶしの娯楽として捉えられていた。学海の述べる「小道可観」とは、こんな「小説」でも読む価値―（学海が「落葉の評」において述べたように）その時代の風俗の一斑がわかる―があるという認識を表している。

章形式）を小説風に改めるなど、漢文に対する革新意識は、新しい時代に向かおうとする漢文世界内の取り組みであったともいえる。

このような漢学を基調とした視座が、これまでの近代文学史観から取りこぼされてきたため、学海ひいては漢文小説の営みまでもが現在の私たちの視界にうまく収まってこなかったのである。従来の「文」から漢文小説へと向かう学海の足跡は、和文の世界における小説中心の文学観の確立とも連動する。近代文学の黎明期でもある明治期において、和文学が近代化へと向かうその同時期に、漢文学にも並行した実験があったことは、記憶に留めておいてよい出来事なのである。

【参考文献】

興津要『明治開化期文学の研究』（桜楓社、一九六八年）

齋藤希史『漢文脈の近代：清末＝明治の文学圏』（名古屋大学出版会、二〇〇五年）

三浦叶『明治の碩学』（汲古書院、二〇〇三年）

越智治雄『近代文学成立期の研究』（岩波書店、一九八四年）

前田愛『前田愛著作集』全六巻（筑摩書房、一九八九年―一九九〇年）

＊25　楊爽「依田学海と『聊斎志異』―「小野篁」と「蓮花公主」との比較研究を中心に」（『日本漢文学研究』、第一二号、二松学舎大学東アジア学術総合研究所、二〇一七年）。

＊26　井上弘「依田学海の文学活動」（『近代文学成立過程の研究』有朋堂、一九九五年一月）。

■研究の窓■

論語と算盤

町　泉寿郎

『論語と算盤』とは大正五年（一九一六）に渋沢栄一《しぶさわえいいち》（一八四〇―一九三一）が刊行した著作のタイトルであり、また渋沢の平素からの主張である「道徳経済合一説」を平易に表現した標語としても「論語と算盤」は使用されてきた。

渋沢栄一は、武蔵国榛沢郡《はんざわ》血《ち》洗島《あらいじま》村（現、埼玉県深谷市）の豪農層の出身であり、従兄にあたる隣村の尾高惇忠《おだかあつただ》（後に富岡製糸場初代場長）から漢籍を学び、その土地柄もあって水戸学に傾倒する。江戸に出て儒者海保漁村《かいほぎょそん》の私塾伝経廬《でんけいろ》に漢学を学び、北辰一刀流《ほくしんいっとうりゅう》の千葉道場に学び、尊皇攘夷の志士たちとの交流を深め、文久三年（一八六三）には高崎城夜襲・横浜焼打を計画するに至る。計画が中止となって京都に出奔し、一橋家の用人平岡円《ひらおかえん》四郎《しろう》の知遇を得て、一橋家に仕官する。備中の一橋領における募兵活動では、井原の儒者阪谷朗《さかたにろう》廬《ろ》らの協力を得て成功を収め、主君慶喜の将軍就任にともない幕臣となる。次いでパリ万国博覧会に幕府使節として派遣される徳川昭武《あきたけ》に従って渡仏（一八六七―一八六八）。帰朝後はその欧州での見聞を生かして、明治二年（一八六九）年に新政府に出仕し、主に大蔵省において戸籍法・度量衡規則《どりょうこうきそく》・貨幣制度・太陽暦採用・国立銀行設立等に関与する。一八七三年に退官し、以後は実業界に身を投じて、第一国立銀行を設立。金融のほか、株式取引、紡績、船舶、鉄道、水道、石油、炭鉱、ガス、発電、製紙、麦酒、製糖等の事業を指導し近代日本経済の発展に寄与した。

尊攘運動に挺身した渋沢は、元来「国を憂ふるとか、社会を思ふとか云ふ念」が強く社会福祉活動にも熱心であった。早くから取り組んだ活動としては、大久保一翁《いちおう》から託された東京養育院（現、東京都健康長寿医療センター）の運営がある。養育院は松平定信発案の江戸町会所の七分積金に淵源を持ち、旧幕臣として幕府の遺業を後世に残す意味があった。日本製糖疑獄事件が誘因となり、明治四二年（一九〇九）、七〇歳を機に実業界の一線を退いた渋沢は、以後、儒教啓蒙、女子教育、宗教間対話、民間外交などの社会福祉活動に努めた。

実業界の牽引役を自任する渋沢にとって「道徳経済合一説」「論語と算盤」の主張は、「商工業者ノ智徳ヲ進メ人格ヲ高尚ニ」し「官尊民卑」の風潮を打破するためであった。したがって、その主張自体は年来のものであるが、特に七〇歳以降にその主張が顕著になるのは、前年明治四一年（一九〇八）一〇月一四日に渙発された「戊申詔書」と関係があると筆者は考えている。「戊申詔書」が国民に求める二途（経済発展と道徳涵養）と「道徳経済合一説」「論語と算盤」は照応する考えであった。

＊

渋沢栄一の『論語と算盤』に次のようにある。

一日、学者の三島毅先生が私の宅へござって、その絵を見られて、「甚だ面白い。私は論語読みの方だ。お前は算盤を攻究している人で、その算盤を持つ人が、かくのごとき本を充分に論ずる以上は、自分もまた論語読みだが算盤を大いに講究せねばならぬから、お前とともに論語と算盤をなるべく密着するように努めよう」と言われて、論語と算盤のことについて一つの文章を書いて、道理と事実と利益を必ず一致するものであるということを、種々なる例証を添えて一大文章を書いてくれられた。……大なる欲望をもって利殖を図ることに充分でないものは、決して進むものではない。ただ空理に趨り虚栄に赴く国民は、決して真理の発達をなすものではない。ゆえに自分等はなるべく政治界、軍事界などがただ跋扈せずに、実業界がなるべく力を張るように希望する。これはすなわち物を増殖する務めである。これが完全でなければ国の富はなさぬ。その富をなす根源は何かといえば、仁義道徳。正しい道理の富でなければ、その富は完全に永続することができぬ。ここにおいて論語と算盤という懸け離れたものを一致せしめることが、今日の緊要の務めと自分は考えているのである。

漢学者三島《みしま》中洲《ちゅうしゅう》（一八三一—一九一九、名は毅）が感興を覚えた「その絵」とは、東京瓦斯重役の福島甲子三が渋沢の古稀を祝って贈った書画帖の中にある、渋沢の「経済道徳合一説」を洋画家小山《こやま》正太郎《しょうたろう》が論語・算盤・朱鞘刀剣・シルクハットに託して描いた絵画のことであり、現在も渋沢栄一記念財団に伝存している。以前から親交のあった三島は、彼自身もかつて「義利《ぎり》合一論《ごういつろん》」を発表していたことから、渋沢との意見の一致を喜び、「題論語算盤図賀渋沢男古稀」（「論語算盤図に題して渋沢男の古稀を賀す」、『中洲文稿』三集所収）という一文を草して賛意を表した。三島は、世間では論語と算盤を分けて別のものと考えているが、それこそが経済不振の理由であるという渋沢の言葉を紹介し、論語と算盤が別々に描かれている「論語算盤図」は渋沢の主張の一を知ってその二を知らざる者であると評する。そして『論語』『孟子』『易経』から引用して、その「経済道徳合一」の主張が儒教古典の趣旨に合致するものであることを証し、儒教好きの渋沢にこれ以上ないお墨付きを与えたのである。

*

三島の「義利合一論」は明治一九年（一八八六）に東京学士会院で講演したものであり、渋沢の持論や「戊申詔書」が渙発された明治末期の時流に附和雷同したようなものではなく、三島がその師山田方谷から受け継いだ陽明学流の「理者気中之条理」「理気合一」や、『易経』文言伝の「義者利之和」（「利ハ義ノ結果」）に基づく、三島自身の思想と呼びうるものである。したがって、こうした三島の考え方は、彼の経書解釈にもはっきりと痕跡を残している。三島の『論語講義』から「利」について言及した章を見、あわせて、この三島の論語解釈が渋沢の『論語講義』にそっくりそのまま引き継がれていることを確認しておこう。

　子罕篇の「子罕《まれ》に言ふ、利と命と仁と」（孔子がめったに口にしなかったことがある、利と命と仁と）に関しては、三島は「利は義の和なり、義に全ければ利自ら至る、若し多く利を言へば則ち義を知らずして反て利を害す」と解し、渋沢はこの部分を三島中洲先生の言葉としてそのまま引用している。

　子路篇の、「子曰はく、速かならんと欲すること無かれ、小利を見ること無かれ。速かならんと欲すれば則ち達せず、小利を見れば則ち大事成らず」（すぐに結果を求めてはいけない。目先の利益に捉われてはいけない。目先の利益に捉われ、速く成果を出そうとすれば、肝腎の目的が成就しない。）に対しては、三島は「大事」とは「政の極処」のことであり、それは「民を富まして之れを教へ、義方を知らしむるに在り」と解して、民衆を善導するには先ず豊かにして、おいおい「義」に向かわせる。順序を踏まない速成は成功しないと解説している。これは朱熹《しゅき》などの普通の解釈とは異なる解釈だが、渋沢はこの場合も三島の解釈を特に断らずに引用している。

　渋沢の『論語講義』の初版は、「二松学舎長子爵渋沢栄一口話／二松学舎教授尾立維孝筆述」として二松学舎出版部から大正一四年（一九二五）に刊行されている。実際の編集者は漢学塾二松学舎の出身で司法省法学校を経て、各地で法曹を勤めた尾立維孝《おだてこれたか》（一八六〇－一九二七）であり、上記の例からも分かるようにその解釈に関しては基本的に三島の『論語講義』（明治出版社、漢文註釈全書、一九一七年）の解釈を下敷きにしている。そして通釈の後にしばしば挟まれる渋沢自身の個人的な経験や余談は、渋沢の別の著作『実験論語処世談』に収録されている渋沢のコメントを、それが言及されている論語の章句に配当する形で編集されている。したがって、渋沢の『論語講義』をそのまま渋沢の『論語』に関する素養、乃至解釈とみることは危険である。ただし、渋沢の個性がある程度出ている点（例えば、三島が引用しない亀井南冥論の引用など）もある。したがって渋沢の論語解釈の特色を見定めるためには、三島の『論語講義』の参照が欠かせない。

第二章　漢学・洋学・国学

町泉寿郎・佐藤賢一・城崎陽子

第一節　漢学——その範囲・内容・分類

『江戸明治漢詩文書目』『江戸漢学書目』

筆者はかつて、日本漢文資料データベース化の一環として、国文学研究資料館が運用していた国書基本データベースの検索結果などを利用して、江戸から明治期の日本漢詩文文献、および江戸期の漢学文献の冊子体目録を編成したことがある。日本漢文資料の範囲は、以下に説く、いわゆる「準漢籍《じゅんかんせき》」や「日本漢詩文」だけでなく、「和刻本漢籍《わこくぼんかんせき》」まで含むべきであると思うが、とにかく日本学の範囲・対象としてそれまで必ずしも対象化されていなかった日本漢文資料を日本学の対象として捉えようとする試みであった。

江戸から明治期の日本漢詩文文献を編成した『江戸明治漢詩文書目』では、同じく国書基本データベースから漢詩・漢文・漢詩文に分類されている文献を取り出した。明治期の文献については、国立国会図書館のデータベースによって取り出し、それらをあわせて刊行年・

成立年など年代の判明している文献に関しては年表化し、別に全部を書名と著者名の五十音順によって排列し編成したが、本章ではこれについてはひとまずおく。

江戸期の漢学文献を編成した『江戸漢学書目』では、国書基本データベースから漢学、および儒学に分類されている文献を取り出した。そして、いわゆる「準漢籍」[*1]に対しては漢籍のための四部分類を準用して分類し、それ以外の文献は書名の五十音順によって排列する二部構成で編集した。

一方、国文学研究資料館において「日本古典籍総合目録データベース」に新たな件名を付与し、分類するための「日本古典籍分類概念表」の確立のための共同研究が進められていた。[*2]筆者は両書目を編成したことがきっかけとなり、「分類研究会」に参加して、漢籍分類の立場から言うところの「準漢籍」と、国書分類の立場からいうところの「漢学」について、どのような分類が可能であるかを検討することになった。

日本古典籍の分類の見直しを行う場合、土台となる分類としては、『内閣文庫国書分類目録』（昭和三六―三七年発行）、および『改訂内閣文庫国書分類目録』（昭和五〇年発行）が一つの目安となる。

日本古典籍の立場をとる日本古典籍総合目録データベースには、当然ながら漢籍分類を準用して設けられた「準漢籍」という分類項目はなく、それに代わるものとして「漢学」「儒学」という分類項目があるものの、必ずしも依拠できるものではない。[*3]

＊1　「準漢籍」の定義については、長沢氏が『古書のはなし』（冨山房、一九七六年）においてその概要を示し、高山節也・高橋智・山本仁は「漢籍目録編纂における準漢籍の扱いについて」（『汲古』第四六号、汲古書院、二〇〇四年）において具体的文献名を挙げつつ、概念規定を提示している。

＊2　文部科学省研究助成による基盤研究A「日本古典籍分類概念表の確立と古典籍総合目録データベースにおける分類化促進」。

＊3　漢学と儒学とは、内容的に相互間に明確な分類概念が存在したとは考えにくい。例えば、「大学」と「中庸」を総称した「学庸」に関する注解書は儒学と分類されているが、「大学」「中庸」それぞれの注解書は漢学に分類されている。

いわゆる「準漢籍」とその問題点

漢籍や国書とは別に「準漢籍」を立項した目録は、管見によれば、漢籍書誌学で著名な長《なが》沢《さわ》規《き》矩《く》也《や》が編纂に携わった内閣文庫の目録こそが嚆矢と思われる。

中国古典に関する邦人注釈や編著など、いわゆる「準漢籍」は、『内閣文庫国書分類目録』および『改訂内閣文庫漢籍分類目録』（昭和四六年発行）に、それぞれ漢籍、国書とは別に立項され、その分類は四部分類に準拠している。ただし、著録基準には曖昧な面があり、医書、天文暦算、藝術、仏書の中には、明らかに準漢籍、あるいは漢籍として、子部の医家・天文算法、藝術、釈家の各類に分類することが可能な文献でありながら、国書として著録されているものが多い。これら子部の医家、天文算法、藝術、釈家の各類に見られるように、内閣文庫の漢籍、国書の両目録における「準漢籍」の分類基準は一定しておらず、全体として統一されていない。これは本目録における問題点の一つである。

また、漢籍と国書の中間に「準漢籍」を立項したことによって、国書の分類は、第一門「総記」、第二門「神祇（附国学）」、第三門「仏教」、第四門「言語」、第五門「文学」…の順となって、国書の中から「学問・思想」分野に分類すべき文献が欠落する事態を招いた。かつ「準漢籍」を除外したために漢学典籍が国書から減少し、「漢学」が独立を失うことになった。これは、日本学の対象範囲を考える上で、看過できないことである。

なお『内閣文庫国書分類目録』は、凡例によれば、その分類を『大東急記念文庫書目』（昭

＊4　内閣文庫の医書に関しては、石原明がその分類を分担したことが知られている。

和三〇年発行）に準拠したといい、実際には蔵書構成を勘案して『大東急記念文庫書目』の分類に適宜修正を加えている。内閣文庫では「準漢籍」として別掲されているものが、大東急では漢籍の中に入れ込んで四部分類して配列されている。『内閣文庫国書分類目録』以降、その分類に倣って「準漢籍」を立項する目録も増加したが、立項しない目録も依然として少なく、「準漢籍」に分類される書籍の内実は必ずしも安定的なものではない。

『内閣文庫国書分類目録』では、特定の中国古典に基づかない邦人論説などは、第五門「文学」の第二類「漢文」の第一項「総記　附漢学」や、[*5] 第十一門「教育」の第二類「教訓」に散在しており、[*6] かつ「教育」「教訓」と「漢学」の分類は各種目録によってその判断が分かれ、分類基準は必ずしも明確ではない。

全体として「漢学」が自立性・独立性を失っている感を否めない。

「準漢籍」の分類を立てない諸目録

無窮会《むきゅうかい》図書館の目録には平沼文庫第一輯（川合槃山《かわいばんざん》旧蔵、昭和三一年）、同第二輯（昭和三六年）、天淵《てんえん》文庫（昭和三九年）、神習《かんならい》文庫（昭和一〇年）、織田文庫（昭和一六年）、真軒文庫（昭和八年）などがあり、いずれも漢籍と国書とが別掲されず、漢籍の邦人注釈（いわゆる準漢籍）や、そのほか、論説などの漢学文献が四部分類的概念に基づく独自の項目により分類されている。準漢籍は、経・子部に相当する文献を「第六門　学術・論説」「乙　経書」

＊5　「総記　附漢学」の「漢学」に配当された典籍は、著作年代順に排列された後に、中国における儀礼・葬祭・井田に関する制度的な文献が附されている。他方、日本における儀礼、葬祭、井田については、順に、第九門「政治・法制」の第七類「典例・儀式」、第二門「神祇」の第三類「祭祀」の「(七) 葬祭」、第十門「経済」の第四類「地方」等に分類されている。政治・法制の股割き状態も、もう一つの問題である。

＊6　例えば、浅見絅斎『靖献遺言』、大塩中斎『洗心洞箚記』、貝原益軒『初学知要』など。

「丙　諸子」「丁　医学」などに、史部相当文献を「第二門　歴史・伝記」「第二部　中国」に、集部相当文献を「第七門　文学・語学」「丙　漢文学」に配当し、おおむね三分されている。そしてそれ以外の邦人論説などは、「第六門　学術・論説」「丙　諸子」に、漢籍とその邦人注釈とともに排列されている。

『東北大学所蔵和漢書古典分類目録　和書』では、いわゆる「準漢籍」を、経書、諸子類など経部、子部相当資料は大分類「二　哲学・宗教・教育」の中分類「(四) 儒教・諸子」のさらに下位分類「四　儒教古典注釈」「六　諸子」、あるいは同大分類の中分類「(五) 道教・術数」に分類し、史部相当文献は大分類「三　歴史・地理」に、経部のうち小学類、および集部相当文献は大分類「五　言語・文学」におのおの分類する。そして、ほかの邦人論説などの漢学文献については、前出中国古典注釈の経部、子部相当文献とともに「二　哲学・宗教・教育」の「(四) 儒教・諸子」に分類するが、その下位分類として、雑著的なものを「一　儒教総雑」、学術史的なものを「二　儒教史」、儀礼的なものを「三　儒教儀礼」に分類し、各人の論説は「五　儒教教説」に各編著者の学派別に分類している。

「漢学」分類試案

上記のような先行目録における日本漢学典籍の著録と分類の状況を参考にして、筆者らは以下のような分類試案を作成した。

四、漢学

一、漢籍注釈

（一）総記（二）五経（三）四書（四）孝経（五）儒家

（六）法家（七）雑家（八）道家（九）諸家

二、論説（漢学論説）

（一）総記（二）朱子学派（三）古学派（四）陽明学派

（五）折衷学派（六）諸派

いわゆる「準漢籍」に対して四部分類的な分類を施し、そのほかの邦人論説に対して儒学の学派別の分類を当てはめようとしたものであり、二部立てを脱し切れず、なんら新味のない分類とも映るかもしれないが、一試案として提示しておきたい。

では、漢学文献の全体を一元的に分類するためには、どのような方法が可能だろうか。漢学文献全体を四部分類により分類しようとする場合には、今回のように漢文文献の中でも人文科学系の思想分野に限るのではなく、まず、漢文・非漢文を問わず、現在、他分野に著録されている典籍も含めて、中国古典に由来する文献をすべて抽出した上で、新たに分類する必要がある。この方法も、四部分類という外来の分類を当て嵌める点で他律的ではあるが、中国の学術体系全体の中で、それを受けて生産された日本古典籍の全貌を把握するには、一定の有効性があるかもしれない。

（町　泉寿郎）

第二節　蘭学の導入

大方の読者にとって、近世日本における蘭学の起源を問われたとすると、その筆頭に挙げられるのは杉田玄白・前野良沢らによる『解体新書』（安永三年〈一七七四〉）の翻訳事業ということになるのではないだろうか。しかし、その歴史を詳細にたどってみると、さまざまなオランダに由来する学術の前例があることに気付かされ、この一般的な認識にはかなりの訂正を迫られることになる。

もちろん、蘭学の定義をどのようにするかによって、その起源自体が異なってしまう可能性は否めない。従来の通念に囚われず、オランダ語の本から日本語への翻訳作業を必ずしも伴わない、技能の伝授だけの場合も含めたオランダ由来の学術、という広い定義を採るならば、その事例は近世前半期、一七世紀の前半にまで遡ることになる。しかも、その技術の伝授や導入を積極的に進めていたのは幕府の上層部や一部の儒学者であった。

杉田以降の蘭学隆盛の時期のみに着目していては、その歴史の過半を見失ってしまうことになる。本節では、蘭学の揺籃期とも言うべき一七世紀の事例をいくつか紹介したい。

一七世紀の技術移転　砲術と測量術

一七世紀前半の国内事情を簡単に振り返ると、大きな出来事としては豊臣氏を完全に制圧した大坂夏・冬の陣に始まり、幕府は開港地を長崎一カ所に限る貿易統制と禁教政策を徹底し、旧教国勢力（スペイン、ポルトガル）を排除した。一方、九州の島原では島原の乱（寛永一四年〈一六三七〉）が起こり、その鎮圧に幕府は苦慮した。特に島原の乱はさまざまな反省要素を幕府に自覚させることとなり、次に述べるようなオランダからの技術導入の間接的な契機ともなっている。

一つは、江戸から九州までの正確な地理情報を幕府は把握していなかったことが大きな反省点となった。そのため幕府は、島原の乱の鎮圧直後に諸大名に命じて自領の地図「国絵《くにえ》図《ず》」を作成させた（寛永《かんえい》国絵図と呼ばれている）。これに基づいて幕府は日本全国図を作成している。[*7] この国絵図作成事業は、一七世紀の間に更に二度ほど追加実施されている（それぞれ、正保《しょうほう》国絵図〈一六四〇年代〉、元禄《げんろく》国絵図〈一六九〇年代〉と呼ばれる）。

もう一つは、城攻めの時に、砲撃があまりにも貧弱で、特に臼砲《きゅうほう》の不備が露呈したことであった。この臼砲の訓練を、幕府はオランダからの技術伝習に求めることとなる。

国絵図の改訂について見ると、寛永国絵図（寛永一五年〈一六三八〉着手）の際に、オランダ側からの技術供与があったかどうかは不明である。その後の改訂となる正保国絵図の際に、記録が残っている。慶安元年（一六四七）から翌年にかけて、オランダ商館長日記の記載に

＊7　国絵図の概要については、川村博忠『江戸幕府撰国絵図の研究』（古今書院、一九八四年）、同『国絵図』（吉川弘文館、一九九〇年）を参照。

よると、大目付《おおめつけ》・井上筑後守政重に請われ、オランダ側は数学と天文学に長じた商館員を井上邸に派遣して数学、天文学、地図について井上の家臣に講義したことが確認できる。二度にわたる講義は、国絵図作成のための技術導入の意図が有ったと推測される。*8

臼砲の射撃訓練に関しては、幕府は一六四〇年代にオランダに対して再三、砲術師範の派遣を要請している。

オランダにはこの要請を拒絶できない幕府に対する負い目があった。すなわち、オランダが幕府に対して秘密裏に日本沿岸の新航路探索を行っていたことが、ブレスケンス号事件（寛永二〇年〈一六四三〉）で露見してしまったためである。*9 その代償として砲術師範の派遣を呑まざるを得なかった。

この時の砲術演習には、砲手ユリアン・スヘーデルが派遣され、慶安三年（一六五〇）末から翌年一〇月まで江戸に滞在していた（射撃実習はわずか三日ばかりであった）。この間にユリアンは、軍学者・北条氏長《ほうじょううじなが》に砲術や攻城法、測量術などを指南したことが知られている。*10 その時に伝授された内容

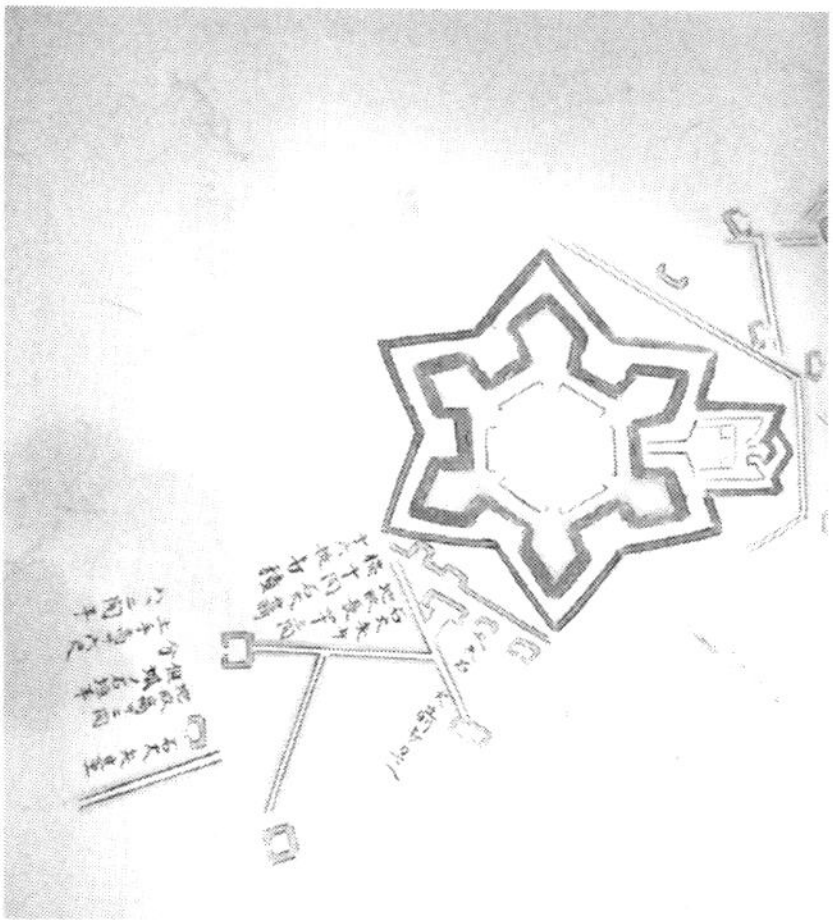

図１　『攻城』（武雄市立歴史資料館所蔵）
ヨーロッパ式の要塞の攻城法が図入りで紹介されている。北条氏長がユリアンより伝授された内容をまとめたもの。

*8　下記の拙論を参照。Ken'ichi Sato, *"Surveying in Seventeenth-Century Japan: Technology Transfer from the Netherlands to Japan,"* (HISTORIA SCIENTIARUM, Vol.23, 二〇一三年)。

*9　オランダのブレスケンス号が東北地方の太平洋沿岸の新航路探索中に難破し、現在の岩手県山田町に漂着した。このことから幕府に対する秘密活動が露見した。

*10　有馬成甫『北条氏長とその兵学』（明隣堂、一九三六年）第三章を参照。

の一部をまとめられたのが、北条氏長による『攻城《こうじょう》』である。

このように、幕府上層部は西欧の文化や技芸を忌避していたわけではなく、むしろ必要を認めれば積極的にオランダから技術導入を進めることを厭わなかった。技術導入の際には、必ずしも西欧の教科書やマニュアルが日本語に翻訳をされて知識が普及したわけではなく、『攻城』に見られるように、道具の実演や図の描き方など、実習的要素の伝授がほとんどであったと考えられる。このような受容形式であっても、オランダから諸技能が導入された事には変わりはなく、これをもって広義の蘭学と見做してもよいであろう。

なお、オランダから伝来した測量術は、一七世紀末に「阿蘭陀《おらんだ》流《りゅう》町《ちょう》見術《けんじゅつ》」として体系化される。慶安元年のオランダ人からの講義は短期間であったので、体系的に測量術が学ばれたとは考えにくい。北条氏長が受けた測量術であれば、指南の期間が九ヶ月もあり、十分に

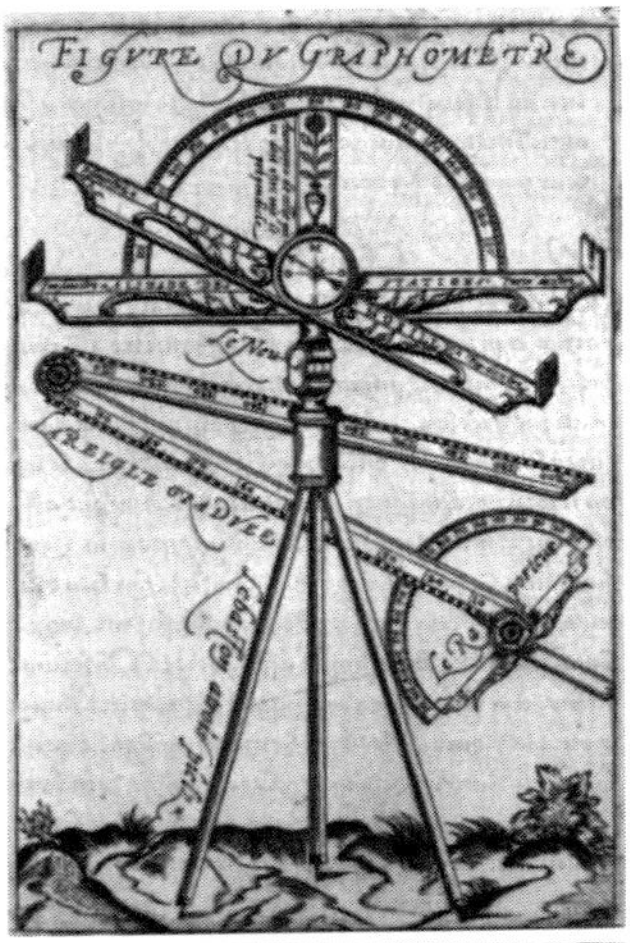

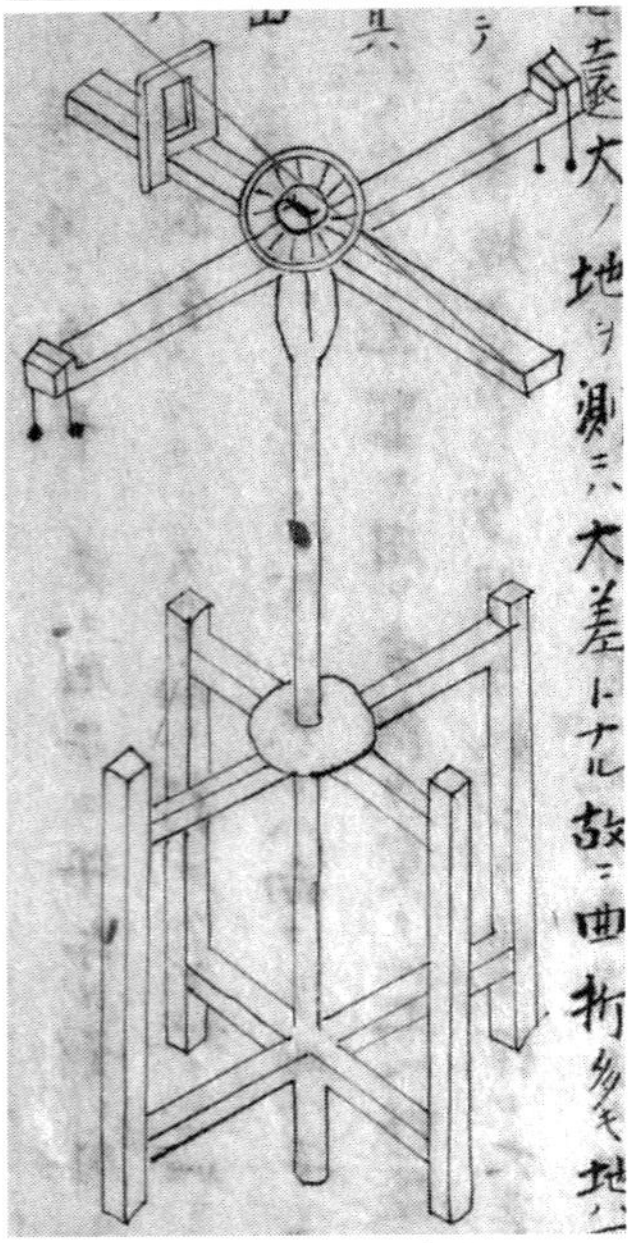

上：図２　グラフォメートル
（Philippe Danfrie, Declaration de l'usage du graphometre〈1597 年〉）より転載（カサナテンセ図書館蔵）。
下：図３　規矩元器『測量大成』（電気通信大学蔵）の一節　二本の腕が交差する中心に方位磁石を置き、一本の腕が自由に回転する構造で、目標物までの方位角を計測する道具。日欧で見事に構造が一致している道具。

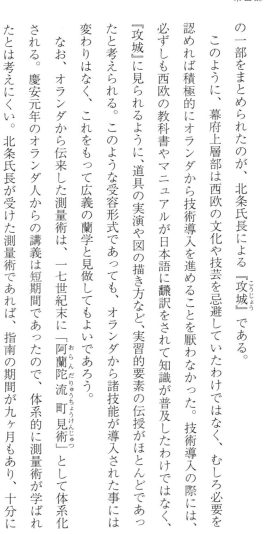

伝承は可能だったと考えられる。事実、オランダ側の記録によると、この伝習の際に「（オランダの砲術師は日本人に）測量を指導することに従事している」「（ユリアンは）ある委員のために市外の野原で一区画の測量をしたが、それは充分（日本人の測量結果と）あっており」などと記されている。*11

さらに、伝習の後、北条は明暦三年（一六五七）に、明暦の大火で焼失した江戸市街の詳細な地図をヨーロッパ式の測量術で作成している。*12 この北条の周辺から、各地にオランダ流の測量術が波及したという経路も考えられる。

いずれにせよ、一七世紀の末年頃にはいくつかの流派が国内に林立するが、最も流布したのは清水貞徳《しみずさだのり》がまとめた清水流の町見術であった。この流派の伝書にまとめられている道具類を見ると、西洋で用いられていたいくつかの道具がそのまま日本でも用いられていたことが判明する。*13

国絵図の作成期間中、測量を全国で実践していた当事者たちは、けっしてオランダ語の読み書き、ましてや飜訳などを担える人たちではなかった。しかし、技能としての測量術は西欧と日本でほとんど同じ技法が採用され、なおかつ、現場で適正に運用されていたのであった。

＊11　東京大学史料編纂所編『日本関係海外史料　オランダ商館長日記　訳文編之十二』（二〇一五年）七七―八一頁を参照。

＊12　北条氏長による明暦大火後の江戸市街図作成については、前掲＊10同書のほかに、深井甚三『図翁　遠近道印』（桂書房、一九九〇年）第二章も参照。

＊13　前掲＊8拙稿を参照。例えば、平板測量の平板、クロススタッフ、グラフォメートルといった器具類の取り扱いが日欧間で酷似している。

三宅尚斎と蘭学

一七世紀の漢学者で、本節で話題とした広義の蘭学にも関わった、意外な人物を紹介したい。それは、三宅尚斎《みやけしょうさい》（一六六二—一七四二）である。山崎闇斎《あんさい》門下として知られる尚斎であるが、彼は若年の頃に阿蘭陀流町見術を修得し、技能の一部が伝書としてまとめられるほどの知識を有していた。

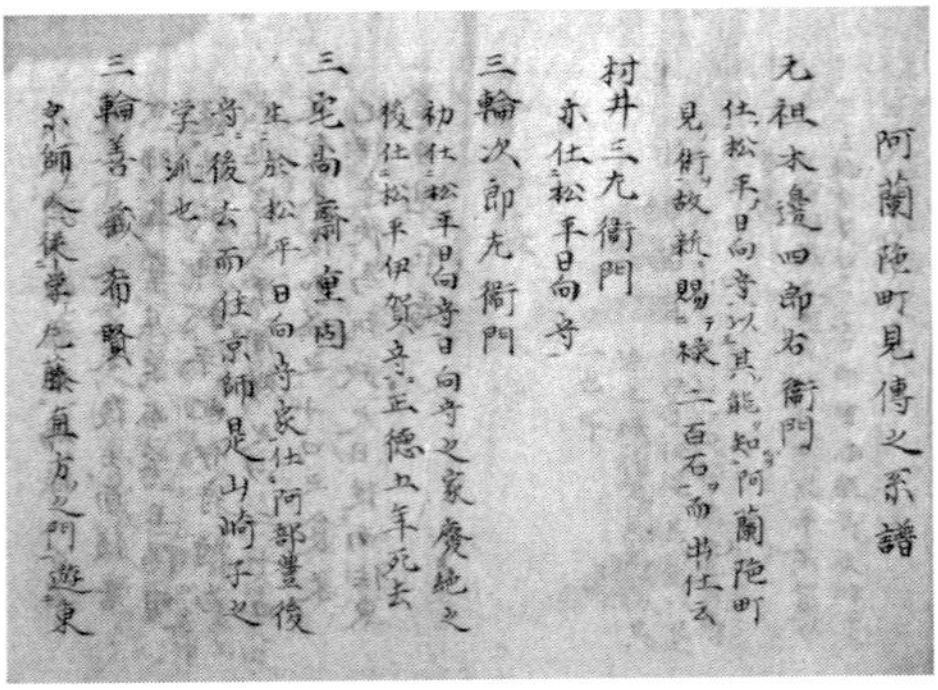
阿蘭陀町見傳之系譜
元祖木邊四郎右衛門
仕松平日向守以其能知阿蘭陀町見術故執賜禄二百石而出仕云
村井三九衛門
亦仕松平日向守
三輪次郎左衛門
初仕松平日向守日向守之家廢絶之後仕松平伊賀守正徳五年死去
三宅尚齋重固
生於松平日向守家仕阿部豊後守後去而住京師是山崎子之学派也
三輪善藏希賢
京師人従学於佐藤直方之門遊東

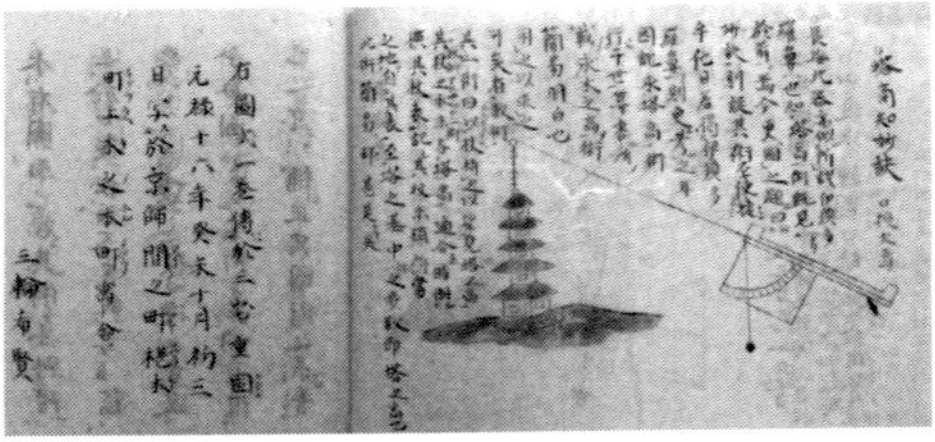

図４・図５　ともに『阿蘭陀町見』の一節

尚斎が町見術に触れた経緯は、主家であった藤井松平家中に町見術の伝承者である木辺四《きべし》郎右衛門《ろうえもん》がいて、その系譜に連なる人に直接師事したということになっている。尚斎が有していた町見術に関する情報については、門人の沼田敬忠《ぬまたたかただ》（伊予新谷《いよにいや》藩士・生没年不詳）が記録を残している。沼田は関流の和算《わさん》も修めており、町見術と和算に関する知識を対照させつつ、尚斎の測量術に関する一冊をまとめている。現在、長野市の真田宝物館に所蔵されている写本『阿蘭陀町見』一冊である。ここには尚斎の持っていた町見術の知識がまとめられている。[*14] 尚斎の測量術に関する知識は『阿蘭陀町見』を見る限り、非常に的確で技能全般に習

＊14　その概要については拙論「真田宝物館所蔵の測量術書について」（『松代』第一八号、二〇〇四年）を参照。沼田には著書に『小学九数名義諺解』『日月食考』がある。『小学九数名義諺解』にも三宅尚斎が町見術に秀でていたことを記している。

熟していたことがうかがえる。儒者としての評価に隠れて、この方面の業績がこれまで埋もれていたと言わざるを得ない。測量術の知識を有していたのは尚斎だけではなく、学問的に交流のあった三輪執斎希賢《みわしっさいまれかた》（一六六九―一七四四）もまた測量術を修めていた。そもそも『阿蘭陀町見』の原本を筆写していたのが三和希賢であり、両者の交友の深さが史料からも見て取れる。

さらに、尚斎には望遠鏡で天体を観測した際の印象のメモ＊15も残されており、西洋伝来の器物に対して、特に違和感も表明せずに利用している姿勢が伺える。そこには例えば、次のように記されている。

> 天鏡　将軍家ニ二ツ有松平右京殿ニ一ツアリ右京殿ノヲ去年［享保七年］カリテ見タルニ昴星ナト星ト星トノ間二間ホドニモ見ツル銀河モ皆星ニテ天鏡モトドカヌ遠キ星モアリテ白クノミ見ツル処アリ

昴《すばる》や天の川を望遠鏡（天鏡）で覗いた尚斎の感想である。尚斎は大地が丸いことも知悉し、そして朱子《しゅし》の時代には知り得なかった天文の知識を望遠鏡によって実見することのできる世代の朱子学者であった。彼の思想を考える上で、看過できない実体験であろう。

オランダの技術に対する受容者側の意識

このように見てみると、一七世紀当時の人々の中には、オランダ伝来の技術や知識に対し

＊15　沼田敬忠『日月食考』に付された一紙。筆者蔵本。

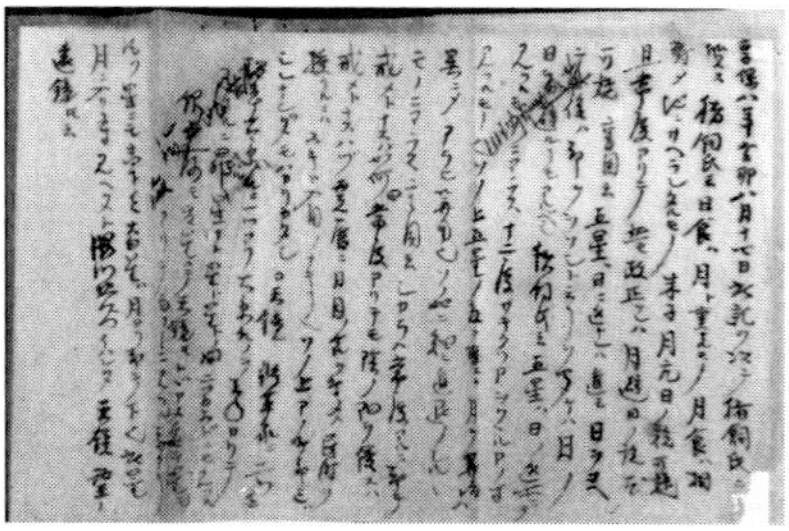

図6　『日月食考』に付されたメモ書き

てさほどの違和感を持たずに受容する素地があったように思われる。その背景にはどのような対外認識、オランダに対する理解があったのであろうか。

細井広沢（一六五八―一七三六）の『秘《ひ》伝《でん》地《ち》域《いき》図《ず》法《ほう》大《たい》全《ぜん》』（享保二年〈一七一七〉）という測量術書の記載に、次のような文言が確認される。

> 蛮人の機智巧思の精は或は和と唐の能く及ぶ所に非ざる者あり。（中略）その人の腸胃筋脈を図するや生きながら皮膜を剥ぎその骨肉を窩してこれを見るが如し。これ軒轅の睿かつ聖も未だ発することを得ざる所なり。地方を図するや大は溟渤山河城郭窟峒、これ未だその土を踏まずしてこれを懸に測り、小は市井阡陌曲巷迂逕一に瞬目を経てこれに影摹す。毫釐の微、歴として掌に示すが如し。これ姫旦の才の美未だ知るに及ばざる所なり（序文より）

> 先年阿蘭陀船本国ニ入テ商売スルコトヲ御免アリシ後彼国ノ人外科ニ長セル故ニ聖朝下聞ニ恥ザルノ余リ人命ヲモ済ハン為ニ其医方ヲ習シメ給フ又ピロウトノ一術精妙ニシテ天下万国ヲ図シ大洋ヲ家トシテ一度モ破船ノ憂ナキノ妙ヲ聞召テ国用ニ備ヘ人ノ才智ヲモ長セン為ニ是ヲ学ハシメ給フ（同総論より）

細井は序文において、自らが実見したところの西欧の解剖図（すでに細井の時代には解剖図は招来されている）や地図の精密さに驚嘆している。また、幕府がオランダ東インド会社と貿易をしている事実以上に、彼らが外科に長じていること、航海術（ピロート）が優秀で一度も難破したことがないことをもってして、将軍がこれらを日本人にも学ばせるよう英断を下した、と二つ目の引用では語っている。この二つ目の引用の主意は、細井が西欧に学ぶことの根拠や正当性を架空の歴史に求めた牽強付会以外のなにものでもないのだが、逆に細井がこれらの学術を信頼していることの裏付けにもなっていると言えよう。

細井より半世紀ほど後の人となる、仙台藩の暦学者・和算家である戸板保佑《といたやすすけ》（一七〇八－一七八四）もまた、『崇禎類書《すうているいしょ》』という天文学の叢書の序文で細井と同様の見解を述べている。

和蘭ハ固ヨリ機巧最勝ノ國、遠鏡時計ノ類、天文測驗ノ器物モ亦精巧奇絶。是レ天文曆數モ亦他邦ノ及バザル所以ナリ。故ニ西洋曆法ハ則チ古今ノ秀法、郭太史ト雖ヘドモ之ヲ知ラザル所有リ。（『崇禎類書』序文より／郭太史とは元朝の天文官・郭守敬のこと）

細井にせよ、戸板にせよ、彼らは現代の我々が戸惑いを感じてしまうほど、何の衒いも無くオランダをはじめとする西欧の文物・技術の優秀さを顕揚している。細井が見た西洋の解剖図や地図の精密さ、さらには、大海原を越えて日本に到達する事への驚嘆、それらの情報が細井や戸板にオランダへの畏敬の念を持たせたことは容易に理解できる。

後世、近世末期の一部の人士に見られた蘭学排斥のような雰囲気は、まだ彼らの世代には見られない。素朴と言えるほどのオランダへの崇敬の念が見て取れるのである。

かといって、それらオランダ由来の技能は、当時の日本人にとっては摩訶不思議な魔術の類ではなかった。実際に見聞きすることのできる手の届く範囲にあり、修得可能な技術でもあった。

測量器具も洋式時計も望遠鏡も、完全な国産化は難しかったとはいえ、一七世紀の日本人の実践家や職人が模倣できるレベルのものであったからこそ彼らはそれらを積極的に学ぶことができた側面がある。この点はぜひ強調しておきたい。

徳川吉宗による蘭学の契機

この時代の雰囲気を近世後半に向けて決定付けたのは、次に見る徳川吉宗（一六八四―一七五一）であった。オランダ商館長日記には、吉宗の意を承けた側近や学者たちがオランダ人を質問攻めにする場面がしばしば現れる。[*16] 吉宗がオランダ人に質問した内容は、天文暦学、工学、世界地理、家畜、法制など非常に多岐にわたるが、ここでは天文暦学、工学方面の質問のごく一部を取り上げたい。[*17]（［　］は筆者加筆）

［一七一七年四月九日］吉宗は家臣を通じてアストロラビウム（天体観測儀）を示させその用法を尋ねさせたが商館長一行の内知る者はいなかった。

［一七一八年三月三一日］通詞は色々な質問を記した紙を示し答を求めた。答は将軍（吉宗）に伝えられる由。（中略）第六問、我々一行の中に測量を解する者はいないか。器具を用い太陽の高さを測定できないか。答、当地では不可能である。

［一七一九年四月二二日］定宿長崎屋に幕府の天文方が訪れ天体運行の推移について尋

＊16　オランダ東インド会社の長崎支店の支店長がオランダ商館長、すなわちカピタンであった。商館長は在任中に江戸へ参府して、将軍に御礼を言上することが義務づけられていた。吉宗はその機会を捉えて、江戸滞在中の商館長一行にしばしば側近や学者を派遣して質問をしている。

＊17　以下引用した質問の内容については、今村英明「徳川吉宗と洋学」（『洋学史研究』二一号、二〇〇四年）を参照。

ねられ、適当な回答で勘弁してもらった。

［一七三五年四月二〇日］将軍の司書（御書物奉行）深見久太夫有隣が宿に［来て］（中略）主に天文学に関し質問し、私［商館長］は知っている範囲で答えた。

［一七三六年一〇月二六日］暦法を理解していて、将軍の儒者深見久太夫に知識を伝授できる者［としてオランダ人一名の派遣を依頼された］。

詳細は省略するが、吉宗は天文暦学方面の質問をしたほかにも、オランダ人に対して複数の望遠鏡や天文観測機器類を発注している。その記録もオランダ商館長日記に記されている。*18

吉宗は将軍在位中、オランダ人に対してほぼ毎年、何らかの質問を発している。その意を承けて派遣された側近・学者には、側用人の加納遠江守《かのうとおとうみのかみ》、儒者の深見久太夫《ふかみきゅうだゆう》の名が頻出し、ほかにも和算家の建部賢弘《たけべかたひろ》、暦学者の西川正休《にしかわまさよし》の名も確認される。

なぜここまで執拗にオランダから知識や技術を吉宗は求めたのであろうか。天文学の知識や観測道具類を求めたことについては、日本側の史料からも十分に推測できる。吉宗は在位中に新しい暦法への制定・改暦を希求しており、中国・オランダを問わず、天文学に関する知識を摂取しようと努めていたのであった。吉宗の改暦に向けた準備は将軍就任直後から始まり、晩年まで継続した。しかしながら、改暦は幕府の意向だけでは実現せず、朝廷の裁許を得なければならなかった。そのため、準備に時間がかかり、吉宗は改暦の実現を見ること

＊18　前掲＊17論文掲載［表一］を参照。

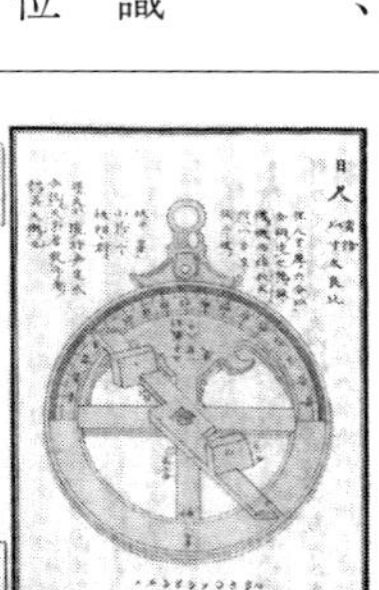

図7『分度余術』に描かれた「以寸太良比《イスタラビ》」（国立国会図書館蔵）　この器具（アストロラビウム）の用法を吉宗はオランダ人に問いただしたが、誰も知らなかった。

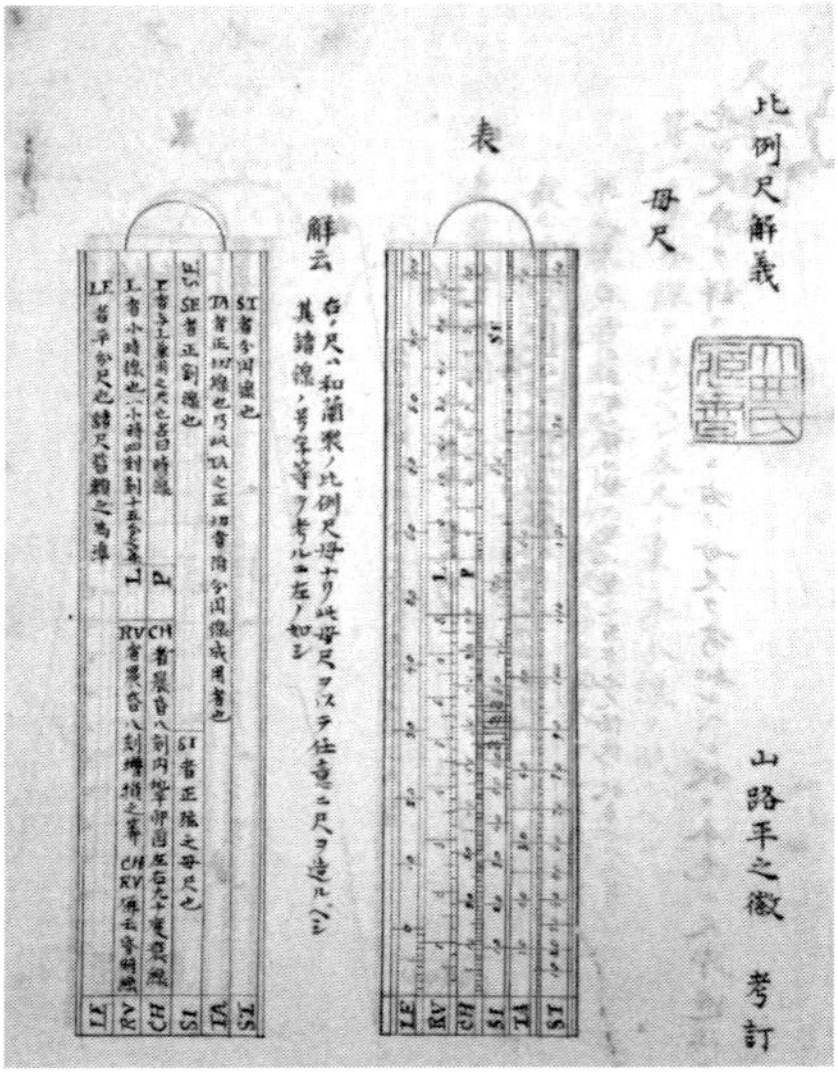

図８　山路之徽『比例尺解義』の一節（筆者蔵）
山路は幕府天文方で、吉宗に命ぜられてオランダの事物の研究に当たった一人。本書は西欧の計算尺についてまとめた用法書。随所に算用数字やアルファベットが記されている。

無く没する。改暦の実質的な推進者であった吉宗の没後、改暦事業は朝廷側の非協力的な態度も相まって失速し、西洋天文学研究の成果はほとんど導入されることなく「宝暦暦」が宝暦五年（一七五五）に制定された。*19

吉宗がオランダ人に対して質問をしたのは天文暦学ばかりではなく、産業、技術、法制、世界地理など、多岐に渡っていた。このようなオランダ人に対する質問攻めは、享保一七年（一七三二）三月一九日の通達によって、吉宗からばかりではなく「幕府の医師儒者たちが質問の為オランダ人を江戸の宿に訪問するのは以後自由」との形で、将軍の命を承けない幕府関係者にも門戸が広げられた。*20 この点は従来強調されなかった史実であるが、実質的にオランダ人と幕府所属の学者たちとのコミュニケーションを促進した事は想像に難くない。これをもってして蘭学の本格的な勃興と見做しても良いほど、この学術交流の緩和措置は重要な転機であったと筆者は評価する。

＊19　この宝暦暦は制定直後に日食の予報を外してしまうという失態に見舞われる。その後、幕府天文方は幕末に至るまで西洋天文学の研究摂取に邁進し、寛政暦（一七九八年）、天保暦（一八四三年）へとその成果を蓄積していく。

＊20　前掲＊17同論文、七二頁。

むすびとして

吉宗の精力的なまでの海外知識導入の意欲、必要があればオランダ人専門家をも招聘しようとした意気込みはどこから出てきたのであろうか。吉宗は将軍就任直後から、幕府所蔵の図書文書類を使って研究に余念の無かったことが当時の記録から明らかになっている。明王朝の地誌や法令、暦法などの参照に余念無く[*21]、さらに、ここでも見たようにオランダからも知識を導入しようとしていた。斯様に勉学熱心な吉宗の本心を語る史料は残念ながら残されていないが、あえて推測を許すならば、政治改革、財政改革、産業振興に邁進した将軍吉宗が、国内外を問わぬ実学重視の方針を極めたことによる必然的な到達点がここであったと言えるかもしれない。

このような一七世紀前半から半世紀以上にわたるオランダ由来の技術導入の準備期間があったことで、吉宗以後の世代にも蘭学の研究機運は持続し、さらに裾野を広げていくことになった。その延長上に杉田玄白・前野良沢の『解体新書』が位置付けられると言えば、含意するところは理解していただけるはずである。

（佐藤賢一）

＊21　大庭脩『漢籍輸入の文化史』（研文出版、一九九七年）第八章を参照。

第三節　国学と漢学

国学の胎動

国学とは、日本人や日本文化のアイデンティティーを古代社会に探ろうとする思想や学問をいう。主に、近世期の思潮としてとらえられ、時代的な流れによって、「倭学（和学）」とか「古学」とも呼ばれる。学問の目的とするところが、日本人や日本文化の究明にあるため、漢学とは対極の学問といえる。しかし、国学の胎動は対外的な学問の体系に対する志向として生み出されているのであって、国学と漢学は時として交錯する学問であるといえよう。

江戸初期から商業出版が盛んになり、古典やその注釈が刊行されて研究の条件が整った。そして、これまで歌道家の学問として師子相承として伝授されてきた歌学《かがく》が、木下長嘯子《きのしたちょうしょうし》（一五六九―一六四九）や木瀬三之《きせさんし》（一六〇六―一六九五）、下河辺長流《しもこうべながる》（一六二七―一六八六）、戸田茂睡《とだもすい》（一六二九―一七〇六）といった歌人らによって、自由に討議することへと広まった。

また、時代の変化に対応する神道理論の形成を目指す動きが、儒家、神道家においても活発になり、さらには水戸藩主徳川光圀（一六二八―一七〇〇）が『大日本史』の編纂に着手したことが自国の歴史や文化に対する学者の関心を高めた。これらのことによって国学が究明される環境が整えられたと考えられる。そして、国学が一つの思潮として成り立つ直接的な原因としては、水戸藩の文化事業の一つとして万葉集の注釈書を刊行することが計画されたことが大きな要因としてあげられよう。[*22]

契沖から荷田春満へ

水戸光圀の依頼によって制作された契沖《けいちゅう》（一六四〇―一七〇一）の『万葉代匠記《まんようだいしょうき》』は『万葉集』の用例や『万葉集』と同時代の他の古典―『古事記』や『日本書紀』など―の用例を根拠として、万葉の時代における意味、用法を客観的、実証的に追及することによって歌の意味を明らかにするとともに、史書の記事などに基づいて作品の背景を考え、類歌や、時には漢籍、仏典の記事も参考資料として援用し、古人の心情を客観的に考察することに努めて作意を明らかにしたものであった。[*23]

初稿本、精撰本と二度にわたってなされたこの研究によって歌を解くための文献学的方法が確立され、これを基本として、『万葉集』の読解を中心に国学は学問的体系を整えていくのである。

ところで、国学の研究意義を明らかにしたのは荷田春満《かだのあずままろ》（一六六九―一七三六）である。春満は『創学校啓』において次のように述べる。

神皇之教。陵夷一年。国家之学廃墜。存十一於千百。格律之書氓滅。復古之学誰云問。和歌之道敗闕。大雅之風何能奮。今之講神道者。皆陰陽五行家之説。世之談話歌者。率

＊22　城﨑陽子「近世期における万葉集研究」（『日本文学研究ジャーナル』五号、古典ライブラリー、二〇一八年）。

＊23　前掲＊22同拙稿参照。

円宗四教儀之解。非唐宋諸儒之糟粕。則胎金両部之余瀝。非鑿空鑽穴之妄説。則無証不稽之私言。（中略）若出琢玉之器。則柿本人之教再奮于世。幸有命世之才。則尽敬王之道不委乎地。六国史明。則豈翅。官家化民之小補乎。三代格起。則抑亦。国祚悠久之大益哉。万葉集東方之詩経。学焉則無面墻之譏。古今集者衆中精選。不知則有無言之誡。

春満は日本古来の「神皇の教（これがのちに「古道」とも呼ばれる）」と「和歌の道」が、儒教、仏教の盛行によって、廃絶の危機にあることを憂慮し、神皇の教えを復興するために、国史、律令格式の研究と和歌の研究とを柱とする「復古の学」を提唱した。注目すべきことは、「尽敬王之道」として、歴史や律令を「官家化民之小補」「国祚悠久之大益」として重視するのと同じように『万葉集』や『古今集』を学ぶことの重要性を説いている点である。特に『万葉集』を「東方之詩経」と位置づけ、春満が漢学における「詩経」の思想を日本の和歌に取り入れ、日本の和歌を一つの思想で統一的に説こうとする点は国学と漢学が交錯する点として注目される。

こうした国学の研究目的、研究分野、研究方法を「神祇道学」といった思潮をたて、始めて統一的に論じたことは春満の功績である。しかし、春満は、この思潮にあわせて研究を再構成することがなかったので、彼の意図を充分に反映させることができなかった。

賀茂真淵から本居宣長へ

春満の考えを継承したのが賀茂真淵《かものまぶち》（一六九七―一七六九）である。真淵は、『万葉集』研究の総論とも言える「万葉集大考」の中で、「すめらみ国の上つ代のことをしりとほらふわざは、古き世の歌をしるゆさきなる物はなかりけり」といい、春満が主張した「神皇の道」の究明には「古き世の歌」つまり、古人の心と詞を知ることによって、はじめて可能になるとし、古人の心と詞を知るには、古人の歌文を研究すべき事、特に古語の宝庫である『万葉集』を研究すべき事を主張した。

一方、真淵の時代は、「歌の用」として、和歌を学ぶことの意義を問われた時代でもあった。同じく「万葉集大考」の中に「末にやんごとなき大殿へまゐりて、ふせいほの所せき心を見ひろめ、思ひあらためてゆこそ、いさゝか雄々しき日本だましひはおぼえけれ」とあり、真淵が田安宗武へ出仕したこととともに、『万葉集』を解くことに対する絶対の信念を「雄々しき日本だましひ」とまで言い切ることは、先にも述べた「歌の用」の問題が背景にあるからであろう。

真淵の門下は多士済々で、国学は儒学に対立する学派としても広く認知されるようになる。真淵の古道研究を継承したのが本居宣長（一七三〇―一八〇一）であった。宣長は真淵のいうところの「日本だましひ」を『古事記』を解くことによって継承し、これを強固に保つために、「からごゝろ」を排斥するという志向を生み出したのである。

宣長が言う所の「からごゝろ（漢意）」とは、例えば『うひ山ぶみ』に次のように記されている。

道を学ばんと心ざすともがらは、第一に漢意・儒意を清く濯ぎ去りて、やまと魂をかたくすることを要とすべし。

宣長は「漢意（からごゝろ）」は漢国の風儀を好み、かの国を尊ぶことだけを言うのではなく、あらゆることの善悪是非を議論し、物事の道理を定めると言ったこと、これらすべてが漢意の趣であるという。それは、漢籍を全く読んだことのない人でも、何事にも漢国を良しとしてそれを学ぶ世の習いが千年以上も続けば、自然にそういった風潮が世の中に行き渡って、人の心の中に染みついて、それが日常の普通の状態になった。それゆえ、自分は漢意をもたないと思い、これは漢意ではない、当然の理だと思う事柄も、実は漢意からなはれられなくなっているのである。従って、「漢意・儒意を清く濯ぎ去」ることは容易ではないが、「やまと魂」をかたくし、国学の道を究めることを一心に思うことが大切だというのである。

しかし、宣長の言説には、「古学」への傾倒はみられるものの、「歌の用」といった問題に直面した真淵のような強烈な志向は認められない。むしろ、「からごゝろ」を排斥し、純粋に上代の作品読解へ向かう志向が鮮明になったといえよう。

宣長以降、門人は拡大し、その研究は拡散していく。そうした鈴屋門下とは別に、生涯土佐の地を離れることなく、『万葉集』の注釈を行い、『万葉集古義』を記した鹿持雅澄《かもちまさずみ》（一七九一—一八五八）について触れておく。

雅澄がなした『万葉集古義』という注釈は、その書名に「古義」という語を持つ。この語には本来「後世の誤った解釈を取り除いて『古』の本来の『義』を初めて明らかにしたという自負が込められている。[*24] つまり、雅澄の著した『万葉集古義』は、ここまでの強烈な志向性に導かれた『万葉集』の「注釈」を純粋に歌の意味を問う形にしたという意味が含まれていたのである。

ちなみに、明治天皇のお手元金によって『万葉集古義』が版行されるのは明治に入ってからである。

國學院大學の設立

「王政復古の大号令」によって、明治政府が樹立され、日本は大日本帝国憲法の制定をもって、立憲君主制国家としての道を歩み始めた。神道国教化政策に従い、明治三年（一八七〇）に神道をベースとして国民教化政策を目指した「大教宣布《だいきょうせんぷ》の詔《みことのり》」に「治教を明らかにし、惟神の大道を宣揚すべし」とされた政策の主旨と、その詔によって目指した国民教化に沿って教育が広く行われるようになる。この教育が具体化したのが國學院大學の開学である。

明治維新当初、日本国民の民心教育が神祇省を含む教部省にゆだねられた。明治五年（一八七二）一〇月には、教部省と文部省が合併され、日本の教育制度が本格化する。つまり、神職が教導職を兼ねることによって、「神道」が国民教化に盛り込まれることになったのである。

＊24　田尻祐一郎「儒教から国学へ―堀景山の位置―」（『文学研究の思想―儒学、神道そして国学』東海大学出版部、二〇一四年）。

この体制は明治一五年（一八八二）に神官と教導職兼補が廃止されたことであらためられるが、皇典研究と神官教育の必要性は具体的な課題として残ることになった。

一方、明治一五年に東京帝国大学に古典講習科が付設された。このことに刺激されて、皇典の研究と神職の養成を兼ねた組織が設計され、同年一一月に國學院大學の母体となる皇典講究所が設立、開講されるのである。

ちなみに皇典講究所で教育されるのが「国史」「国文」「国法」であり、近世期における国学の流れはここに学問の場としての形を伴って集結することになる。

皇典講究所の建学の精神は、初代総裁・有栖川宮幟仁親王の告諭に明らかである。

皇典講究所仮建設成ル、茲二良辰ヲ撰ビ、本日開黌ノ式ヲ行フ、幟仁総裁ノ任ヲ負ヒ、親ク式場ニ臨ミ、職員生徒ニ告グ、凡学問ノ道ハ本ヲ立ツルヨリ大ナルハ莫シ、故ニ国体ヲ講明シテ立国ノ基礎ヲ鞏クシ、徳性ヲ涵養シテ以テ人生ノ本分ヲ尽スハ百世易フベカラザル典則ナリ、而シテ世或ハ此ニ暗シ、是レ本黌ノ設立ヲ要スル所以ナリ、今ヨリ後、職員生徒ノ意ヲ体シ、夙夜懈ルコト無ク、本黌ノ隆昌を永遠ニ期セヨ、

明治十五年十一月四日

一品勲一等　有栖川幟仁親王

明治二二年（一八八九）一月、山田顕義（一八四四―一八九二）が皇典講究所所長に就任した。そして、同年二月一一日に大日本帝国憲法が発布され、明治二三年（一八九〇）一〇月に教

育勅語が発布されている。

皇典講究所の使命である「皇典の考究と国体の講明」は、一方で憲政の基礎を固めることにも通底していた。従って、この一連の動きと連動する形で皇典講究所の拡充計画が持ち出され、同年一一月に初代院長に高崎正風《たかさきまさかぜ》（一八三六―一九一二）を迎えて國學院大學が創設されたのである。

ところで、國學院大學の講義科目には「漢文学」が含まれていた。[*25] 国学といい、日本人のアイデンティティーを究明する学問ではあったが、内へ籠るだけでなく、対外的な学問体系を対置させながら国学を成立させていったことは言うまでもなかろう。

（城崎陽子）

*25 『國學院大學百二十年小史』（國學院大學、二〇〇二年）。

【参考文献】
『江戸明治漢詩文書目』（二松学舎大学二一世紀COEプログラム、二〇〇六年）
『江戸漢学書目』（二松学舎大学二一世紀COEプログラム、二〇〇六年）
町泉寿郎・清水信子「日本漢学文献の分類について」（『日本漢文学研究』三、二松学舎大学、二〇〇八年）
日蘭学会編『洋学史事典』（雄松堂出版、一九八四年）
佐藤賢一『近世日本数学史―関孝和の実像を求めて』（東京大学出版会、二〇〇五年）
磯野直秀『日本博物誌総合年表』（平凡社、二〇一二年）
陳力衛『近代知の翻訳と伝播―漢語を媒介に』（三省堂、二〇一九年）
『国学院大学百年史』（国学院大学校史資料課、一九九四年）
『明治維新と平田国学―特別企画』（人間文化研究機構国立歴史民俗博物館、二〇〇四年）

藤田大誠『近代国学の研究』（弘文堂、二〇〇七年）
城崎陽子『近世国学と万葉研究』（おうふう、二〇〇九年）

【付記】本稿の執筆者・城崎氏は編集中の二〇一九年五月二八日に逝去されました。参考文献と執筆者略歴については、本巻の編集者である町の責任において補いました。

第三章『論語』と近代文学

江藤茂博 編

第一節　近代日本文芸と『論語』――それぞれの孔子像

古典を題材にした小説を発表した芥川龍之介[*1]は、この作品で歴史小説のスタイルを大きく変えた。代表作『羅生門』（一九一五年一一月）にあるように、芥川の歴史小説は、そこに近代人の内面を描き込むという手法であった。[*2]歴史的な事件や変転をそのまま物語として描く、同時代の歴史小説とは異なっていたのである。つまり、芥川的な歴史小説は、物語の時空を過去の時代に配置しても、そこで生まれるドラマは近代人のそれだったのだ。

やがて、小説が登場人物の内面を描くこととほぼ同じ意味になってきた二〇世紀では、従来の歴史小説の主人公の内面造形にも影響を与えていく。芥川が採った内面を描き込むという手法に加えて、内面を描く日本語表現そのものが成熟したといってもよい。そのために芥川的な歴史小説の方法は、内面を描き込む手法がとりたてて小説のひとつのジャンル形成をすることはなく、ただ純文学作家の題材を選ぶひとつのスタイルとされることになる。具体

＊1　一八九二―一九二七。

＊2　例えばテクストの「Sentimentalisme」などの記述は、その分かりやすい表徴である（『芥川龍之介全集　第一巻』〈岩波書店、一九九五年〉）。

的には、太宰治[*3]や中島敦[*4]らの作品がその例として挙げられるだろう。二〇世紀中頃までの話である。

特に中島敦は、「弟子」（一九四三年二月）という小説を書いていた。一途な弟子である子路の視点を使いながら、孔子を描いた作品である。もちろん、子路も孔子も近代日本語で語られている限り、その内面性は近代日本人のそれとして読むことになる。そうであっても、すでに覚えてしまった『論語』の章句が、いわば具体的な場面の中で示され、その言葉の力が働くことに面白さを見出す読者もいたことだろう。それは、『論語』の章句だけを学習させられたことを自覚してしまう瞬間かもしれない。[*5]そうであっても、そこには近代的内面を持った子路、そして孔子が描かれていたことを見出さざるを得ない。

大衆的とされる時代小説や歴史小説にも、実はまた同じことがいえる。純文学と大衆小説の区分があまり意味をなさなくなる一九六〇年代以降になると、過去のある時代の出来事やそれを舞台としたドラマを描いても、設定された環境や背景はともかく、近代人あるいは現代人のドラマとなっていく。繰り返しになるが、舞台はどこであれ登場人物の内面を描くことでしか、小説表現とは言えなくなったからだ。小説的表現が成立した近代（現代）の日本語を使うことになるので、やはり事象を細かく表現すればそれだけ近代（現代）的な解釈や解説にならざるを得ない。事情は二〇世紀中頃と同じである。

こうした表現の成立には、時代劇の映画やテレビドラマが制作されたことも関係があるの

＊3　一九〇九—一九四八。

＊4　一九〇九—一九四二。

＊5　このような、言わば身体化された知の習得過程には「素読」と呼ばれる方法がみられる。「素読」を含む近世期の学習方法とその意味については、例えば、辻本雅史『「学び」の復権—模倣と習熟』（角川書店、一九九九年）を参照。

かもしれない。二〇世紀後半の日本の歴史小説でいうと、やや古めかしい海音寺潮五郎[*6]の文体と、自在な口語を用いる司馬遼太郎[*7]の文体との差異は、確かにそれぞれの主人公の内面造形に違いを生むことになった。海音寺が描く上杉謙信も（『天と地と』一九六〇―一九六二年）、司馬遼太郎が描く坂本竜馬も（『竜馬がゆく』一九六二―一九六六年）、それぞれキャラクターの違いでしかなく、また小説を読むことでそのキャラクターを楽しむことになる。歴史小説世界は、すでに内面を描くことが前提とされていて、後は作家がどのような内面を描く表現・文体を選ぶのかということで、そこに物語世界の違いが生まれたに過ぎない。やはりそこで生まれるドラマは近代人のそれだったのである。

孔子を描くということもまた同じである。近代作家がどのような孔子を描いたとしても、そのために日本語を使う以上は、近代日本人の内面と重なる孔子の内面が造形されることは避けられない。

本章では、近代日本の作家たちが描いた孔子像に、複数の論者たちによって光をあててもらうことにした。実はそれらは、近代日本人の内面の軌跡だけでなく、近代日本の論語思想解釈の軌跡でもある。このことは、逆に言うと近代人の内面を重ねることができるだけのドラマを、この『論語』という古典が含み持っていたということなのである。それに加えて、近代的な考え方を読み取ることができるだけの思想をやはり含み持っていたということと、近代日本の論語受容史としてこれらの孔子像を捉えなおすことも可能である。

＊6　一九〇一―一九七七。
＊7　一九二三―一九九六。

いまさらであるが、『論語』そして孔子の知名度の高さについては、もはやここで説明するまでもないことだろう。戦前の中等教育の漢文科から戦後の国語科での漢文領域で、『論語』は広く学ぶ対象とされてきた背景があるからだ。ここでは各論者に近代現代日本の作家たちがどのように『論語』を読み、孔子像を思い描いたのかをご教示いただこうと思う。そして、先に書いたように論語受容史の一端を手に入れるとともに、近代日本人の精神史の一面も、また知ることになるだろう。

（江藤茂博）

第二節　幸田露伴《こうだろはん》

大正四年（一九一五）七月に発行された『悦楽』（至誠堂書店）の序文で、著者・幸田露伴は次のように記している。「一章の意、皆学を勧むるに在り」、「意また勧学に在り」、「人をして学に志さしめんと欲す」。そもそも『悦楽』は、同年三月に「論語学而の章について」と題して掲載された文章を中心とした書物である。そのような背景を考えると引用に納得させられもするのだが、露伴は生涯「学」に拘った人であった。

幸田露伴は慶応三年（一八六七）七月に、当時はまだ江戸といわれた都で、間もなく明治維新で没落する士族の四男として生まれた。夏目漱石、尾崎紅葉、正岡子規、斉藤緑雨といった作家たちと、同じ年の生まれである。これらの作家たちが、おしなべて高い教養を誇ったことはよく知られている。しかし、他の顔ぶれが比較的若く死んだことを考慮に入れても、露伴の広く深い教養は特筆に値する。しかもその教養は、「学歴」としては「小学校卒業」だった露伴が、自ら身につけたものだった。

湯島聖堂の東京図書館や漢学者菊池松軒の漢学塾で、幼い露伴は漢籍や江戸文学に親しんだ。その後、電気技手として北海道余市に赴任するが、職を捨てて東京に戻る。『露団々』『風流仏』『五重塔』といった代表作を表したのは、帰京間もなくの明治二〇年代前半のことだ。明治三〇年代に入ると露伴は小説発表の機会を減らし、評論や考証、古典研究に方向性を変化させる。明治四一年（一九〇八）には京都帝国大学で国文学を教え、四四年（一九一一）には文学博士の学位を受けている。

そんな露伴の、座右の書の一冊が『論語』だった。昭和初期、一人の編集者が露伴に長年読んできた『論語』について感想を聞いたことがある。露伴の回答は、「そうだネ、論語もついに一篇の小説さねエ」というものだったという。

晩年の露伴が重きを置いたのは、俳諧七部集の評釈であった。俳句と論語を結びつける要因は何であったのだろうか。いずれにせよ露伴の「学び」は、白内障を患い、また自分で立ち上がれなくなってからも、「口述書記」という形で続けられたのだった。

（五井信）

第三節　志賀直哉《しがなおや》

雑誌『白樺』の同人であった志賀直哉は、急激な西欧化に対応できない青年の心身の葛藤を小説に描き、注目を集めた。『和解』などの自伝的作品で半生を振り返ったあとは、調和的な心情に転じ、日常生活の安定を重視するようになる。自然や東洋美術に親しむなか、彼の心には、幼少から学んだ儒教の教えが甦ってきたようだ。直哉の祖父は、相馬藩の家令であり、二宮尊徳の弟子だった。

五〇歳を過ぎてからの直哉の随筆には、『論語』の章句がしばしば登場する。「わが生活信条」には、太平洋戦争末期の心情が述べられている。空襲による死の危険を感じていた直哉は、一方ですぐれた本や絵画に触れることで楽しみを得ていた。その気持ちは、「朝《あした》に道をきいて、夕《ゆうべ》に死すとも可なり」を実感させるものであったという。

敗戦後、直哉は科学の進歩に疑いの目を向けるようになる。技術の発展が戦争の惨禍をより大きくすることを重く見た直哉は、「過ぎたるは尚、及ばざるに如《し》かず」を引いて、人々を戒めようとした。「閑人妄語」における「この時代の人間は大変な時代遅れな人間なのだ」という発言は、文明批評として痛烈である。

直哉は、一時期奈良に住んでいた。ある日、後進の作家瀧井孝作が、経済的に苦しいにもかかわらず訪ねてきた。そのことに感激した直哉は、「身辺記」という文章に『「朋《とも》あり遠方より来《きた》る」――此喜びが自分にもあつたと思つた』と記している。「遠方」を距離の意味でなく、現代的に捉えているところが面白い。

めったに書を人に与えることはしなかった直哉であるが、「徳不孤」は愛着のある断章であったらしく、複数の作品が残されている。すぐれた人格を持つ者は決して孤立しない、という孔子の教えは、彼にとって自身の生そのものに感じられたのではないか。

『白樺』に集った書き手は、友情を重んじたが、馴れ合いを嫌い、それぞれの個性を伸ばすことに努めた。同人の一人、武者小路実篤は、『論語』の「和して同ぜず」を引いて、雑誌の基本精神とした。直哉は「和して同ぜず」を厳しく自分に課した人であり、その誠実さゆえに後進の者に慕われることになる。『白樺』派の友情を支える倫理性は、『論語』を通すことでいっそう明確に実感できるものになるようだ。

直哉が引用する『論語』の章句は、よく知られたものばかりである。平凡なようだが、奇をてらわずに生活の実感を言い表そうとする態度は見逃せない。簡素を尊んだ直哉の生き方に、それはいかにもふさわしく、『論語』の精神の確かな継承を感じることができる。

（山口直孝）

第四節　下村湖人《しもむらこじん》

湖人の代表作に、『次郎物語』と並んで『論語物語』がある。軍国主義化から敗戦に向かう混乱した時代を背景に、人が人として生きる道と志とを真摯に求めた、教育者としての湖人の集大成の書だ。

『論語』は孔子の言行録である。短い言葉と状況説明の中で、孔子教団の中での孔子の言動が簡潔に記される。それは哲学書というよりは警句集であり、その言葉の短さゆえに様々な解釈を生んだ。中国においても日本においても、『論語』を如何に解釈するかということそのものが、思想として存在する。

湖人は『論語』を、思想書としてではなく実践の記録、それも教育実践の記録として読み、そこに深い共感を持った。そしてこの哲理に満ちた警句の背後にあったであろう仮想の状況を、物語として再現しようとした。それが『論語物語』であった。

この中で湖人は、孔子の弟子たちを、「我々の周囲にざらに見出しうる普通の人間」として描こうとした。凡人の人生、平凡な道を非凡に歩むことこそ、偉大なる道に繋がると湖人は信じ、そしてそのような凡人の心の葛藤と同時に、凡人であるが故に求める人生の充実を、『論語』を通して一つずつ丁寧に語った。病の床で人生を呪う伯牛《はくぎゅう》に手を差し出す孔子、名誉と自己実現の間で揺れる子貢《しこう》を時に厳しく時に柔らかく戒める孔子、自分を見限ることの姑息さ、志を持たないことの卑屈さを強く批判し、天の道を信じ、謙虚にそれを実践することを最高の徳とする孔子、時には迷い、悲しみ、そして慟哭する孔子の姿と、それを取り巻く多くの弟子たちの心の軌跡が、この物語には平易な言葉で描かれている。それはもしかしたら孔子の真実の姿とは違うのかもしれない。また『論語』の正確な解釈とはずれるのかもしれない。しかしここに描かれる人間としての孔子、そして普通の人々としての弟子の姿は、この物語世界を通して、読む者に確かに新しい何物かを残す。

『論語』は古典中の古典であるが、それを読みこなすのは極めて困難である。しかし同時にそれは、極めて柔軟な「読み」の可能性を許容する。古典とは読む者との間に無限の可能性を開いていくものであるとすれば、湖人の『論語物語』もまた、湖人の読んだ『論語』として、一つの豊かな物語世界と、人として生きる道の指標を我々に示してくれる。

なお、湖人の『論語物語』は昭和一三年（一九三八）に講談社の月刊誌『現代』に連載された。その後多数の読者を獲得し、現在では講談社の学術文庫に入っている。物語でありながら、学術性にも長けるのだ。

（牧角悦子）

第五節　武者小路実篤《むしゃのこうじさねあつ》

「和而不同（和して同ぜず）」（『論語』「子路第十三」の一節）。「この道より我を生かす道なし／この道を歩く」や「仲よき事は美しき哉」など、戦後広く流通した書画とともに滲透《しんとう》した武者小路実篤の言葉はいくつもあるが、真の調和と付和雷同の似て非なることを強調するこの言葉は、代表的なものの一つだろう。

「和而不同」は、片思いを寄せる杉子とその恋の最大の相談役だった親友の大宮が結ばれたことを知った野島が「いつか山の上で君たちと握手する時」を思う小説『友情』の世界や、自由を尊重しながら見知らぬ人たちとの共生と理想の実現を目指した新しき村の理念、さらには、青春期の激しい衝突を越えて築いた志賀直哉との七〇年にもおよぶ友情とも響きあう。実篤は『論語』をどう受けとめ、「和而不同」という言葉をどうみずからのものにしていったのか。

実篤は昭和八年（一九三三）一〇月、四八歳の時に、三七〇頁以上の『論語私感』（岩波書店）を出した。九〇歳の長寿を生きる彼が、人生を折り返す時期である。同人雑誌『白樺』を舞台に、芥川龍之介をして「文壇の天窓を開け放つ」たと言わしめた情熱的な感想を書き続けた二〇代、新しき村を通して社会改革の実践をめざした三〇代は過ぎた。四〇歳で新しき村を離れた実篤は、プロレタリア文学の隆盛のもと原稿依頼が減り、人気作家の地位をころげ落ち、およそ「不惑」とはかけ離れた苦境と模索の四〇代を過ごすことになった。

しかし、彼の四〇代は様々な雑誌に『論語』についての文章を書き、仲間たちに『論語』の講義をはじめた時期でもある。『論語私感』は、そのような実篤の集大成であった。多作の実篤がこの年に出版したのは『論語私感』のみである。「全力を出して見るつもりで、論語にかゝりました。（略）本気になつて仕事をした快感を感じてゐます」や「僕のかいたもの、内で自分では一番すきなものかとも思ひます」という言葉を彼は残しているが、全力で『論語』と向かい合うことが、惑いの四〇代からの突破口になったようだ。それは、新しき村を離村することにより、これまでどおりの理想主義者ではいられなくなった者が、いかに現実社会に着地するかの学びでもあっただろう。

『論語私感』は、「学而第一より」から「堯曰《ぎょう》第二十より」までの二〇章は、『論語』の構成どおりに章段を掲げて「私感」を加えたものだが、最後に置かれた「政治に就て」と「孔子に就て」では、『論語』の中の、政治と孔子についての章段をランダムに集めており、「孔子に就て」の後半は、『論語』の章段解説を離れた孔子論・人生論になっている。

「この本の目的は論語の講義にあるのではなく、論語の内から今の我等の生命の糧になるものをとり出」すことにあるため、『論語』の全章段はとりあげなかったと、「序」にある。「第十・第十九」からはほとんどとりあげられておらず、「第四・第五・第十一・第十五・第十七」では八割以上、全体を平均すれば六五％ほどの章段がとりあげられている。

　さて、「生命の糧にな」ったものの例として、「憲問第十四より」を見てみよう。君子の条件について問う子路に対して、孔子は、名君・堯や舜《しゅん》でさえ困難であった、自己の修養、そして他人ひいては万民を安んじさせることを提示している。実篤はこれを受け「すべての人の生命が正しく生きることを望むこと、そしてその為に働くこととそれがつまり仁である。同時にそれが人類の意志である」と書く。

　実篤の思想のキーワードである「人類の意志」の概念には進化論や進歩史観など西洋の近代思想の影響をみいだすことができる。これを孔子の「仁」に単純に重ね合わせることは無理なはずだが、「生命の糧」をとりだそうという方針のもとでは、微妙な違いは飛び越えられる。一方、実篤の人類の思想と孔子の思想の齟齬《そご》が自覚される以下のような例もある。

「孔子は古人崇拝である。（略）しかし僕はあと程人間はよくなつてゐると云ふ考へをもつてゐるものだ。（略）これは僕が人類は生長してゐると云ふ確信から」来ていると思うと述べている（「陽貨第十七より」）。

　生命と人類を尊重する理想主義が、実篤の思考の核にあるのはずっと変わらない特徴であり、『論語』と全力で向かい合っても変わらなかった。その思考と『論語』の化学反応の集成こそが『論語私感』であったといえよう。

　しかし、実篤の思考に変化もみられる。それは『論語』の「人の己を知らざるを患へず、人を知らざるを患へよ」や「己の欲せざる所人にほどこす勿れ」に注視し、他者と自己の関係の見直しを示す「私感」を多く書き綴っていることだ。「恕」の一字に集約されるような、自己が他者から認められないことを受けいれ、自己主張の正しさよりも他者の意思を尊重しようとする志向を、『論語私感』にみいだすことができる。

実篤は、彼の代表的な人生論の書である、『人類の意志に就て』を二年後に、『人生論』を五年後に発表する。実篤にとって『論語』は、その評価は別として、急進的な理想主義的社会改革者から、同じく理想主義的ではあっても、「和而不同」が似合う調和的な人生論作家へとうながす梃子《てこ》の役割をになったといえよう。

（瀧田浩）

第六節　井上《いのうえ》靖《やすし》

井上靖は、詩人でありつづけた作家であった。学生時代の懸賞小説での小遣い稼ぎや同人誌での詩作発表を経て、新聞記者生活そして芥川賞受賞後の作家生活と、井上の文筆生活は続くが、最後まで彼は詩作をやめることはなかった。

また、中国との関係も深い作家でもあった。『敦煌』や『蒼き狼』、『おろしや国酔夢譚』など、歴史小説の題材を中国や東アジアに求め、昭和五五年（一九八〇）には日中文化交流協会の会長に就任している。

その彼が、『本覚坊遺文』に続き、孔子と『論語』の世界を舞台とした小説『孔子』に挑んだのである。そこでは、蔫薑《えんきょう》という架空の弟子による回想スタイルで、孔子そして『論語』の世界が解釈されていく。すでに歴史小説を発表していた井上靖は、歴史的事実の空白部分に作家的想像力を駆使することを恐れてはいない。むしろ、そこにこそ歴史的事実を表出できるのだといわんばかりの自由闊達さを、作家は楽しんでいるようだ。

舞台は、約二五〇〇年前、孔子没後三〇数年後の中国、まだしかし『論語』はまとめられていない時代である。蔫薑をはじめとする弟子たち、および後代の研究家たちが、孔子の「詞《ことば》」について調査、詮索、吟味によって、その真の意味を追い求める。

「(略) 朝《あした》に道あるを聞かば、夕《ゆうべ》に死すとも可なり。子は本気で、そのようにお考えになっておられました。あしたに道徳の支配する理想社会が生まれたと聞いたら、ゆうべに自分は死んでもいい。子を取り巻く弟子たちも、そうした子であることを、いささかも疑いませんでした。」と蔫薑はいう。幾えにも重ねられる「詞」の解読の力学は、テクスト生成とその表象化の具体的な力学とも重なるところがある。読者は、言語テクストに対してさまざまな解釈を重ねる。古典とは、そうした表象の力学とも言うべき繰り返された解釈によるテクストの謂いである。また、表現者においては、自らの内側で繰り返されるのは推敲《すいこう》であり、表現とはそうした内的な解釈の積み重ねに他ならない。まさに、『論語』がまとめられていく過程もまた、そうした、表象の力学が働く場であったことを、詩人井上靖は自覚していたのだ。
小説『孔子』では、知者でもあり仁者でもあった「醒めた思想家」孔子の「詞」が、両義性を持った表現であることを蔫薑は指摘する。そこから、研究者による『論語』解説とは異なる、生きた「詞」の世界が描き出されることになった。孔子の「天命」を「天」からの無言の使命感だと解釈した蔫薑は、井上自身だったのかもしれない。「逝くものは斯くの如きか、昼夜を舎かず」から「生きる力」を手にした蔫薑と同じく、「理想」に向かう表現者としての生涯を、孔子の「詞」によって井上靖は貫いたのである。

（江藤茂博）

＊『論語』と近代文学年表

年	月	参考事項
明治元（1867）	8	**幸田露伴**、武蔵国江戸下谷三枚橋横町（現、東京都台東区）に四子として出生。
明治16（1883）	2	**志賀直哉**、宮城県牡鹿郡石巻町（現、石巻市）に次男として出生。
明治17（1884）	10	**下村湖人**、佐賀県神埼郡崎村（現、神埼市千代田町崎村）に出生。
明治18（1885）	5	**武者小路実篤**、東京府東京市麹町区（現、東京都千代田区）に四男として出生。
明治22（1889）	9	幸田露伴、**「風流仏」**を『新著百種』（第五号、吉岡書籍店）に発表。
明治23（1890）	12	幸田露伴、**『露団々』**を金港堂より刊行（『都の花』1890年2月～8月発表分）。
明治24（1891）	8	『支那文學』（同文社、冨山房書店）刊行開始（～1892年8月）。
	12	『少年叢書漢文學講義』（全26編、興文社）刊行開始（～1915年7月増訂版含む）。

年	月	参考事項
明治25（1892）	6	『支那文學全書』（全24編、博文館）刊行開始（〜1894年8月）。
	10	幸田露伴、**「五重塔」**を『小説尾花集』（青木嵩山堂）に収録発表（新聞「國會」1891年11月〜92年4月発表分）。
	11	『学生必読 漢文學全書』（興文社、石川書店）刊行開始。
明治27（1894）	7	日清戦争、勃発（〜1895年4月）。
明治29（1896）	7	雑誌『陽明學』（全80号、鐵華書院）刊行開始（〜1900年5月）。
明治30（1897）	4	雑誌『朱子學』（同人學舍）刊行開始。
明治34（1901）	7	久保天随『四書新釋』（全8巻、博文館）刊行開始（〜1902年8月）。
明治39（1906）	12	久保天随『支那文學評釋叢書』（全3巻、隆文館）刊行開始（〜1911年7月）。
明治40（1907）	5	**井上靖**、北海道上川郡旭川町（現、旭川市）に長男として出生。
明治41（1908）	11	雑誌『陽明學』（全196号、陽明學會）刊行開始（〜1928年4月）。
明治42（1909）	11	『漢籍國字解全書』（全45巻、早稲田大學出版部）刊行開始（〜1917年11月）。
	12	『漢文大系』（全22巻、冨山房）刊行開始（〜1916年10月）。
明治43（1910）	4	武者小路実篤、志賀直哉ら、雑誌**『白樺』**を創刊（〜1923年8月）。
	4	田岡嶺雲訳注『和譯漢文叢書』（全12編、玄黄社）刊行開始（〜1912年4月）。
	9	『新譯漢文叢書』（全14編、至誠堂書店）刊行開始（〜1913年1月）。
大正2（1913）	1	『校註漢文叢書』（全13巻、博文館）刊行開始（〜1914年8月）。
大正4（1915）	7	幸田露伴、**『悦楽』**を至誠堂書店より刊行（『新修養』1915年3月「悦」、『向上』1915年3月「楽」発表。「不慍」「無益」は刊行に際した書下ろし）。
大正6（1917）	5	芥川龍之介、**『羅生門』**を阿蘭陀書房より刊行（『帝国文学』1915年11月発表分）。
大正7（1918）	1	志賀直哉、**『和解』**を新潮社より刊行（『黒潮』1917年10月発表分）。
	11	武者小路実篤、他の入村者とともに宮崎県児湯郡木城村（現、木城町）に**「新しき村」**を設立。

大正8（1919）	6	『漢文叢書』（全40冊、有朋堂書店）刊行開始。
大正9（1920）	2	『世界聖典全集』（全30巻、世界聖典全集刊行會）刊行開始（〜1924年3月）。＊「四書集注（上下）」
	4	武者小路実篤、**『友情』**を以文社より刊行（「大阪毎日新聞」1919年10月〜12月発表分）。
	6	『國譯漢文大成』（全32冊、國民文庫刊行會）刊行開始（1928年より『續國譯漢文大成』刊行）。
大正14（1925）	12	『現代語譯　支那哲學叢書』（全12巻、支那哲学叢書刊行会ほか）刊行開始（〜1926年5月）。
大正15／昭和元（1926）	2	『先哲遺著　漢籍國字解全書』（全27巻、早稲田大學出版部）刊行開始（〜1928年6月）。
	4	『世界大思想全集』（全153巻、春秋社）刊行開始（〜1937年12月）。＊53巻「支那思想篇」
昭和2（1927）	5	『日本児童文庫』（全76巻、アルス）刊行開始（〜1930年11月）＊36巻「西遊記・水滸伝物語」
昭和3（1928）	10	『二大漢籍國字解』（全12巻、早稲田大學出版部）刊行開始（〜1929年10月）。
昭和4（1929）	3	『物語支那史大系』（全12巻、早稲田大學出版部）刊行開始（〜1930年2月）。
	5	幸田露伴監修『詳解全譯漢文叢書（普及版）』（全12巻、至誠堂書店）刊行開始（〜1929年10月）。
昭和6（1931）	9	満州事変、勃発（〜1932年2月）。
昭和8（1933）	5	『漢文學講座』（全20巻、共立社）刊行開始（〜1934年6月）。
	10	武者小路実篤、**『論語私感』**を岩波書店より刊行。
昭和10（1935）	3	『漢籍を語る叢書』（全9巻、大東出版社）刊行開始。＊のち、「戦時国策版」も一部刊行。
	7	武者小路実篤、**『人類の意志に就て』**を岩波書店より刊行。
昭和11（1936）	3	『漢詩大講座』（全12巻、アトリヱ社）刊行開始（〜1938年5月）。

年	月	参考事項
昭和12（1937）	4	志賀直哉、**「身辺記」**を『文藝春秋』15（4）に発表。
	7	日中戦争、勃発（〜1945年9月）。
昭和13（1938）	11	武者小路実篤、**『論語物語』**を岩波書店より刊行。
	12	下村湖人、**『人生論』**を大日本雄弁会講談社（現、講談社）より刊行。
昭和16（1941）	2	下村湖人、**『次郎物語』**を小山書店より刊行（全5部・未完　〜1954年3月）。
昭和18（1943）	2	中島敦、**「弟子」**が『中央公論』（2月号）に掲載される。
昭和22（1947）	7	**幸田露伴**、没（80歳）。
昭和24（1949）	11	志賀直哉、**「わが生活信条」**を『中央公論』64（11）に発表。
昭和25（1950）	10	志賀直哉、**「閑人妄語」**を『世界』（58）に発表。
昭和30（1955）	4	**下村湖人**、没（70歳）。
昭和33（1958）	3	『中国古典文学全集』（全33巻、平凡社）刊行開始（〜1961年2月）。
昭和34（1959）	11	井上靖、**『敦煌』**を講談社より刊行（『群像』1959年1月〜5月発表分）。
昭和35（1960）	5	『新釈漢文大系』（全120巻、別巻1巻、明治書院）刊行開始（〜2018年5月）。
	10	井上靖、**『蒼き狼』**を文芸春秋新社より刊行（『文藝春秋』1959年10月〜60年7月発表分）。
昭和37（1962）	5	海音寺潮五郎、**『天と地と』**（上巻）を朝日新聞社より刊行（下巻は7月刊行）。
	9	『少年少女新世界文学全集』（全38巻、講談社）刊行開始（〜1966年4月）。＊中国古典類→33巻「中国古典編1（西遊記、聊斎志異、中国民話）」、34巻「中国古典編2（水滸伝、三国志）」
昭和38（1963）	7	司馬遼太郎、**『竜馬がゆく』**（全5巻）を文芸春秋より刊行（〜1966年8月）。
昭和39（1964）	3	『世界古典文学全集』（全54巻、筑摩書房）刊行開始（〜2004年5月）。＊中国古典類→2巻「詩経国風・書経」、4巻「論語」、13巻「春秋左氏伝」、18巻「大学・中庸・孟子」、19巻「諸子百家」、20巻「史記列伝」、24巻A「三国志1」、24巻B「三国志2」、24巻C「三国志3」、25巻「陶淵明・文心雕龍」、27巻「李白」、28巻「杜

		甫1」、29巻「杜甫2」、30巻A「韓愈1」、30巻B「韓愈2」。
	10	『中国の思想』（全14巻、徳間書店）刊行開始（～1967年8月）。
昭和40（1965）	2	『明治文学全集』（全99巻、別巻1巻、筑摩書房）刊行開始（～1989年2月）。＊62巻「明治漢詩文集」
	11	『新訂中国古典選』（全20巻・別巻1巻、朝日新聞社）刊行開始（～1969年4月）。
昭和42（1967）	10	『中国古典文学大系』（全60巻、平凡社）刊行開始（～1975年2月）。
昭和43（1968）	10	井上靖、**『おろしや国酔夢譚』**を文芸春秋より刊行（『文藝春秋』1966年1月～68年5月発表分）。
昭和46（1971）	10	**志賀直哉**、没（88歳）。
昭和47（1972）	9	「日中共同声明（日本国政府と中華人民共和国政府の共同声明）」、発表。
	11	『中国の古典シリーズ』（全6巻、平凡社）刊行開始（～1973年6月）。
昭和48（1973）	10	『全釈漢文大系』（全33巻、集英社）刊行開始（～1980年5月）。
昭和51（1976）	4	**武者小路実篤**、没（90歳）。
	10	『中国の古典文学』（全13巻、さ・え・ら書房）刊行開始（～1978年2月）。
昭和55（1980）	6	井上靖、**「日本中国文化交流協会」**の会長に就任。
昭和56（1981）	11	井上靖、**『本覚坊遺文』**を講談社より刊行（『群像』1981年1月～5月発表分）。
	11	『中国の古典』（全33巻、学習研究社）刊行開始（～1986年12月）。
昭和61（1986）	5	『中国の古典』（全17巻、講談社）刊行開始（～1991年10月）。
昭和62（1987）	11	『鑑賞中国の古典』（全24巻、角川書店）刊行開始（～1989年12月）。
昭和64／平成元（1989）	9	井上靖、**『孔子』**を新潮社より刊行（『新潮』1987年6月～89年5月発表分）。
平成3（1991）	1	**井上靖**、没（83歳）。

＊対象とした年次は、取り上げた作家の生没年、すなわち、幸田露伴の生年から井上靖の没年までとした。
＊文中で取り上げた作品名や出来事は太字とした。
＊取り上げる書籍・雑誌類は、漢文あるいは中国古典に関する叢書や講義のほか、文学全集類に収録された漢詩や中国思想・古典類もなるべく広く含めることとした。

（平崎真右）

【付記】二から六節については、一個人編集部編『『論語』の言葉』（ベストセラーズ、二〇一一年）掲載のものを修正の上、転載した。

【執筆者一覧】（掲載順）

町泉寿郎　別掲。

市來津由彦（いちき・つゆひこ）
東北大学大学院文学研究科博士課程後期課程単位取得退学。博士（文学）。現在、二松学舎大学特別招聘教授。
主な著作に、『朱熹門人集団形成の研究』（創文社、二〇〇二年）、『江戸儒学の中庸注釈』（共編著。汲古書院、東アジア海域叢書、二〇一二年）、『「訓読」論―東アジア漢文世界と日本語―』（共編著。勉誠出版、二〇〇八年）などがある。

渡邉義浩（わたなべ・よしひろ）
筑波大学博士課程歴史・人類学研究科修了。文学博士。
現在、早稲田大学理事・文学学術院教授。
主な著作に、『全譯後漢書』全一九巻（汲古書院、二〇〇一～二〇一六年）、『「古典中国」における文学と儒教』（汲古書院、二〇一五年）、『「古典中国」における小説と儒教』（汲古書院、二〇一七年）、『「古典中国」の形成と王莽』（汲古書院、二〇一九年）などがある。

牧角悦子　別掲。

藏中しのぶ（くらなか・しのぶ）
奈良女子大学大学院人間文化研究科比較文化学専攻博士課程後期課程修了。博士（文学）。現在、大東文化大学外国語学部教授。
主な著作に『奈良朝漢詩文の比較文学的研究』（翰林書房、二〇〇三年）、『延暦僧録注釈』（大東文化大学東洋研究所、二〇〇八年）、『古代文学と隣接諸学　第二巻　古代の文化圏とネットワーク』（編著、竹林舎、二〇一七年）などがある。

五月女肇志（そうとめ・ただし）
東京大学大学院人文科学研究科日本文化研究専攻日本語日本文学専門分野博士課程単位取得退学。博士（文学）。現在、二松学舎大学文学部国文学科教授。
主な著作に、『俊頼述懐百首全釈』（共編著、風間書房、二〇〇三年）、『黄金の言葉』（共編著、勉誠出版、二〇一〇年）、『藤原定家論』（笠間書院、二〇一一年）などがある。

植木朝子（うえき・ともこ）

お茶の水女子大学大学院博士課程単位取得退学。博士（人文科学）。現在、同志社大学文学部教授。

主な著作に、『梁塵秘抄とその周縁——今様と和歌・説話・物語の交流』（三省堂、二〇〇一年）、『コレクション日本歌人選　今様』（笠間書院、二〇一一年）、『風雅と官能の室町歌謡―五感で読む閑吟集―』（角川選書、二〇一三年）などがある。

江静（こう・せい）

浙江大学文学研究科博士課程修了。古典文献学博士。現在、浙江工商大学東方語言文化学院教授・院長。

主な著作に、『赴日宋僧无学祖元研究』（商务印书馆、二〇一〇年）、「天历二年中日禅僧舟中唱和诗辑考」（『文献』二〇〇八年第三期）、「虚堂智愚墨迹东传与日本近世早期茶道」（『日语学习与研究』二〇一五年第五期）などがある。

湯浅佳子（ゆあさ・よしこ）

二松学舎大学大学院文学研究科博士後期課程修了。文学博士。現在、東京学芸大学教授。

主な著作に、『近世小説の研究―啓蒙的文芸の展開―』（汲古書院、二〇一七年）、『関ヶ原合戦を読む　慶長軍記　翻刻・解説』（井上泰至・湯浅佳子編著、勉誠出版、二〇一九年）、「『関ヶ原始末記』とその周辺」（『かがみ』第四九号、大東急記念文庫、二〇一九年）などがある。

古田島洋介（こたじま・ようすけ）

台湾大学中国文学研究所碩士課程修了。文学碩士（中国文学）。東京大学大学院比較文学比較文化専攻博士課程（単位取得満期退学）。現在、明星《めいせい》大学人文学部日本文化学科教授。

主な著作に、『鷗外歴史文学集　第十二・十三巻「漢詩」上・下』（注釈、岩波書店、二〇〇〇・二〇〇一年）、『大正天皇御製詩の基礎的研究』（明徳出版社、二〇〇五年）、『日本近代史を学ぶための文語文入門——漢文訓読体の地平』（吉川弘文館、二〇一三年）、などがある。

奥村佳代子（おくむら・かよこ）

関西大学大学院博士課程後期課程修了。博士（文学）。現在、関西大学外国語学部教授。

主な著作に、『江戸時代の唐話に関する基礎研究』（関西大学出版部、二〇〇七年）、『関西大学図書館長澤文庫所蔵唐話課本五編』（関西大学出版部、二〇一一年）、『近世東アジアにおける口語中国語文の研究―中国・朝鮮・日本』（関西大学出版部、二〇一九年）などがある。

楊爽（よう・そう）

二松学舎大学大学院文学研究科博士後期課程修了。博士（文学）。現在、中国・河南農業大学文学部講師。

主な論文に、「漢文白話体小説の書き手「秋風道人」とは誰か―依田学海の創作活動の一面」（『人文論叢』、第九十九輯、二松学舎大学人文学会、二〇一七年一〇月）、「近代における漢文小説の「還流」―依田学海『譚海』と『東海遺聞』の関係を中心に」（『神話と詩』第一四号、日本聞一多学会、二〇一六年二月）、「依田学海と『聊斎志異』―「小野篁」と「蓮花公主」との比較研究を中心に」（『日本漢文学研究』、第一二号、二松学舎大学東アジア学術総合研究所、二〇一七年三月）などがある。

佐藤賢一（さとう・けんいち）

東京大学大学院総合文化研究科博士課程修了。博士（学術）。現在、電気通信大学大学院教授。

主な著作に『仙台藩の数学』（南北社、二〇一四年）、共編『関流和算書大成　関算四伝書』全二一巻（共編、勉誠出版、二〇〇八―一一年）、『近世日本数学史　関孝和の実像を求めて』（東京大学出版会、二〇〇五年）などがある。

城崎陽子（しろさき・ようこ）

國學院大學大学院博士課程修了。博士（文学）。二〇一九年まで獨協大学特任教授。

主な著書に、『万葉集を訓んだ人々―「万葉文化学」のこころみ』（新典社、二〇一〇年）、『近世国学と万葉研究』（おうふう、二〇〇九年）、『万葉集の編纂と享受の研究』（おうふう、二〇〇四年）などがある。

江藤茂博（えとう・しげひろ）

立教大学大学院文学研究科博士後期課程満期退学。文学博士（二松学舎大学）。現在、二松学舎大学文学部教授・学長。主な著作に、『「時をかける少女」たち』（彩流社、二〇〇一年）、『フードビジネスと地域』（編）（ナカニシヤ出版、二〇一八年）、『文学部のリアル、東アジアの人文学』（編）（新典社、二〇一九年）などがある。

五井信（ごい・まこと）

立教大学大学院文学研究科博士後期課程満期退学。現在、二松学舎大学文学部教授。主な著作に、『田山花袋 人と文学』（勉誠出版、二〇〇八年）、「ジル・ドゥルーズを読む村上春樹 ―『色彩を持たない多崎つくると、彼の巡礼の年』をめぐって―」（『理論で読むメディア文化』新曜社、二〇一六年所収）、「女子教育のなかの文学―日露戦争前夜の「女学世界」―」（「国語と国文学」二〇一七年五月）などがある。

山口直孝（やまぐち・ただよし）

関西学院大学大学院文学研究科博士課程後期課程単位取得済退学。博士（文学）。現在、二松学舎大学文学部教授。主な著作に、『私を語る小説の誕生――近松秋江・志賀直哉の出発期』（翰林書房、二〇一一年）、『横溝正史研究』（共編著、既刊6冊、戎光祥出版、二〇〇九年～）、『漢文脈の漱石』（編著、翰林書房、二〇一八年）などがある。

瀧田浩（たきた・ひろし）

立教大学大学院文学研究科日本文学専攻博士後期課程単位取得後退学。現在、二松学舎大学文学部国文学科教授。主な著作に、「六〇年代詩と七〇年前後のポップスの状況―渡辺武信と松本隆を中心に―」（『敍説Ⅲ』二〇一三年三月、通巻9号）、「武者小路実篤と昭和九年―『維摩経』が書かれた「仏教復興」期をめぐって―」（『人文論叢』二〇一八年一〇月、第101輯）、「本多秋五の〈野性〉と〈後退〉―『白樺』派の文学」への接近―」（『人文論叢』二〇一九年三月、第102輯）などがある。

平崎真右（ひらさき・しんすけ）
二松学舎大学大学院文学研究科博士後期課程単位取得満期退学。現在、二松学舎大学ＳＲＦ研究助手、日本漢学研究センター助手。
主な著作に、「モダン、ロマン、カレーライス—「共栄堂のスマトラカレー」と「中村屋のカリー・ライス」—」（『ショッピングモールと地域』——食をめぐる文化・地域・情報・流通』ナカニシヤ出版、二〇一八年、所収）、「戦時下の郵便メディア—中島一太関連「軍事郵便」を中心に—」（『中島醫家資料研究』第1巻第1号、二〇一八年五月）、「国士舘とその時代—私塾、大正、活学の系譜—」（『国士舘史研究年報 楓原』第9号、二〇一八年三月）などがある。

あとがき

芥川龍之介の代表作である「杜子春」は、次のように始まる。

ある春の日です。

唐の都洛陽の西の門の下に、ぼんやり空を仰いでいる、一人の若者がありました。

若者の名は杜子春といって、元は金持ちの息子でしたが、今は財産を費い尽くして、その日の暮らしにも困る程、憐な身分になっているのです。

誰もが知るこの物語の冒頭に、「唐の都洛陽」と記したのは芥川のたくらみだろうか。

夏目漱石は晩年、小説『明暗』を書きながら、午後の時間を漢詩の創作に費やした。近代小説と漢詩とは一個の作家の中でどのような和音を奏でたのだろうか。

近代は、前近代の否定の上に成り立っていると考えられがちである。しかし実は、近代は前近代的価値、それも漢学的価値と地続きで存在する。芥川や夏目の近代小説のバックグラウンドは、江戸から続く漢学的教養と濃厚な漢詩漢文的嗜好なのだ。「唐の都洛陽」と洒落た芥川の意図を、読者は密かに読み取って、にやりとしたに違いない。唐の都は西安なのに、と。

小説のみに留まらない。我々は電車の中で化粧をする女性に不快感を覚える。身だしなみを整えるという「私的」世界を、「公的」空間に持ち込むことに嫌悪感を抱くからだ。時間を守る、規則を守る、そして社会や家に対して責任を持つことを美徳とする、これらの感覚は、漢学的朱子学的価値観の延長にあるものである。

それは現代を生きる我々の社会に、ほぼ常識のように定着している価値でもありながら、それを漢学的価値だと思っている人は少ない。

ことほど左様に日本人の精神性の中に深く浸透した漢学的感性は、目に見える制度や政策の西欧化とは裏腹に、途切れることなく日本の文化を形作っている。我々が、近代と漢学というものを、対立項としてではなく同一面において捉えようとする所以である。

漢学という日本と中国にまたがる大きな価値の、近代における展開を我々の講座は検証する。第一巻では、そもそも「漢学」とは何かという定義とともに、それを一つの視座として設定することを試みた。国文学と中国学のそれぞれのプロパーが、自身の専門分野に関わる個別具体的な事象を、漢学という視座から分析した。第一部では、漢学における「漢」の部分に焦点をあて、中華文化そのものの意味を確認しつつ、その日本への応用を視座として総論した。第二部では、国文と日本文化の視点から、中国文化の受容の特性を、時代別に論じた。第三部では、上に収まりきれなかった諸問題を、制度や方法論の視点から論じた。

中国学と国文学とが安易に融合しないところに新しい日本学が立ちあがる。単純な影響関係ではなく、文化や学問そのものの、自律的価値につながる真摯な問いを試みたつもりである。

二〇一九年一〇月

第一巻 責任編集　牧角悦子

【編者略歴】

牧角悦子（まきずみ・えつこ）

九州大学大学院文学研究科博士課程中国文学専攻中途退学。文学博士（京都大学）。

現在、二松学舎大学文学部教授。文学部長・文学研究科長。

主な著書に『経国と文章―漢魏六朝文学論』（汲古書院、2018 年）、『角川ビギナーズクラシックス 中国の古典 詩経・楚辞』（角川学芸出版、2012 年）、『中国古代の祭祀と文学』（創文社、2006 年）などがある。

町 泉寿郎（まち・せんじゅろう）

二松学舎大学大学院文学研究科博士後期課程国文学専攻修了。博士（文学）。

現在、二松学舎大学文学部教授。SRF 研究代表者。

主な著書に『日本漢文学の射程―その方法、達成と可能性』（編著、汲古書院、2019 年）、『渋沢栄一は漢学とどう関わったか』（編著、ミネルヴァ書房、2017 年）、『曲直瀬道三と近世日本医療社会』（編著、武田科学振興財団杏雨書屋、2015 年）、『近代日中関係史人名辞典』（編著、東京堂出版、2010 年）などがある。

装丁：堀 立明

講座《こうざ》 近代《きんだい》日本《にほん》と漢学《かんがく》 第《だい》1巻《かん》
漢学《かんがく》という視座《しざ》

二〇一九年十二月十日　初版初刷発行

編　者　牧角悦子
　　　　町 泉寿郎
発行者　伊藤光祥
発行所　戎光祥出版株式会社
　　　　東京都千代田区麹町一-七
　　　　相互半蔵門ビル八階
電　話　〇三-五二七五-三三六一（代）
FAX　〇三-五二七五-三三六五
編集協力　株式会社イズシエ・コーポレーション
印刷・製本　モリモト印刷株式会社

https://www.ebisukosyo.co.jp
info@ebisukosyo.co.jp

ISBN978-4-86403-341-1